京都大戦争

テロリストと明治維新

星 亮一
Ryoichi Hoshi

さくら舎

下賀茂神社
北野天満宮
薩摩藩邸
姉小路公知暗殺
京都御所
河原町通り
鴨川
蛤御門の変
京都守護職邸
金戒光明寺(黒谷)
九条家
鷹司家
二条城
二条通り
長州藩邸
佐久間象山暗殺
池田屋事件
三条通り
祇園
知恩院
牢屋敷(六角獄)
坂本龍馬・
中岡慎太郎暗殺
土佐藩邸
祇園社
四条通り
堀川通り
新選組屯所
清水寺
五条通り
西本願寺
東本願寺
大仏殿(方広寺)
N
三十三間堂
京都駅(現在)

幕末京都の略図

はしがき

幕末の京都は日本を二つに分けた大戦争の舞台だった。

幕府、会津《あいづ》、薩摩《さつま》と長州《ちょうしゅう》の争いが激化、人口五十万余の京都市街に各藩の兵士八万余がひしめき、元治《げんじ》元年（一八六四）七月十九日、ついに御所の蛤門《はまぐりもん》、中立売門《なかたちうりもん》で大戦争が起こった。御所の周辺で大砲がさく裂し、人々は逃げ惑った。

劣勢となった長州勢は長州藩邸や立てこもった鷹司《たかつかさ》邸に火を放って落ち延びたため、火はたちまち燃え広がり三日間も燃え続け、二万七千軒が焼失、京都は見渡す限り焼野原となった。京のドンドン焼けである。

禁裏《きんり》は焼け残ったが、東本願寺《ひがしほんがんじ》は全焼、人々は焼け跡に立ってぼう然自失、ムシロ小屋を建て、生き延びるしかなかった。

それ以前の京都は御所を中心に縦は今出川《いまでがわ》から七条辺、横は加茂東から壬生《みぶ》あたりまでののんびりした街並みが続いていた。

御所は外からは見えないように目隠しされ、その外側には太政大臣、左大臣、右大臣、大納言、中納言、参議などの公卿《くぎょう》、昇殿を許された位の高い人々が住む殿上人《てんじょうびと》の屋敷があった。そこも石垣で囲われ、外に通じる出入門は九つに限られていた。面積は二十七万七千坪、天皇を囲み、故実《こじつ》だけを守る全く特殊な社会だった。

そこに一転、巻き起こったのが尊王攘夷《そんのうじょうい》である。ペリー艦隊の来航で幕府は開国に踏み切ったが、孝明《こうめい》天皇は夷狄《いてき》を日本に近づけてはならぬと大反対だった。そこに攘夷派の公家衆、討幕を目論む長州の浪士が入り込み、京都は騒乱状態に陥り、暗黒の町と化した。

水戸《みと》、尾張《おわり》、紀州《きしゅう》の御三家はいたずらに形勢ばかりをながめて、自ら事態収拾に動こうとはしない。

会津二十八万石の領主松平容保《まつだいらかたもり》が京都守護職《きょうとしゅごしょく》として都に上り、矢面に立って治安の回復に取り組んだが、長州藩の暴発に翻弄《ほんろう》され続けた。

幕府、会津をささえた孝明天皇が突然、謎の死を遂げ、形勢は逆転した。大政奉還《たいせいほうかん》、鳥羽《とば》伏見《ふしみ》の戦いと続き、将軍慶喜《よしのぶ》が無断で戦場を離脱するに及んで幕府は瓦解する。会津は京都守護職の誇りにかけて戊辰《ぼしん》戦争に突入する。

京都大戦争、それは一体なんだったのか。

◆目次　京都大戦争
——テロリストと明治維新

京都大戦争

――テロリストと明治維新

第一章　会津藩の宿命

家訓の重み

文久《ぶんきゅう》二年（一八六二）は、閏年《うるう》で、八月が二度あった。閏八月は太陽暦でいうと、九月下旬に当たる。江戸は、まだ残暑である。町を歩くと汗ばんだ。この暑さのなかで、会津藩主松平容保《まつだいらかたもり》は、江戸城和田倉《わだくら》門《もん》の江戸上屋敷で、臥《ふ》せっていた。咳《せき》がでる。

夏風邪をこじらせたのだ。この大事な時期に、なんとしたことだ。容保は、しきりに寝返りを打った。

書院でにわかに怒声が起こった。

「何故《なにゆえ》に京都守護職《きょうとしゅごしょく》を受けたのだ」

大きな声は、国家老の西郷頼母《さいごうたのも》に違いない。容保は、起き上がって溜息をついた。

江戸藩邸は、たちまち喧騒の渦に包まれた。頼母は、盛んに江戸家老の横山主税《よこやまちから》常徳《つねのり》と留守居役の堀七太夫を責めている。

「横山殿、京都の情勢を聞くに、幕府の形勢は非ではないか。この至難のときに、京都を治めようなどと考えるのは、まるで薪を背負って火を消そうとするようなものだ」

頼母は、国もとをあずかる重臣だが、歯に衣着せずにズバズバ物を言う性格が災いして、容保とは肌が合わない。

書院に姿を見せた容保は、

「余の決心に不服があると申すのか」

と、言葉を荒だてた。

「西郷殿、殿は考えに考えた末に決断されたのだ。殿の胸中も察していただきたい」

横山が口を添えた。横山は六十代、江戸で日々、苦労を重ねている会津藩の重鎮である。

「京都守護職、国もとはこぞって反対でござる」

頼母は、頑として譲らない。この男には先輩に敬意を表する慎みはない。

「頼母、これは将軍の命令なのだ。断れるはずはない。われわれは、未曾有《みぞう》の大役に命賭けて取り組むしかないのだ」

容保の顔は、熱と興奮でほてっている。

「そうはいっても、何も会津が損な役を引き受ける必要はございますまい。ほかにいくらでも」

「頼母、くどい！」

容保は、そう言うや、席を蹴って奥に消えた。容保の本心は断り続けたかった。困りに困って父に相談した。『若松市史』上（昭和十六年、若松市役所）にこうあった。


文久二年閏八月一日、公、京都守護職に任ぜられ、正四位下に叙せられ、守護職在職中役料として五万石を賜り、かつ金三万両を貸与せらる。

是より先公病に臥す、七月八日総裁職松平慶永《まつだいらよしなが》（春嶽《しゅんがく》）はわが家老横山主税を招きて守護職の内命を伝えしかば、公は身不肖かつ居城京師に遠きの故を以って、これを固辞す。

時に藩論まだ定まらず、実父松平中務大輔亦同意せざるを以って、公その間に介し苦慮に堪えず、即ち実父に一首を寄せて曰く。

行くも憂し行かぬもつらし如何にせん
君と親とをおもふこころを
実父返歌して曰く
親の名はよし立たすとも君のため
　　勲功あらはせ九重のうち

かくて容保は京都守護職を受諾したのだった。頼母は家老職を罷免され、蟄居《ちっきょ》を命ぜられた。しかし頼母は一向に動じなかった。この時、容保二十八歳である。

容保は、天保《てんぽう》六年（一八三五）、江戸四谷の高須《たかす》藩邸松平家の上屋敷で生まれた。父松平義建《よしたつ》は、美濃国（岐阜）高須城主である。尾張徳川家の分家で、石高は三万石、徳川一門ではあるが、小大名だった。

確かに大藩《たいはん》会津から見れば、田舎大名の一人だった。三万石からの養子ではつり合いが取れない。藩祖保科正之《ほしなまさゆき》以来の重臣である西郷にとって、小藩の高須からの養子である主君容保は、軽く見えて仕方がない。歳も自分が五歳も上なので、相手を軽くみてしまう。容保と西郷、二人の関係は最初から軋《きし》みがあった。

頼母は藩祖保科正之の一族であった。それを笠に着て、口答えすると、
「軽輩の癖に黙れ」
と誰にでも怒鳴った。

代々、家老職を務め、二代までは保科を名乗った。幼名は龍太郎、諱《いみな》は近悳《ちかのり》。明治維新後は保科頼母《ほしなたのも》と改名。号を栖雲《せいうん》、または酔月軒《すいげつけん》、晩年は八握髯翁《やつかぜんおう》と号した。会津藩は一糸乱れず幕府に忠誠を尽くしたと

多くの文献にあるが、頼母は一人、我が道を行くだった。

頼母の胸中

「何が高須だ」

頼母には容保を見下す気持ちがあった。相手は主君なのだから、どうあろうと敬意を表さなければならないのだが、頼母には、その様な気持ちは微塵《みじん》もなかった。会津藩は不幸だった。それが最後まで響くことになる。

我が強く、誰であろうが怒鳴りつける。身内を除いて周囲の評判は極めてよくない。それやこれやで、二人はことごとく対立した。たしかに西郷は田舎人だった。日本という国のことも、徳川幕藩体制のなかの会津藩の立場も、何もわかってはいなかった。

京都に行けば膨大な費用が掛かる。戦争に巻き込まれ死者も出よう。藩士も領民も心の中では反対であろう。そういう思いを代弁したにすぎなかった。自分をないがしろにしている容保に対する面当てもあった。

人の内面は複雑である。不遜な態度、横柄な口のきき方、どれもこれも癇《かん》に障《さわ》り、頼母の顔を見ると、容保は頬が引きつった。一人になった容保は、

「頼母奴《め》が。何もわかってはおらぬ。あいつはクビだ」

とつぶやいた。

孤独な心

容保も頼母とは違った意味で、孤独な男だった。会津二十三万石の領主ともなれば、人もひれ伏す身分

である。今回、五万石加増が決まったので二十八万石である。

だが養子ということもあって、何でも打ち明けて話し合える友は一人もいなかった。たとえば東北の雄、仙台の伊達《だて》政宗《まさむね》には、片倉小十郎《かたくらこじゅうろう》という傅役《もりやく》がいた。小十郎は時には政宗を投げ飛ばして叱咤激励した。容保はそういう友に出会ったことはなかった。

十歳で大藩会津松平家二十三万石の養子に入ったので、生活の苦労などあるはずもない。まだ二十代後半の若者である。会津領内の実情も京都の情勢も知らないといってよかった。純粋でうぶな青年だった。

会津藩の上屋敷に容保が入ったとき、家臣たちは貴公子容保を、

「なるほど、顔だちがよろしい」

と褒めちぎった。容保の教育は、養父の容敬《かたたか》が直接当たった。会津の史家相田《あいだ》泰三《たいぞう》の『松平容保公伝』に次の記述がある。


容敬は、銈之允《けいのすけ》が会津の和田倉門内の上屋敷に移ったその日から、その教育にとりかかった。容敬はこの少年を邸内でもっとも神聖な一室に招き入れた。

「あれは土津公《はにつこう》におわす」

と、容敬は正面を指した。あれは死後の戒名ではなく、神号であると説明した。会津では死後「仏」になるのではなく「神」になるのだといった。

「異様だ」

と少年は言った。次に容敬は、筆をとって正之の十五ケ条の家訓を書き与えて、

「これを守るために、そなたの生涯がある」

と言い、

「会津の家風は、神なる藩主を中心とした武士道の宗教的結社のようなものであり、その目的は、藩主の幸福のためでもなく、藩の繁栄のためでもなく、単純に将軍家のためである」

と教えた。

容保はこういう環境で育てられた。大名は見栄えがいいことが大事だった。戦などない時代である。政治は家臣に任せ、藩の顔として存在すれば、それでいいのだった。戦国時代と近世の違いである。

戦国時代では、いかに勇猛であるか、人をどう使いこなしていくか、それには徹底した教育が行なわれた。兄貴分の傅役もついてときにはしごいた。近世になると、飾り物としての主君であった。しかし、近世も末期になると、主君のリーダーシップが必要になる。そこに会津藩の悲劇があった。

会津若松

容保が江戸家老の横山と一緒に、初めて会津に下ったのは十五歳の春である。容保は奥州街道を下り、白河から会津街道に入った。勢至堂《せいしどう》峠を越えると、いよいよ会津である。都会育ちの容保にとって、すべてが新鮮に見えた。

「横山、あの山が磐梯山《ばんだいさん》か」

容保は磐梯の秀峰《しゅうほう》にしばし見入った。一行が三代《みよ》の宿場に着くと、そこはもう黒山の人だった。若殿のお国入りとあって、会津城下から多数の家臣が出迎え、領民が沿道を埋めている。

容保が駕籠《かご》から下りると、

「おおー」

と、どよめきが起こった。

「見事なお姿だなし」

人々の歓声が街道を包んだ。国家老の萱野《かやの》権兵衛《ごんべえ》や簗瀬《やなせ》三左衛門《さんざえもん》もいた。田中土佐《たなかとさ》の顔もあった。

「殿、ご機嫌うるわしく、おめでたい限りにございます」

権兵衛は満面笑みを浮かべて、容保を迎えた。眼下に広大な猪苗代湖《いなわしろこ》があった。

北西の風が湖面を吹き抜け、白波が兎のように飛びはねている。

「会津とはすばらしい所だ」

そのときの印象を容保は、いまでも覚えていた。

会津鶴ヶ城も実に壮大な城郭だった。五層の天守閣《てんしゅかく》が会津盆地の中央にそびえ、磐梯山の勇姿を、はるか前方に望むことが出来た。磐梯山の麓には、藩祖保科正之を祀った土津神社があった。会津在勤のおり、容保は日々、磐梯山に向かって手を合わせた。

三人の父

家老の横山はこのところ、つきっきりで容保のかたわらにいた。

容保にとって横山は、父のような存在である。自分には三人の父がいる。容保はいつもそう思っていた。

一人は実父の義建である。もう一人は養父の容敬で、三人目が横山だった。

横山家も代々、家老職で、若い時分から江戸で勤務し、水戸藩武田《たけだ》耕雲斎《こううんさい》、宇都宮藩の戸田《とだ》忠至《ただゆき》とともに江戸の「三家老」として知られた人物だった。

今回の京都守護職は、まさに青天の霹靂《へきれき》であり、何度も辞退したが、容保が押し切られてしまい、今は、如何にして職務をまっとうできるか、思案する日々だった。

横山は江戸昌平黌《しょうへいこう》に学び、薩摩《さつま》、長州にも知人がいる秋月悌次郎《あきづきていじろう》と広沢安任《ひろさわやすとう》に内々、対応策を命じていた。二人とも会津を代表する知識人である。二人はただちに京都に向かった。

容保はそうした横山に、全面的に信頼を寄せた。なにせ十歳のときから、横山の教育を受けている。右も左もわからない容保を一人前の主君に育て上げたのは、横山だった。

「殿、あまり気になさるな。世の中はなるようにしかならんもの。焦ってもいかんし、心配し過ぎてもいかんもの。たしかに重荷だが、家臣たちは必ず殿を守ってくれますぞ」

「うむ」

容保は、天井を凝視《ぎょうし》した。会津藩には藩主が守らねばならぬ十五ケ条の家訓があった。その内容は藩祖保科正之の出自に、深い関係があった。

秀忠の庶子

会津松平家を築いた保科正之は、二代将軍秀忠《ひでただ》の庶子《しょし》である。庶子というのは、妾腹《しょうふく》の子をいう。この時代、庶子がいるのは特に珍しいことではないのだが、秀忠の場合は異例だった。秀忠の正妻は、浅井長《あざいなが》政《まさ》の娘江《ごう》（お江与、小督ともいう）で、二十三歳のとき十七歳の秀忠に輿入れした。

六つも年上である。

「大奥などいりません」

江は側室禁止令を出した。江は織田信長のながれをくむ烈女である。姉が秀吉の側室、淀君《よどぎみ》ということで、江は周囲を圧倒した。しかも初婚ではなく、三度目の結婚である。秀忠は完全に尻に敷かれた。

秀忠が結婚したころ、太閤秀吉はまだ存命だった。

「家康、そちの秀忠の妻は江がよかろう」

秀吉の意向によって、無理矢理に押し付けられた結婚だった。家康は後家《ごけ》好みだったので、息子の嫁が三度目の女であっても、特に抵抗はなかった。男は、女房が強い方が、万事うまくゆく。家康はそう思っていた。

女を知らない秀忠は、江の意のままに操られた。

年上の女は情が深いというが、江は異常なほど性に執着した。毎晩のように秀忠を求め、

「私以外の女子に目をくれてはなりませぬ」

と、言い続けた。

奥で江を抱いていると、太閤秀吉や淀君の顔が浮かび、秀忠は戦々恐々として妻に従うしかなかった。

「殿、またおめでたですよ」

江は二十三歳から三十三歳までの十一年間に、なんと八人の子供を生んだ。千姫《せんひめ》、珠姫《たまひめ》、勝姫《かつひめ》、長丸《おさまる》、初姫《はつひめ》、家光《いえみつ》、忠長《ただなが》、和子《かずこ》である。

徳川歴代将軍の正室が、次の将軍を生んだのは、江が最初で最後である。家康の見事な読みだった。深窓の令嬢よりも百戦錬磨の江を選んだのは、お見事だった。しかし、いくら美貌で勝気な江も、八人もの子供を生むと、めっきり老けた。秀忠もしだいに江離れを起こした。

大工の娘

秀忠は、父家康の女たちを思い浮かべた。

正室築山殿《つきやまどの》、後妻の朝日御前《あさひごぜん》、秀忠の生母西郷の局《さいごうのつぼね》、小督の局、下山の方、茶阿の方、お夏、お六、お仙、お亀、お八、阿茶の局、お竹、数えたらきりがない。後家から若い娘まで、大御所家康の寵愛ぶりは、すさまじいの一語に尽きた。せめて一人ぐらいは、秀忠はそう思うようになっていた。

その時、秀忠の眼にとまったのは、大奥に奉公している江戸板橋の大工の娘お静だった。江と違い、や

さしく従順で、お静といると心がやすまった。

お静は秀忠の愛を受け、懐妊した。江に見つかれば、どのような騒ぎになるかわからない。お静は、ひそかに神田にいる姉の婚家竹村家に身を寄せ、幸松丸を生んだ。この幸松丸こそが、後の会津藩祖保科正之である。

幸松丸は七歳のとき、信州高遠《たかとお》藩主保科正光の養子となった。成人して最上《もがみ》十万石の城主から会津二十三万石の大名となり、三代将軍家光《いえみつ》の補佐役として天下に名を轟かせることになる。

家訓十五ケ条

「横山、久しぶりに家訓十五ケ条を聞きたい」

と言った。

「いかが致しましたか、突然に」

「聞きたい。子供のころ、先君に何度も聞かされた。あれを聞くと、妙に心が静まったものだ」

容保は、笑みを浮かべた。

「では」

横山が家訓十五ケ条を読み上げた。
一、大君の義、一心大切に忠勤を存ずべし。列国の例を以って自ら処《お》すべからず。もし二心を懐かば、則《すなわ》ち我が子孫に非ず。面々決して従うべからず。
一、武備は怠るべからず。
一、兄を敬い、弟を愛すべし。
一、婦人女子の言、一切聞くべからず。

一、主を重んじ、法を畏《おそ》るべし。
一、家中風儀を励むべし。
一、賄《まかない》を行い、媚《こび》を求むべからず。
一、面々、依怙《えこ》贔屓《ひいき》すべからず。
一、士を選ぶには、便辟便佞《べんへきべんねい》の者を取るべからず。
一、賞罰は、家老の外、これに参加すべからず。もし位を出ずる者あらば、これを厳にすべし。
一、近侍をして人の善悪を告げしむべからず。
一、政事は、利害を以って道理を枉《ま》ぐべかず。詮議《せんぎ》は私意を挟み、人言を拒《こば》むべからず。思う所を蔵せず、これを争うべし。はなはだ相争うと雖《いえど》も、我意を介すべからず。
一、法を犯すものは、許すべからず。
一、社倉《しゃそう》は民のためにこれを置く。永く利せんがためのものなり。歳《とし》餓えれば則ち発出して、これを救うべし。これを他用すべからず。
一、もしその志を失い、遊楽を好み、驕奢を致し、士民をしてその所を失わしむれば、則ち何の面目ありて封印を戴《いだ》き、土地を領せしや。必ず上表蟄居《ちっきょ》すべし。

「そうであったな」

容保は、眼を閉じた。横山には、時代が違い過ぎるという思いもあったが、容保の気持ちを乱すことを考え、沈黙した。

会津松平家の家訓は、まさに怖るべきものだった。第一条は、幕府親藩の立場から、将軍家に対する忠節を示したもので、幕府に絶対服従を求めた。京都守護職はこれが決め手になった。

そして藩主が政治を行なう基本として、武備を怠らず、兄を敬い、弟を愛し、婦人の言は用いず、家中の風儀を励まし、依怙《えこ》贔屓《ひいき》を避け、口先だけの人間は用いず、近臣には他人の善悪を告げさせてはならない、これが為政者の心得だ、と説いたのである。

第十五ケ条は、さらに厳しいものだった。藩主として領民を安泰にすることができないなら、土地を領有する資格がないので、上表せよというものだった。容保の脳裡には、この家訓があった。

当然のことながら、家訓に縛られ自由な発想ができないという欠点があった。これをぶち壊す藩主がでてもよかったのだが、会津の人々は、穏健というか、自由な発想が奪われてきた面は否定できなかった。

貧乏くじ

「異国船の来航以来、日本はがらりと変わってしまった。殿の京都行きもそのあおりでこうなったのじゃ」

横山は西郷と一緒に上京した家老田中土佐に愚痴《ぐち》をこぼした。土佐の名は玄清《はるきよ》だが、土佐で通っていた。横山はこの土佐をもっとも信頼していた。

表裏のない誠実な男だった。文政《ぶんせい》三年（一八二〇）生まれなので、容保よりは十五歳ほど年長である。田中家も会津九家に数えられる藩内の名門で、家禄は二千石の大身だった。

会津戦争のおり、土佐は甲賀町口で戦った。畳を立て銃弾を防いだが被弾し、「もはやこれまで」と、家老神保《じんぼ》内蔵助《くらのすけ》と共に医師土屋一庵の屋敷で自刃する。ここまで会津を追いこんだことは万死に値すると感じていた。覚悟の自決だった。


「それにしてもなぜ会津が」

土佐は合点が行かぬと言った。

「土津公の家訓じゃ」

「確かに徳川家を第一に考えよ。それはわかるが、ならば御三家が事に当たるべきではござらぬか。尾張《おわり》、紀州《きしゅう》、水戸《みと》、それでなければ彦根《ひこね》ではなかろうか」

土佐は疑問を呈した。

「そこだな。尾張はわれらの親戚だが、三河人は自ら泥をかぶることはせぬ。水戸は騒ぐだけだ。紀州はわれ関せず。面倒なことはみなおことわりじゃ。会津に押し付けて知らぬ顔じゃ。この世は狸が多すぎる。わしもあと何年生きるかわからぬ、心配じゃ。殿は優しいお人柄じゃ。結局、春嶽殿と慶喜公におしきられたのじゃ」

横山は疲れ切った様子だった。

揺らぐ幕府

横山には大きな不安があった。幕府の弱体化である。

アメリカの開国要求に手間取り、日米交渉をまとめた井伊大老が桜田門外の変で、首を奪われて以来、幕府の権威は地に堕ちていた。以後、なにをやってもうまくゆかない。あとを継いだ老中安藤信正《あんどうのぶまさ》も暴徒に襲われ怪我をする始末で、末期症状を呈した。

京都は暴徒の巣窟《そうくつ》である。所司代《しょしだい》や京都町奉行、彦根藩の巡邏隊程度の取り締まりでは、収まりつかない状況になっていた。

「そこに会津が出向いて何をせんとするのか。手におえる代物ではない。逆恨みをかうだけだ。すべては越前どのの策略じゃ。殿の前では言えぬ話じゃ」

横山は溜息をついた。

「春嶽殿、油断のならないお人でござる」

田中も憤慨した。

春嶽は何度断っても、

「幕府危急の折、幕府を助けるのは、保科公以来の会津藩しかおらぬ」

とじきじきに容保を説得し、遂に容保に引き受けさせたのだった。

「たった五万石の加増などではどうにもならぬ」

これから何が起こるのか、不安だらけの京都守護職だった。

とぼける春嶽

結果として会津藩の京都守護職、労多くして、まったく益なし、それどころではない。会津藩消滅の悲劇に終わるのだが、会津を無理やり引きずり出した松平春嶽は後年、回顧録『逸事史補《いつじしほ》』の中で、こう述べた。

松平肥後守をもって、京都守護職被仰付候は、余程意味深長の事にして、誰もこの訳をしる者はなし。この守護職を置かれしは、慶喜と板倉周防守（勝静《かつきよ》）、水野和泉守（忠精《ただきよ》）と相談より起源せり。余も聊《いささか》関係せり。

いささか関係どころではない。決めたのが自分だったが、具合の悪いことになったので、逃げたわけである。つまり幕府は責任を持たない集団になっていた。戦後、春嶽が、会津藩の再興に尽力したことは何もない。

この人、生家は御三卿《ごさんきょう》の田安家。その始祖宗武《むねたけ》は八代将軍吉宗《よしむね》の次男、十一代将軍家斉《いえなり》は春嶽の叔父、十二代将軍家慶《いえよし》は従兄弟、という具合で将軍家と深い関係にあった。重臣中根《なかね》雪江《せっこう》が身命を賭して春嶽に仕え、近習番浅井《あさい》政昭《まさあき》は、はばかることなく諫言《かんげん》した。

二人の尽力で先代から藩政を牛耳っていた守旧派を辞めさせ、種痘《しゅとう》の導入や洋式大砲の製造に着手、緒《お》方洪庵《がたこうあん》の塾で蘭学を学んでいた橋本左内《はしもとさない》を登用、さらには熊本の学者横井小楠《しょうなん》を招き、藩校明道館《めいどうかん》に新風を注入するなど改革者のイメージがあった。勝海舟《かつかいしゅう》や坂本龍馬《さかもとりょうま》とも付き合い、情報量は豊かだった。

容保の場合は、深窓の若君として育てられた。重臣はことごとく世襲制で、諫言する近侍《きんじ》もいなかった。軍備も旧式の長沼流に固執した。前近代的な軍備は奥羽全般に見られる現象だった。

もう一人、京都には孝明《こうめい》天皇という難しすぎる人がいた。

犬猫と同じ

京都の大問題は、孝明天皇の異人嫌いである。

徳川慶喜は自分の回想録『昔夢《せきむ》会筆記《かいひっき》』に言いたい放題、孝明天皇の悪口を語っていた。この時期、孝明天皇は実に困ったお人だった。

慶喜はこう言った。

どうも、そういう者（異人）がはいって来るのは厭だとおっしゃる。煎じ詰めた話が、犬猫と一緒にいるのは厭だとおっしゃるのだ。

別にどうというわけではない。どうかしてああいう者は遠ざけてしまいたい、されば と今戦争も厭だ、どうか一つあれを遠ざけてしまいたいとおっしゃるのだね。

どうもいったい申し上げる人が分らないからね。最初上京をした時に鷹司《たかつかさ》関白へ出て、当時外国に蒸汽船というものができてこう、大砲ができてこうでござるといろいろ申し上げた。なるほどそうかと言って大分お分かりのようだったね。

それで大分お分かりになったと思ってだんだん進んで行くと、いや日本には大和魂というものがあるから、決して恐れることはないとおっしゃるんだね。

どうもお分かりになったか、ならぬか分からない。そのような人が外国の事情を陛下に申し上げるんだ。陛下がお分かり遊ばされぬのは御尤もだ。お尋ねがあっても、それをちゃんと申し上げることができない。

赤鬼ペリー

周囲の人々にも大きな責任があった。

公家衆も知識が極端にかたよっており、ペリーが来航した時、近衛家は孝明天皇に赤鬼のようなペリーの絵を持ち出して説明した。

今日では笑い話だが、当時は、これが真実として流布された。本をただせば、最大の原因は幕府の鎖国政策にあった。おかげで外圧を受けることなく幕末を迎えたが、黒船艦隊が来たところで、日本の政事は破綻し、井伊大老は巻き込まれて横死した。それが回り回って、会津に来てしまったのだ。色々、理屈はあるが、会津の京都守護職は、単純極まりない原因によるものだった。

京都守護職の任務は朝廷の護衛もあった。孝明天皇にいかにしたら理解してもらえるのか。会津の職務は考えれば考えるほど容易ならざるものだった。

江戸湾警備

幕府の弱体化の原因は、世界の動きを読み違えたことだった。長崎と対馬に対外関係の窓口があった。長崎はオランダと中国、対馬は朝鮮である。しかし、西欧の世界では、中心はオランダではなくイギリス、フランス、アメリカに移っていた。

北方の海にはロシアの艦船が出没していた。アメリカが日本に開国を迫っているという情報は、オランダから入っていた。しかし幕府は、鎖国は続けられると高を括っていた。

嘉永《かえい》六年（一八五三）六月三日、ペリー率いるアメリカ東インド艦隊が浦賀に現れ、武力を背景に日本に開国を求めた時、幕府は狼狽し、

「戦争が起こる」

と江戸は喧騒の渦になり、房総警備の会津藩兵も仰天した。

艦隊は旗艦サスクェハナ・三千五百トン、ミシシッピ・千七百トン、帆船サラトガ、同プリマウスの四隻だった。

サスクェハナと、ミシシッピは、太い煙突からモクモクと煙をあげ、甲板には大砲が並んでいた。浦賀からひっきりなしに、注進の馬が駆け込む。老人や子供が郊外に逃れる。陣羽織、小袴、槍、鉄砲、火薬、武器は何でも飛ぶように売れた。

「殿、これはゆゆしき事態でござる」

家老たちが震え声で言ったのを容保は覚えていた。あの時、容保は会津にいた。戦争が始まれば、会津は先鋒である。

混乱のるつぼ

容保は取るものも取りあえず、江戸に駆け付けた。容保が登城すると、そこはもう混乱のるつぼだった。

尊王攘夷《そんのうじょうい》を叫ぶ水戸の徳川斉昭《とくがわなりあき》は、

「人も船も丸ごと取り押さえよ」

と、叫び、

「神風よ吹け」

と、祈る者もいる。

会津藩邸でも盛んな論議が行なわれた。

「どうだ、黒船とやらを撃破できぬのか」

横山が江戸藩邸に詰める藩士たちに問うと、

「アメリカが求める開港を認め、幕府も軍備を新たにするしか道はないものと」

江戸昌平黌に学んだ広沢安任が真摯な眼差しを横山に向けた。

「接戦になれば、わが軍のほうが強い。斬り合いに持ち込むのだ」

書生隊のなかには黒船に斬り込むことを唱える者もいた。

大統領の親書

ペリーが浦賀奉行所の戸田氏栄、井戸弘道に手渡した大統領の親書は、日米両国の親睦と交易、アメリカの商船や捕鯨船に対する水や食料、石炭などの補給のために港を開くこと、難破した船員の保護だった。

急報を受けた幕府老中阿部正弘は、おおいに動転し、福井《ふくい》、徳島《とくしま》、高松《たかまつ》、長州《ちょうしゅう》、姫路《ひめじ》、柳川《やながわ》の六藩に江戸湾の警備を命じた。

反対も多かったが、軍事力のない幕府は親書を受け取るしかない。阿部は浦賀から南西一里ほどの久里浜で親書を受けとった。鎖国の終焉である。

ペリーは十日ほどで、日本を去り、翌年一月十六日、今度は七隻の軍艦で浦賀に入港、二か月あまりの交渉の末、日米和親条約が締結された。開港が決まったのは、伊豆下田、蝦夷《えぞ》函館《はこだて》の二港だった。アメリカ側は蒸気機関車の模型、電信機、ピストル、ライフル銃などを土産に持参した。

「ひょうたんナマズ」と評される阿部正弘である。ここまでこぎつけたのは立派だった。

ここで一件落着と思っていた幕府は、駐日領事ハリスが着任してびっくりした。

ハリスの横顔

ハリスはニューヨーク州ワシントン郡の田舎に生まれた。祖先はイギリス人で、アメリカに移住し、父方、母方の祖父は、ともに一七七五年に勃発したアメリカ独立戦争に参加した。ハリスは中学を卒業してからは陶磁器を輸入する店で働き、その後貿易業を開始し、四十五歳のとき、世界遍歴の旅に出かけた。

彼は外交官を志望してマニラ、シンガポール、香港、カルカッタ、セイロンなどを旅し、東洋各地の政治、経済、文化に精通していた。日本にも関心を抱き、ペリーに手紙を送り、日本訪問に連れていってほしいと頼んだが、断られた。

そこで国務長官や陸軍高官らに直訴、日本領事のポストを獲得した。五十歳を過ぎていたハリスにとって、念願の外交官になる最後のチャンスであった。ハリスは晴れて外交官となり、安政《あんせい》三年（一八五六）七月二十一日、アメリカの軍艦で下田に赴任した。

突然の来日に下田奉行は仰天して江戸に急報した。幕府も驚いた。まだその時期にあらずと退去を求めたが、ハリスは、

「和親条約に記載されている」

と拒絶した。これは国際法上からいって、ハリスに分のある話だった。

幕府は仕方なく下田の在、柿崎村の玉泉寺を宿舎に充て、入国を認めた。書記兼通訳として雇った二十四歳のヘンリー・ヒュースケンと、清国人の従僕五人を連れての来日だった。

日本滞在記

ハリスは潔癖で、何事にも凡帳面な人物で、日記を書くことも日々、欠かさなかった。『日本滞在記』がそれである。

「日本人は清潔な国民である。だれでも毎日、沐浴する。職人、日雇いの労働者、あらゆる男女、老若は自分の労働が終わってから、毎日、入浴する。富裕な人々は自宅に湯殿を持っているが、労働者階級は全部、男女、老若とも同じ浴室に入り、全裸になって身体を洗う。私は、何事にも間違いのない国民が、どうしてこのように品の悪いことをするのか、判断に苦しんでいる」

など、日本のことを細かく記録した。

時の老中は堀田《ほった》正睦《まさよし》である。堀田は関東の佐倉《さくら》藩十一万石の領主。彼は水戸斉昭から蘭癖《らんぺき》があると悪口を言われたほどのオランダ好きで、蘭法医佐藤泰然《たいぜん》を招いて藩校と病院をかねた施設を建設し、順天堂《じゅんてんどう》と名付けた。これが今日の順天堂大学である。

会津松平家、高松松平家など徳川一門の一部と、井伊家、酒井家、堀田家など譜代中の最有力の家柄に限られた溜間《たまりのま》詰めの大名だった。会津とは近い関係にあった。

堀田の最大の仕事は、孝明天皇から日米修好通商条約調印のための勅許の裁可を賜ることだった。ところが孝明天皇が断固反対し、暗礁に乗り上げた。

将軍に謁見

こんなこととは露知らず、ハリスは江戸で将軍家定に謁見した。

安政四年（一八五七）六月二日は、歴史的な日となった。江戸城に外国の外交官が初めて入ったのだ。

ハリスの服装は金で縫い取りをした上着と、幅広い金線が脚部を縦にとおっている青いズボン、金色の房のついた帽子、真珠を柄にはめ込んだ飾剣だった。

殿中には、三百人から四百人の高官が列座し、そのなかに会津藩主松平容保の姿もあった。

ハリスが謁見室に入ると、侍従が、

「アメリカ使節」

と叫んだ。ハリスは頭を下げて部屋の中央まで進み、老中たちが平伏しているところで止まった。そこには五人の閣老が、左手には大君の三人の兄弟が平伏していた。

ハリスは将軍を大君、あるいは大君陛下と呼んだ。これは最大に尊敬を込めた呼び方だった。日本には天皇がいることは知っていたが、それは一種の飾りのような存在であり、日本の最高実力者は大君であるとハリスは理解していた。

大君は、床から二フィート（約六十センチ）ばかり高くなっている席に設けられた椅子に腰かけていた。天井からは簾《すだれ》がかかっており、重い房が下がっていた。大君の衣服は絹布《けんぷ》でできており、それに少し金の刺繡がほどこしてあった。燦然たる宝石も、精巧な黄金の装飾も、柄にダイヤを埋めた刀もなかった。これは意外なことだった。

ハリスは、うやうやしくあいさつした。

「陛下よ、合衆国大統領の信任状を呈するにあたり、私は陛下の健康と幸福を、また陛下の領土の繁栄を、大統領が切に希望していることを陛下にのべるよう命ぜられた。私は陛下の宮廷において、合衆国の全権大使たる高く、かつ重い地位を占めるために選ばれたことを、大なる光栄と考える。そして、私の熱誠な願いは、永続的な友誼《ゆうぎ》の紐によって、より親密に両国を結ばんとするにある。よって、その幸福な目的の達成のために、私は不断の努力を注ぐであろう」

こう読み上げ、ハリスは頭を下げた。

ハリスの態度は堂々としていて、日本の重役たちは、

「さすがたいしたものだ」

と感心し、将軍徳川家定《いえさだ》がどのようなあいさつをするのか、皆が固唾をのんで見守った。

重い沈黙のあと、将軍家定は頭を左にぐいとそらし、同時に右足を踏み鳴らした。

それから、気持ちのいい、しっかりした声で、返答した。

「遠方の国から、使節をもって送られた書簡に満足する。同じく、使節の口上に満足する。両国の交際は、永久に続くであろう」

ハリスはしっかりと、あいさつを聞き取った。それから大統領の書簡を箱に入れて、老中首座の堀田に手渡した。堀田はそれを漆塗りの台にのせた。ハリスはお辞儀をして後ろに下がり、停止してまたお辞儀をし、さらに下がって、謁見は終わった。

貧弱な将軍

この謁見で将軍家定の様子が、世界に駆けめぐることになる。

一体、この将軍はどんな人か。ハリスならずとも、疑問に感じるはずだった。将軍となれば、日本全体を統治する人物のはずだった。アメリカなら合衆国大統領である。それがどこから見ても貧相だった。

家定は前将軍家慶《いえよし》の第四子として文政《ぶんせい》七年（一八二四）に生まれた。家慶は多くの側室に子どもを産ませたが、多くの子どもが早世し、家定が残った。家定は体が弱く、正座できず、よくひきつけを起こす異常な体質だった。

三度、結婚した。最初は関白鷹司家の娘、次に公卿《くぎょう》一条家の娘、三番目が薩摩の篤姫《あつひめ》だった。言葉も聞き取れないほどで、子どもが生まれる見込みもなかった。篤姫と暮らしたのは、わずかに一年半、脚気の病状が悪化し、安政五年に三十五歳で死去した。このとき、家定ではだめだと毒殺をはかった者がいるという噂も流れ、徳川家の前途は危ういものがあった。

徳川幕府の将軍は、このようにひ弱な人物が多かった。これでは国際化の流れの中で指導力を発揮するなど夢のまた夢であり、幕府の弱体化に拍車をかけた。

堀田から次の井伊直弼の時代になっても、将軍のひ弱さは止まらない。次の将軍、徳川家茂《いえもち》は公武合体を旗印に、皇女和宮《かずのみや》が降嫁するが、家茂も胃腸障害などで、わずか二十一歳の若さで病死する。幕府の棟梁がこの体たらくである。これでは、幕府の権威は低下するばかりだった。

本来、徳川幕府は、将軍の独裁政治だった。初代家康はその代表であり、三代将軍家光も名君といわれた。しかし、将軍の質の低下で、次第に飾りもののロボット化が進み、江戸城の大奥で多くの婦女に囲まれて暮らす、世間には通じない人物ばかりになっていた。

国家が滅ぶ日

中西輝政《なかにしてるまさ》著『大英帝国衰亡史』を読んでいたら、四百年前、ベニスの衰退期を生きた歴史家、ジョバンニ・ボテロの言葉があった。

「偉大な国家を滅ぼすものは、けっして外面的な要因ではない。それは何よりも人間の心の中、そしてその反映たる社会の風潮によって滅びるのである」

中西はこの言葉を紹介した。

この本はロングセラーとなり、私の手元にあるのは二十三刷で、毎日出版文化賞、山本七平《やまもとしちへい》賞を受けた作品だった。

日本の幕末に当てはめれば、幕府の賞味期限が切れはじめたときである。幕府に替わるものがないか、あったと手を叩いた。それが天皇だったのかもしれない。

毒舌家で知られる大宅壮一《おおやそういち》はこう語った。

「西欧諸国の植民地競争は次第に活発になり、これにつられてアメリカやロシアも動き出し、日本の周辺を侵してきた。これに対して、ただこれまでどおり蓋を閉じていれば安全だという幕府の態度はあまりにも無為無策であった。鈍感でかつ無関心で事なかれ主義の幕府に愛想をつかした連中が、その代替物を皇室に求めた」（『実録天皇記』）

というのも説得力があった。

しかし日本の皇室も似たり寄ったりだった。孝明天皇の世界観は、あくまで日本中心主義であり、ハリスを一日も早く帰国させよ、アメリカとの間の日米修好通商条約の締結は認めない、というものだ。

天皇の周辺には、水戸や薩長のテロリストが集まった。公家集団も反幕府で動いた。

ハリスの警告とペリーの分析

この動きを知ったハリスは、幕府に警告した。

「そうなれば外国は競って強力な艦隊を日本に派遣し、開国を要求するだろう。日本は屈服するか、そうでなければ戦争の惨苦をなめなければならない。戦争が起きないにしても、日本は絶えず外国の大艦隊の来航におびやかされるに違いない。何らかの譲歩をしようとするならば、それは適当な時期にする必要がある。艦隊が要求する条件は、私の地位の者が要求するものよりも、決して穏和なものではない」

また、

「一隻の軍艦もともなわずして単身、江戸に乗り込んできた私と談判することは、日本の名誉を損なうものではない。もし自分とのあいだで通商条約を結ばなければ、日本はひどい仕打ちを受けるだろう」(『日本滞在記』)

とも語った。これはアメリカの本音だった。

一方、ペリーは日本の将来をこう分析していた。

「実用的ならびに機械的分野の諸技術において、日本人は素晴らしい手先の器用さを備えている。彼らの使う道具の粗末さや、機械に関する不十分な知識を考慮に入れるならば、日本人の持つ手作業の完全さは驚異的なものと思われる。

日本の職人は、世界のどの国にも引けをとらない腕前を持っており、彼らの発明的能力がもっと自由に発揮されるならば、世界の最も進んだ製造業国と肩を並べる日も遠くないことであろう。

他国民の物質的進歩の成果を学び取ろうとする旺盛な好奇心と、それらをすぐに自分たちの用途に同化させようとする進取性からしても、彼らを他国との交流から隔離している政府の方針が緩められるならば、日本人の技術はすぐに世界の最も恵まれた国々と並ぶレベルに到達するであろう。

そして、ひとたび文明世界の過去から現在に至る技術を吸収した暁には、将来の機械技術進歩の競争をめぐり、日本は強力な競争相手として出現することになるであろう」(『日本遠征記』)

ひどくほめ過ぎではあるが、ここまで見通した外国人は、いなかった。

大老の大英断

大老井伊直弼は、孝明天皇や水戸藩の絶対反対を押し切って日米修交通商条約を締結した。

これは日本の将来にとって極めて意義のある大英断だった。

「水戸はおかしい」

このころ、横山が言った。

容保も子供のころから直弼には目をかけてもらっていた。養父容敬は、同じ溜間詰の関係で直弼と昵懇にしており、容敬は直弼の後ろ盾となって、陰に陽に補佐していた。そんな関係で、直弼も容保を我が子のように可愛がり、

「にわかに我が子が、一人増えたようでござる」

と、目を細め、容敬を喜ばせた。

直弼は容保に弓馬、剣槍、居合いなど諸術を学ぶことをすすめ、さらに茶の湯、詠歌など風流の道を忘れてはならぬと説いた。だが武道は体が虚弱なため、一向に興味がわかず、自ら木刀をとることはない。

これでは武将になれぬと思うが、長く外気に当たると、喉を痛め、風邪を引くので、いかんともしがたかった。

大人の対応

条約の締結に激怒し、水戸の斉昭が突然登城したとき、直弼は大上段に振りかぶり、びしっとはねつけたのかと思いきや、そうではなかった。

御用多忙で、食事も出さずに半日待たせ、おもむろに顔を見せた直弼は、

「御身分が違います。どうかこちらに」

と、同行した春嶽を別室に移して気勢をそぎ、斉昭らの前では平身低頭、額を畳にこすりつけて、

「恐れ入り奉ります」

というだけで何ら議論はせず、斉昭以下は、さっぱり要領を得ないうちに帰されてしまった。直弼が万事、一枚上手だった。直弼は幕政に横槍ばかり入れる斉昭には我慢が出来ず、堪忍袋の緒が切れ、関白九《く》条尚忠《じょうひさただ》に書状を送り、斉昭の処罰は避けられないと伝えていた。

孝明天皇の対応もひどかった。

老中間部《まなべ》詮勝《あきかつ》を上洛させ、説得にあたらせたとき、孝明天皇は激怒し、

「勅許《ちょっきょ》など認めぬ」

と、取りつくしまもなかった。

直弼に言われて、孝明天皇の説得に当たった九条関白は、

「夷《い》狄《てき》は嫌いじゃ。馬鹿もの」

孝明天皇に扇子で頭をしたたか叩かれた。

天皇は狂乱の体だったという。朝廷勢力は箸にも棒にもかからない存在であることを知り、間部は立ち往生した。

「この国は全くおかしい」

直弼は嘆いた。

怒る直弼

朝廷サイドの言い分は、幕府の無断調印や尾張、水戸への処罰に疑義を呈し、幕府は御三家、三卿、家門、列藩と協議し国政を進めよというものだった。

従来、朝廷は政治に関与せずだった。天皇が政治に介在してゆけば、幕府の権限はあってなきが如しになる。

「ゆるせぬ」

直弼はこれに関与した人物を洗い出し、朝廷の関係者二十人を筆頭に幕臣、諸国の藩士、神職《しんしょく》、僧侶、商人、農民七十人近くを捕らえ、そのうち八人を死刑にした。

苦悩の末の決断だった。この中に吉田松陰《よしだしょういん》、橋本左内《はしもとさない》、頼三樹三郎《らいみきさぶろう》らがいた。

安政の大獄である。

水戸藩では家老安島帯刀《あじまたてわき》切腹、茅根伊予之介《ちのねいよのすけ》、鵜飼吉左衛門《うがいきちざえもん》死罪、鵜飼幸吉《うがいこうきち》が獄門に処せられた。

二人のバトル

水戸も黙ってはいられない。大反撃に転じた。

斉昭は朝廷に働きかけて、井伊大老を辞職させ、尊王攘夷の精神で幕政改革をはかると息巻いた。

水戸の戦略は巧妙だった。

薩摩からは水戸と関係の深い日下部伊三次が上京し、薩摩藩主島津斉彬《しまづなりあきら》もこれに加担、京都に兵を出す話も含めて朝廷内部の水戸派に接触、勅命で井伊大老を罷免させる戦略でのぞんだ。

このとき、島津斉彬の意をくんで薩摩の工作員として水戸や公家の周辺にもぐり込み、反大老で動いたのが西郷吉之助《さいごうきちのすけ》（隆盛《たかもり》）だった。兵をひきいて上京すべしと主君斉彬に急使を送ったが、斉彬は瀕死の床についていて、実現不可能だった。そうなれば、幕府分裂だった。幕政そっちのけの直弼と斉昭のバトルだった。

天皇を担ぐ

幕府大老と水戸烈公との全面戦争となれば、幕府はますます衰微し、朝廷と反幕府勢力が台頭することは火を見るより明らかだった。

薩摩は斉彬の急死で一歩引くことになったが、水戸はますます闘志を燃やした。水戸は着々と水面下で謀略を練った。水戸派の公家が結束して、自分たちで密勅を作成した。勅書のねつ造である。

幕末、これは大いに流行《はや》った。朝廷は利用される存在だった。

この作戦、以後の政争で頻繁に使われることになる。

玉《たま》、つまり天皇を奪ったほうが勝ちという戦法で、天皇を奪えば正義という発想である。直弼と斉昭の政争は朝廷もからんで未曾有の混乱となった。

王朝時代から朝廷では、外国人を穢《けが》れあるものと信じており、中国人とも朝鮮人とも違って、紅毛人（西洋人）はまったくの夷狄であった。

日本は鎖国によって平和が保たれたという説がある。

外国からは攻撃されず、この島国で仲良く暮らしてきたというのだが、私はその説に反対である。外国の知識の導入が妨げられ、日本が世界一という誤った観念が流布され、このような情けない国に転落した。言うなれば徳川が白らまいた種、鎖国によって徳川幕府が滅びようとしていた。

桜田門

大老に就任してわずか二年目、まだまだこれからというときに大老井伊直弼は無念の死を遂げた。

事件が起こったのは安政七年（一八六〇）三月三日である。

この朝、井伊直弼の首を狙うは高橋多一郎《たかはしたいちろう》、金子孫二郎《かねこまごじろう》、関鉄之介《せきてつのすけ》ら水戸の浪士十六人と、薩摩藩浪士有村《ありむら》次左衛門《じざえもん》、田中謙輔のあわせて十八人が集合場所の愛宕山に向かった。黒雲、天を覆い、飛雪が舞う悪天候だった。

これぞ吉兆と皆が思った。相手は寒さで体がちぢみ、自由に動けぬはずだった。

十八人は午前八時頃、桜田門外に到着した。門の傍らには茶店が二軒出ていた。そこに入りこんで茶碗酒を飲むものもいた。総指揮者の関鉄之介は、武鑑《ぶかん》を手に行きつ戻りつした。

直弼は一面の銀世界を見て、驚いた。少し寝坊をした。

「殿さま、ひどい雪ですわ。桃の節句もこれではね」

と、女たちが言った。積雪が、なんと七寸（約二十一センチ）もあるという。

「そうか」

と直弼はつぶやいた。

大老の警備は通常どおり、特に変化はなく総勢六十人ほどである。一か月ほど前から、登城の際、屋敷の周辺を見回ることにしていた。これは足軽や草履取りの役目だった。

この日はひどい悪天候である。こんな日に襲ってくる者など、いるわけがない。そう判断した。

雪が降っているので、全員、雨合羽をつけ、刀には雪水を防ぐため柄袋《つかぶくろ》をつけた。直弼を守る供目付の河西忠左衛門《かさいちゅうざえもん》は、柄袋を外した。万が一、敵に襲われた場合、すぐに刀を抜いて防戦しなければならない。そう思ったが、外に不審なものはいないというので、忠左衛門はふたたび柄袋をつけた。

家老の岡本半介、六之丞らに見送られて、直弼が太りぎみの体を揺すりながら、玄関に姿を現した。

「今日は節句だ。なるべく早く帰ることにいたそう」

直弼はそう考えて屋敷を出た。母衣役《ほろやく》の長野十之丞が駕籠の前を歩き、供頭の日下部《くさかべ》三郎右衛門《さぶろうえもん》が右に、河西は右後ろに付いた。いつものとおり駕籠は桜田門に向かって進みだした。

瞬時の出来事

日下部が不審者に気づいた。それは雨合羽の数人の男たちだった。

「さがれ、さがれ、何者ッ」

日下部が叫び、供目付の沢村軍六が近づこうとして、いきなり斬りつけられた。日下部は抜刀する余裕がなく斬り倒され、沢村も殺された。これで警護は一気に崩れた。

それでも従者たちが警護を立て直そうとしたとき、突然、拳銃が発射され、機先を制せられた。

そこへ水戸の暗殺隊が、疾風のように駕籠に突進、刀を突き立てた。直弼は瞬時にして命を奪われ、首を切り落とされた。水戸の奇戦は見事に成功し、雪の上には転々と遺体が散乱し、折れ曲がった刀や切断された腕、ばらばらになった指などが落ちていた。

人々がおそるおそる近づき、しばらくたって彦根藩邸から、ばらばらと槍や鉄砲を持った男たちが飛び出してきたが、万事休す。犯人の姿はもうどこにもなかった。

首がない

御供目付側小姓の小河原秀之丞は、駕籠の辺りで深手を負って倒れたが、賊徒《ぞくと》が首を討ち取ったといって喚声をあげたとき、はっと目がさめた。主君の首を持ち去られてはならぬと、よろよろと立ち上がって、首を持った三人の賊を追った。

「待て、水戸野郎っ」

秀之丞は首を持つ男の背中に、渾身の力をこめて刀を突き立てた。悲鳴をあげて男は倒れ、とっさに傍らの一人が袈裟《けさ》がけに秀之丞を斬り裂いた。

首を運んでいたのは、薩摩藩士の有村次左衛門《ありむらじざえもん》で、有村は辰ノ口《くち》の近江三上《みかみ》藩主、若年寄の遠藤但馬守《えんどうたじまのかみ》邸のところまでは逃れたが、そこで力つきて動けなくなった。有村は事の顚末を遠藤家の家人に述べ、直弼の首を託し、自刃して果てた。

秘密裡に処理

虫の息で倒れていた秀之丞の証言で、このことを知った彦根藩は、すぐ遠藤家に使者を送ろうとしたが、それより早く、安藤信正の使者が来て、

「直弼の死は公表いたさぬように」

と伝えた。年格好が近い加田九郎太の首ということにして、持ち帰ることに決め、ただちに遠藤家に使者を送り出し、首級をもらい受けるや藩医の岡島玄達が首と胴体を縫合し、直弼はやっと五体満足な姿になった。直弼の家族は遺体に取り縋って泣き崩れ、女たちは身をよじって嗚咽《おえつ》した。

「両家で戦をしてはならぬ」

容保は安藤信正に命じられて、両家に使いを出し、「争乱を起こせば両家ともとりつぶしになる」と説得し、井伊家をなだめた。

何が起こるかわからない時代になっていた。

直弼、享年四十五だった。これが幕末大動乱の始まりだった。

幕府御三家の一つ水戸家の犯行という前代未聞の事件だった。しかし、幕府は水戸家の取りつぶしもできなかったし、主君を討たれた井伊家が水戸家に攻撃を加えることもなかった。全くしめしのつかない、大混乱時代を象徴する出来事だった。

これで幕府は転落の道を歩み始める。

直弼の死を病死と取り繕った安藤信正のやり方も姑息《こそく》だった。これは天下を揺るがす大事件である。いくら隠したところで、世間にばれてしまうことは火を見るより明らかである。武力蜂起しない彦根藩は腰抜け侍と陰口を叩かれた。それは武士の堕落を意味するものでもあった。この後、安藤も襲われ、失脚するのは当然だった。

尊王攘夷派が一段と力を強め、幕府は日々、崩壊の一途をたどる。京都守護職は西郷頼母や田中土佐が言うように、まことに損な役目だった。

第二章　松平容保、苦衷の上洛

先発隊

主君容保の京都守護職就任が決まって以来、会津藩は、地元も江戸も喧騒《けんそう》の日々だった。

先発した秋月悌次郎と広沢富次郎（安任）は、ともに後年、著名な人物になっている。

秋月は明治になってから、熊本の第五高等学校で漢学、倫理の教授をつとめた。

そこにラフカディオ・ハーンがいて、

「秋月先生は、神のように見えた」

と、書き残している。

秋月が幕末史に姿を見せるのは、長岡藩の河井継之助《かわいつぎのすけ》の日誌『塵壺《ちりつぼ》』によってである。この本は河井が三十三歳の安政六年（一八五九）、尊敬する松山藩の山田方谷《やまだほうこく》に会うために越後長岡《えちごながおか》から備中松山《びっちゅうまつやま》に遊学し、さらに長崎を回遊した時の記録である。

丁度、この時、秋月も同じ会津藩士の土屋鉄之助を伴って西国を回遊していた。二人は山田方谷のところでばったり顔を会わせる。

「会藩秋月悌次郎来る。土佐の政事、面白き咄を聞く」

と『塵壺』にあった。二人は長崎でまた一緒になった。酒を飲み千鳥足で遊郭丸山のあたりを冷やかして歩いた。二人は友人となり、戊辰戦争の時は秋月が長岡に向かい、長岡に参戦を求めている。

秋月は文政七年（一八二四）、会津藩士丸山胤道《まるやまかずみち》の次男に生まれ、諱《いみな》は胤永《かずひさ》、字《あざな》は子錫《しえき》、韋軒《いけん》と号した。秋月は三十九歳になっていた。昌平黌では寄宿舎の寮長をつとめ、十一年間在学し、全国の学者と交流した。薩摩、長州に旅したこともある。

昌平黌時代、秋月には二人の友人がいた。水戸の原市之進と薩摩の重野安繹《しげのやすつぐ》である。いま原市之進は、一橋慶喜《ひとつばしよしのぶ》の懐刀として活躍している。慶喜の後ろには、原がぴたりとついており、秋月は原を通じて幕府の機密事項も知り得る立場にあった。

重野安繹は西郷隆盛配下の一人で、後に東京大学史学科教授になっている。容保は、秋月の人脈の深さを買ったのである。

三沢の開拓者

広沢富次郎は、下北半島の開拓者として知られ、青森県三沢《みさわ》にわが国初の洋式牧場を作った。今は斗南《となみ》藩記念観光村になっており、開拓の歴史を今に伝えている。

広沢は文政《ぶんせい》十三年（一八三〇）、広沢庄助の次男として会津若松に生まれた。下級武士の倅のため家計が苦しく、米つきを手伝いながら藩校日新館《にっしんかん》に通い、師の宗川茂《むねかわしげる》から、

「富次郎は国家経綸《けいりん》（政治家）の器だ」

と、折り紙をつけられた逸材である。

宗川茂は、会津では名の通った教育者で、伊東図書、安部井政治、永岡敬次郎、米沢昌平、柿沢勇記といった有為な青年を育てている。

かくて広沢は会津を代表する知識人として、大役を拝命したのである。広沢が江戸に出たのは二十九歳のときで、秋月と同じ江戸昌平黌へ入学して勉学した。当年三十二歳である。

この春には、幕府外国方の糟谷筑後守に随行して箱館に渡り、ロシアとの国境談判交渉に臨んでいる。会津藩きっての国際派でもあった。

至誠の人

広沢が会津を出るとき詠んだ詩がある。

大義によって根本の道をあけようと思う
一たびこう決心すれば疑いはない
末流を追うて口舌を繰り返すことはせず
至誠であれば天を貫くときがある

広沢はいかなる困難も身命を尽くせば道は開ける、と考えた。

二人を追って第二陣も上洛した。

家老田中土佐を代表とする正式の先発隊である。野村左兵衛、小室金吾、外島《としま》機兵衛《きへえ》、柿沢勇記、大庭恭平、平向熊吉、宗像震太郎ら約二十人の精鋭だった。

いずれも幕府や諸藩との外交を担当する公用方の藩士たちだった。

田中土佐は重責だった。土佐の末裔に田中清玄《せいげん》がいる。清玄の先祖は会津落城後、下北半島に渡り、その後、北海道七飯村に入植、清玄は明治三十九年に、そこで生まれた。旧制函館中学から弘前高校、東京帝大文学部美学科に進学。共産党に入党し、何度も検挙された。その後、転向して出獄、戦後は世界各地を歩き、田中角栄首相、土光経団連会長らと訪欧したのを始め、中国の鄧小平《とうしょうへい》、インドネシアのスハルト大統領ら多くの人物と交際した。

広沢の報告

先発隊の秋月悌次郎、広沢富次郎が京都に向かい、一か月ほどして江戸藩邸に、広沢富次郎からの報告書が届いた。

「有志の徒と称する脱藩の者が多い。初対面の際、自ら脱藩と称し、何年前に幽門されたなどといい、昂然と尊王の説を唱えている。その理由をたずねると、幕府政治がよくないので、政治を天皇のもとに戻すと叫んでいる」

冒頭、このような書き出しである。

「まことにけしからん輩だ」

家老の横山は、憤懣《ふんまん》やるかたない表情である。

「次を読め」

容保が横山をせかせた。

「彼らの熱病のような様は、その主人といえども制することができず、すべては時の勢いである」

横山の声は怒気を含んでいる。容保は黙ったままだ。

「上方の人、会津を知るものは少なく、表札をみて〝カイツ〟とはどこの国だ、と問う者もいる。公卿たちもまったく知識がなく、会津は奥州の野蛮な国で、殺伐を好むなどと語り伝えられている」

ここまで読んで、横山は溜息をついた。

「上方は異国じゃ、カイツとは何事だ」

怒りを通り越して、失望している。

「まあ、いいではないか。いずれ京の都に会津の名を高めてやる」

容保の自信に満ちた顔があった。

容保の上洛は、十二月と決まった。何度目かの連絡があったあと、容保は横山を連れて松平春嶽、一橋慶喜に京都の経過報告を行なった。

「カイヅかー」

慶喜は声をあげて笑い、春嶽は、

「時間の問題だな。いずれみんなアイヅと読む」

と、悠長だった。

一橋慶喜

慶喜は、しばしば一橋邸に容保を呼び出した。

「容保、京都の様子を聞くに気違いじみておる。朝廷や薩長は尊王攘夷の熱に浮かされ、倒幕すら叫んでいる。余の父も尊王攘夷なので、わからぬでもないが、これでは日本は滅びる。余はもはや容赦はしない。フランスを模範にして、まずは軍制の改革を図る。歩兵、騎兵、砲兵の三科から成る洋式軍隊をつくるのだ。この軍隊を動員して尊攘派を叩きのめす」

慶喜はいつも確信に満ちた表情で語った。

慶喜は幼少のころから勝気で、華麗な母、吉子を誇りにして育った。いくら兄弟姉妹が多くても、母は宮家出身の正室である。「俺は他の兄弟とは違う」という優越感があった。それがすべての自信につながっている。

「上様のご見識には恐れ入ります」

「なんの、耳学問よ。それにしても何故に外国を恐れるのだ。わが水戸もそうだが、京都があの騒ぎではどうにもならん。ともに手をたずさえて攘夷を静め、事を成就しようぞ」

「ありがたきお言葉です」

「外国には毎年、使節団を出す。会津からも随員を派遣せよ。若い青年がいい」

「恐れ入ります。家臣たちがどんなに驚くことか」

「うむ」

慶喜は得意気な表情である。

「容保、これを見よ」

今度は英文の週刊紙を取りだした。「THE JAPAN HERALD（ザ・ジャパン・ヘラルド）」。横浜の外人居留地で、毎週土曜日に発行されている四ページだての新聞である。

「外国方に翻訳させて読んでおるが、余のことも書いてある。今後は外国人といかに交際するか、これも大事な仕事の一つと心得よ」

「上様は、底が知れない」

容保は、慶喜の理知的な顔を凝視した。

日々変わる

翌日もその次の日も容保は、慶喜に呼びだされた。慶喜は話題が豊富だった。つぎつぎに話が変わる。外国の話をしたかと思うと、幕府内部の無能を手厳しく批判したりした。

「だいたい老中などにろくな奴はいない。だから薩摩や長州の過激派に京都を占領されてしまったのだ。どいつもこいつも徳川家にしがみつき、ぬくぬく生きている間に世の中が変わってしまったのだ」

「わが会津では考えられませぬ」

「わかっている。そこが会津の会津たる所以だ。いま武士といえるのは、会津をおいてほかにない。旗本などはまったく信用しておらん」

「お言葉がきつすぎるのでは」

「そんなことはない。歴史はいつの日か変わる。信長が本能寺で光秀に討たれ、豊臣は徳川に滅ぼされた。その徳川もこのままでは危ない」

慶喜は、こともなげに言った。

「天誅など許してはおけん。国中にそのような者が広がれば、わが国はどうなる。容保、都の秩序を回復するのだ」

「仰せに従います」

「して、会津の兵力はどのくらいか」

「数千にございます、激しい訓練を積み、決してひけは取りません」

「存じておる。長沼流であったな」

「はい」

「長沼流だけでは古い。銃隊を増やすべし。大砲隊は何隊あったか」

「二隊でございます」

「そうか」

「しかしながら会津は微力ゆえ、上様のお力添えがなければとても職務の遂行は無理でございます」

「心配致すな。困ったことがあれば、何なりと申せ」

容保は、慶喜の力強い言葉に感激してひれ伏した。これがあまりあてにならないことが分かるのは、のちのことになる。

　一方、横山は日々、金の工面に四苦八苦していた。京都赴任の旅費、武具の調達、宿舎の手配、公家との交際費の確保と、やりくりがかさみ支度金三万両ではとても賄いきれない。領国の民百姓に負担をかけることになる。それがつらいことだった。

軍艦で上洛せよ

「殿、京都から火急の文書が参りました」

　横山が苦しげな表情で言った。

「何かあったのか」

「それが、軍艦で上洛されたし、との密事文書にございます」

　横山はそういって咳をした。最近、体調を崩している。

「軍艦で上洛とな、面白いではないか」

「先君がご存命であれば、とんでもない、と一喝されたに相違ございません」

「そう怒るな」

　容保は手紙を読んだ。広沢富次郎の筆跡である。広沢は軍艦による上洛の利点として、都人の度肝を抜くことができる。経費も陸路より安い。山国の会津藩兵に海の時代を感じさせることができる。などを縷々《るる》書き連ねてあった。

　広沢の言うとおりだと容保は思った。

「田中土佐殿ともあろう者が、なんで広沢に説得されてしまったものか」

「そちにしては珍しい。何故そんなに反対するのか」

「殿、海ですぞ。あの荒れ狂う海ですぞ」

「そうか、そちは泳げなかったのか」

容保は思わず吹き出した。

「横山、物事は悪いように考えてはならん。異人を見よ。あの遠いアメリカ、イギリスから渡来するではないか。江戸と大坂ぐらいでどうということもあるまい」

容保は賛成意見だった。

五百年はかかる

文久二年（一八六二）閏八月二十日のことである。

幕府軍艦奉行並《ぶぎょうなみ》勝海舟《かつかいしゅう》を迎えて幕府の海軍建設会議が城中で開かれ、容保も出席した。海軍増設に熱心な春嶽が召集した。

勝海舟が軍艦奉行並に就任してすぐのことだった。将軍家茂臨席のもと老中、若年寄、大小目付、勘定奉行、講武所奉行、軍艦奉行ら、各大名らが出席したところで、春嶽は海舟に日本海軍の見通しを聞いた。

当時、幕府には、数隻の蒸気船があった。

最初に春嶽が意見を述べた。

「我国に軍艦三百数十艇を配備し、幕臣を海軍に従事せしめ、国内の東西、北、南海に海軍を置きたい。何年あればそれが可能か」

と海舟に問うた。

奇想天外、突然の話である。

海舟がどうこたえるか、皆が海舟を見つめた。海舟は海千、山千、人をくった男だった。無理もない。

頭が良すぎるために、意味もなく閑職でくすぶっていた。この間、言いたい放題、幕府の悪口を言ってきた。

「まず五百年はかかるでしょうな」

海舟の爆弾発言に皆が顔を見合わせた。

海舟は皆の横っ面をひっぱたいてから、こう意見を述べた。

「金があれば軍艦は数年を出ずして整うべし。しかし軍艦に従事する人間は全くいない。いかにして養成するか、それが問題でござる。海の学校を開き、学術を進歩させ、そうした人物をだすことこそ肝要であるな」

と、はばかるところなく所信を表明し、並みいる重臣たちの度胆を抜いた。そして海舟は高官が上京する際は、軍艦を使うべしと提言した。

国もとは反対

横山は幕府の意向でもあったので、容保の上洛に軍艦を使うことを会津若松の重臣たちにも諮問した。

しかし、賛成者は皆無だった。

「広沢の策だと。軽輩奴が」

謹慎中の頼母は、話を聞くや眼玉をむいて一喝した。他も皆、同じだった。

会津若松の意向が江戸藩邸に伝えられると、横山は、安堵の表情で、容保に報告した。

「残念ながら国もとの賛成は得られませぬ」

「そちの喜んでいる様子がありありと見える。余に恥をかかせるというのか」

容保の蒼白い顔が紅潮した。

容保は性格的に人を怒鳴ることができない。

ましてや横山は父親同然、人生の恩師である。横山のいうことには逆らえない。

「とにかく軍艦はおやめください」

「頑固な者どもだ」

容保はぷいと横を向いて庭に出た。容保の脳裡に養父、容敬が現れた。

「藩主たる者、家臣の声を無視してはならぬ。何事も和が大事じゃ」

と父がいつも言っていた。

「仕方があるまい」

容保は低く呟いた。会津藩はこの時期から、膨大な記録を残している。

京都と江戸藩邸および会津藩庁との間を往復した『密事文書』、朝廷と幕府の周旋の秘事を記載した『公武御用達控』、諸藩の内情を探索した『見聞録』、広沢富次郎の私記『鞅掌録《おうしょうろく》』などである。

これらにすべて詳細に記されているが、広沢は、江戸から軍艦上洛中止の報が入るや、地団駄踏んで口惜しがった。

「だから会津は田舎者と侮られるのだ。これで会津は三年遅れる」

広沢がいうように西南諸藩は続々、蒸気船を購入し、独自に海軍の創設を始めていた。

「どうもわが会津はお家大事が跋扈《ばっこ》しすぎる。京都に来れば変わるだろう」

秋月が広沢をなだめた。

会津藩が海に関心を持つのは、数年後のことになる。重臣たちの世代交代が進み、若手が台頭して初めて会津海軍の創設構想が練られる。しかし、時代は激しく揺れ動き、会津海軍ははかない夢と消える。

会津は、海に眼を向けるせっかくのチャンスを逸してしまった。

国もとの準備

このころ会津若松は、戦場のようなあわただしさの中にあった。一年交代で常時一千名の藩士を京都に上らせるのである。

どの家も京都の話で持ち切りである。西郷頼母に代表される反対論も一部にはあったが、おおかたの空気は、名誉なこととして受け取り、領民あげて準備に奔走した。留守をあずかる国家老の萱野権兵衛、神保内蔵助、山崎小助、一瀬要人、高橋外記、諏訪大四郎らは、江戸からの書簡に一喜一憂した。

鶴ヶ城三の丸では、連日、演習が行なわれた。会津の軍団は、中国の兵法である長沼流によって編制された。

先鋒　陣将隊約四百人、番頭隊約千二百人。
左右翼　陣将隊約四百人、番頭隊約千六百人。
中軍（本陣）　約四千人。
後陣　陣将隊約四百人、番頭隊約千二百人。
留守備　約五百人。
猪苗代留守備　約百五十人。

であった。

陣将は千石以上の家老である。

全軍あげての操練は「追鳥狩《おいとりがり》」と呼ばれ、藩主在国のとき、郊外の大野ケ原で行なわれた。

容保も何度か指揮を執った。

容保が陸将に命令を下すと、陣将から組頭、総長、一般兵士へと命令が下り、一斉に銃を発射して進撃した。続いて左右の兵が進軍し、騎馬武者が槍を構えて突撃する。このとき数十羽の鳥が放たれ、兵士たちは競って鳥を捕え、容保に献上するのである。

「会津の武力は、どこにもひけをとらない」

容保には自信があった。

「最後は武力だ」といった慶喜の言葉も核心を衝いていた。だが、武力を行使すれば、相手も武力で立ち向かってくる。やがて、国内に戦いが広がる。三百年続いた泰平の世は破られるだろう。

徳川幕府と朝廷の融和の道はないものか。容保の思いは、この一点に尽きた。

時は刻一刻と経過して行った。九月、十月はまたたく間に過ぎ、もう十一月である。一か月後の上洛をひかえ、容保主従の表情も緊張の度を深めた。

そんなある日、老中の板倉勝静《いたくらかつきよ》から横山に火急の呼び出しがあった。

目には目を

横山は板倉がつめる御用部屋に足を運んだ。

ここは老中、若年寄の執務室である。部屋中に炉が切ってある。そこに一人の男がいた。

庄内《しょうない》藩郷士清河八郎《きよかわはちろう》だった。

「清河は京に参り、不逞の浪士たちを取り締まると申している」

「わが殿も春嶽殿から、その様な話を聞いておられた」

「ならば好都合じゃ、わしは清河に京都の取り締まりを頼もうと考えておる」

と言って清河を紹介した。

眼のぎょろりとした面長の男で、丈はすらりとした男である。

「京都守護職ご就任、おめでたい限りにございます。容保公の警護に当たる所存にございます」

と言って深々と頭を下げた。横山は庄内藩とも付き合いがあった。藩士ではなく郷士というのが気になった。使える者はだれでも使うというのが、板倉のやり方だった。

広沢から京都の情勢報告を受けているので、「なるほど、この手もあるか」と、横山は思った。

京都守護職としての会津藩には限界がある。会津藩は、日本の政府そのものであり、正義の旗印を高く掲げ、朝廷を守護するのが役目である。相手がいかに無法者でも、むやみに斬り殺すことはできない。会津藩に代わって浪士隊が天誅を加える、というならば、それはそれでいいかもしれないが、やり方次第では火に油を注ぐことになりかねない。

どこか、うさん臭い。

横山は全面的に賛成ではなかったが、慶喜も乗り気ということで、横山は口をつぐんだ。『徳川慶喜公伝』に、浪士隊の記述があった。

「幕府の浪人に対する取締りはやや寛大であった。このため浪人は勢いに乗り、益々横行せり。文久二年暮れ、浪士を江戸に糾合して一隊を編成し、以って幕府の用をなさしめる策を講じたり。講武所剣術教授方松平主税助、鵜殿鳩翁にも浪人取扱いを命じ、浪人清河八郎、石坂周蔵、池田徳太郎らをしてこれを統括せしめ、将軍上洛の折に浪士を率いて京都に赴けり」

清河八郎の献策とされる浪士隊、のちの新選組だが、実際は幕府の上層部、板倉の周辺によって画策され、幕臣たちの手で進められたもので、幕府の匂いを消すために清河の名前を使ったに過ぎなかった。

横山の疑問

油断も隙もない時代である。いつ変心して、当方に鉾先を向けぬとも限らない。

「当藩の家臣に手代木《てしろぎ》直右衛門《すぐえもん》という男がいる。その実弟が佐々木只三郎《ささきただざぶろう》といい、江戸では名の通った使い手だ。ご存知かな」

横山は、さりげなく只三郎の名前を出した。

只三郎は、会津藩校日新館時代から剣の天才といわれた男で、江戸に出て遠縁に当たる旗本の佐々木家の養子になり、佐々木を名乗った。肩幅の広い長身の剣士で、幕府講武所剣術教授方である。

「横山殿、佐々木殿を知らなければ、もぐりです。さすがに会津は手強い」

清河は、虚を突かれたように真顔になった。

江戸には、一旗あげようとする剣士が大勢いる。泰平の世では立身出世も望めない。変革のときこそ己の出番がある。野望に燃えた青年たちである。

清河は京都に入ると大変身、尊王攘夷の先駆けになると宣言する。これを聞いた板倉は激怒し、清河は江戸に戻され、佐々木只三郎に斬り殺される。

もちろん、このときは、清河も自分の運命を知る由もない。この時代、人間の運命はわからない。

近藤道場

小石川の近藤勇《こんどういさみ》の道場にもこの知らせが入った。ここには大勢の剣士がいた。

道場主の近藤は、天然理心流《てんねんりしんりゅう》の達人である。

もともとは武州上石原《ぶしゅうかみいしわら》の農家の出で、六歳のとき道場主の近藤周助の養子に入った。五十人ほどの門弟を抱えた小さな道場だが、天才的な使い手がいて評判を取っていた。それが白河《しらかわ》藩脱藩の沖田《おきた》総司《そうじ》である。

まだ二十歳そこそこの若輩だが、目にもとまらぬ早業で相手を打ち倒し、近藤も兜を脱ぐ存在だった。

道場には生え抜きの土方歳三《ひじかたとしぞう》、井上源三郎《いのうえげんざぶろう》、千葉周作の門下生である藤堂平助《とうどうへいすけ》、山南敬助《やまなみけいすけ》もいたが、沖田にかかっては子供同然に扱われた。

「浪士隊はいつごろ京都へ」

「会津よりは遅れよう。なにせこれからの編制になる。まあ、年明けだな」

と板倉が言った。

横山は、準備が順調に進んでいることに満足した。

王城の守護者

文久二年（一八六二）十二月九日、松平容保は、藩兵一千名を率いて江戸を発った。

武器弾薬は海路輸送するため、持参するのは小銃六十挺、長槍二十筋、弓二十張、馬三十頭にとどまった。この年、幕府は軍艦方と洋式銃兵に西洋式軍服を着せた。士官以上は筒袖、折襟服、下士官は筒袖である。通称「だんぶくろ」といった。

会津藩は依然として旧来の服装である。武器も長槍、弓、小銃も火縄銃で、古色蒼然たるものであった。残念ながら会津藩の軍事面の近代化はまだ手つかずだった。

延々と続く大名行列を、一橋慶喜、松平春嶽らが見送った。一行は、道中各地で盛大な歓迎を受け、半月後の二十四日巳《み》の刻（午前十時）京都に入った。底冷えのする寒い朝である。霜柱を踏んで一千の藩兵が行進した。田中土佐、野村左兵衛、秋月悌次郎、広沢富次郎ら懐かしい顔があった。

「殿、お待ちしておりました」

「おー、皆の者ご苦労であった。本日よりわれわれは王城の守護者である。京の人々にわれらが勇姿を見せるのだ」

容保の顔に赤味がさした。

田中土佐が容保の傍らにつき、横山主税が老骨に鞭打って殿《しんがり》をつとめた。

沿道は黒山の人である。京都町奉行永井尚志の布告によって、多数の市民が出迎えた。そのなかに、見るからに素浪人風、眼付きの鋭い男たちもいた。

「あれが会津容保か」

と、射すような眼で容保を睨んだ。

容保は緊張した。

これだけの人の眼にさらされるのは、初めてである。人、人、人の波である。

容保は、三条大橋を渡った。やがて旅籠《はたご》屋が並ぶ三条通りを西に曲がり、寺町今出川下ルの日蓮宗本禅寺へと向かった。

「えらい行列やなあー」

「そやけど、カイツて、どこの藩や」

「あほう、何も知らんのか、奥州の会津藩や」

「奥州とは遠いとこどすなあー」

「京都守護職という大役を仰せつかわはったんや」

「お供のお侍さん、みな強そうな顔してはりますなあー」

沿道の人々の評判は、まずまずである。

本禅寺に入った容保は、旅装を麻の礼服に改め、禁裡北側の関白近衛《このえ》忠熙《ただひろ》邸へ伺候《しこう》して、上洛の挨拶をした。近衛は孝明天皇の信任が厚く、鎌倉時代から薩摩の島津家と縁戚関係にある宮廷内部の実力者である。急進的な攘夷《じょうい》倒幕《とうばく》論を嫌い、公武合体に同調していた。

「京都守護職、松平容保にございます」

「島津殿からそちの人となりは聞いておる。帝も乱れた治安の回復を願っておられる」

容保は平伏して、関白の言葉を聞いた。

関白邸の女官たちは、

「容保はん、絵に描いたような男前やなあー」

と、噂し合った。

「帝は余に期待をかけておられる」

容保は大役の重さに、身が引き締まる思いだった。

黒谷はん

秋月と広沢は、京都の会津藩本陣として黒谷《くろだに》の金戒光明寺《こんかいこうみょうじ》を選んでいた。左京区岡崎黒谷の地にある浄土宗の本山である。

五万坪の境内《けいだい》には、西翁院《さいおういん》はじめ四十余の塔頭《たっちゅう》があった。

「黒谷はん」

と言えば、知らない人がいない名刹《めいさつ》である。黒谷までの路は、両側とも隙間なく並び、殿《しんがり》の横山にも数十人の家臣団が続き、あたかも大名の様な威厳があった。

寺に入って容保ははじめて安堵した。

「殿、なかなかよき所にございます」

横山は満足そうにあたりを見た。

「家来たちは、さすがにいい所を選んでくれた」

容保も境内を見渡した。

はるか前方に京の街が広がっている。ときおり肌を刺す風が境内を吹き抜けた。容保は早速、境内を歩いた。藩兵たちの部屋割りで、境内は足の踏み場もない雑踏である。境内だけではとても収容できない。周辺の民家も借り上げた。馬のいななき、会津弁の怒鳴り声がいたるところに響く。京都の人夫も数多く動員され、荷物が整理されて行く。竈に火を入れ、炊事も始まった。

「家来たちには苦労をかける」

容保が言うと、

「これしきのこと、会津の侍は水火も辞しませぬ」

横山は笑顔を見せた。

容保は立ち止まって御所の方角を見た。

直線距離にしてわずかに半里（二キロ）、御所を守護するうえでこれほど便利な場所はない。

「あそこに帝がおわすのか」

容保は、じっと見つめた。

容保の胸に熱いものがこみ上げた。

人間の運命はわからない。東国会津の総帥として、江戸を守るのが容保の職務であった。

それがいま京の都にいるのだ。

信長、秀吉、家康。

天下人はこぞって王朝の暮らしにあこがれた。

「余も都人になったのだ」

容保は、感激で胸が震えた。

城構え

金戒光明寺の周囲は、城構えのように小高い丘になっている。東と西は、切り立った崖である。正面には、ケヤキに鉄の鋲を打った壮大な門があり、一度閉めると、何人をも通さない強靭さがあった。

会津鶴ヶ城に比べれば、心もとない限りだが、境内とこの界隈には一千の精鋭もいる。

「京の都を鎮め、皇国未曾有の危機を救うのだ」

容保は、心に誓った。

境内の一角にある西翁院の茶室「淀見の席」に座ると、はるかに淀川を上り下りする舟の帆が見えた。

先発隊が黒谷本陣を決断した背景には、もう一つの理由があった。ここは徳川家の菩提寺《ぼだいじ》であり、二代将軍秀忠の御台所、江の墓があった。秀忠は会津藩祖保科正之の父である。

容保は江の墓に深々と頭を下げた。

「世の中は奇妙な巡りあわせになっている」

容保は深い感慨にとらわれた。

「横山、余はここに会津の墓地を求めるぞ」

容保が言った。

会津藩は、もはや引くに引けない崖っぷちに立ったのだ。江戸ならばどうにでもなる。一旦緩急あれば、国もとから応援の精鋭も駆けつけてくれる。しかしここ京都は、あまりにも遠い。暴徒がはびこる無法の地であり、はたして会津の至誠がどこまで通じるのか。重臣たちの胸に一抹の不安があった。

容保の墓という言葉で決断がついた。

「それはよきことにございます。墓があれば、私も老骨に鞭打って働くことができますぞ」

横山が賛成した。

「そちは、いずれ会津に戻ってもらわねばならぬ。会津あっての京都だ。そちの墓はいらぬ。何をいうか」

容保は、横山に言った。

カケスが甲高い声を響かせて、裏山に消えた。

さまざまの想い

この夜、容保は寝殿造りの大方丈で眠った。

旅の疲れですぐ寝入ったが、夜中に眼を覚ました。さまざまのことが、脳裡を掠めた。養父のこと、無念の死を遂げた井伊大老、亡くなった妻敏姫《としひめ》も脳裡に浮かんだ。

敏姫は養父容敬の娘で、容保が二十一歳のときに結婚した。わずか十三歳、まだ少女であった。しかも虚弱で、悪いことに結婚後に痘瘡にかかった。回復が遅れ、床に伏すことが多く、昨年十月、風邪をこじらせてにわかに逝去《せいきょ》した。享年十八。薄幸な人生だった。

容保にとって敏姫は妹のような存在だった。結婚生活もままごとに近く、敏姫の体に手を触れたのは、結婚して四年も過ぎていた。乳房は蕾のように固く、敏姫は怯えた眼で容保を見た。容保の結婚生活の不幸は、誰の眼にも明らかだった。しかし容保は養子である。将軍のように手当たり次第に側室を置くこともできない。

京都守護職を拝命すると、周囲から盛んに再婚の話がでた。候補に上がったのは、加賀百万石前田家の息女礼姫である。前田家と会津松平家は縁戚関係にあった。こうした関係で、容保の再婚話はトントン拍子に進んだ。

一部の史書はこの十月に婚約したと記しているが、『容保公略伝』『会津藩庁記録』『京都守護職始末』

『会津戊辰戦史』など会津の正史には、容保再婚の話はない。おそらく礼姫との結婚は、京都守護職就任などさまざまな事情で、沙汰止みになったと見るのが正しいだろう。ただし、金戒光明寺に秘蔵される『黒谷日鑑』に、

「会津侯姫様よりお菓子を賜る」

「御前様会津侯奥方の病気御見舞」

などの記載がある。

『黒谷日鑑』は、ある時期から容保に奥方が、あるいは身辺を世話する女性がいたことを伝えている。いったい、この女性は誰なのか。このことは後に触れる。

たぐいまれな団結

金戒光明寺の境内は、野鳥が多い。

カケス、モズ、カラス。鳴き声がけたたましく交錯し、朝から賑やかである。サザンカ、ツバキ、イチョウ、マツ。樹木も多く、野鳥の絶好の棲処である。

容保の目覚めは早い。障子をあけて寒気を吸い、御所に向かって礼拝する。いよいよ仕事だ。金戒光明寺の大殿に会津藩重臣、陣将、隊長、組頭、公用方ら主だった家来たちが集められた。その数ざっと百名。大広間は水を打ったような静かさである。会津の武勇は、類まれな団結と秩序にある。藩兵たちは容保のため、国のため、命を投げ出す覚悟で来ている。

「皆の者、われわれはこの京都を死に場所と心に刻み、粉骨砕身努力せねばならぬ」

家老の横山主税が叫ぶと、

「おおー」

満座に鬨の声があがった。

次いで、先乗りの田中土佐が京都の現況を説明した。

「尊王攘夷《そんのうじょうい》を叫ぶ浮浪の輩が京都の街に跋扈《ばっこ》している。奴らは徒党を組んで、国憲を乱し、官吏を侮辱し、良民を脅迫し、治安を妨害している。謀殺、暗殺は日常茶飯事であり、あたかも無政府の状態である」

満座に緊張が走った。

「わが会津藩の使命は、この王城の都を守護するにある。とにかく暴徒がはびこり、ひどい状態である。不逞《ふてい》の輩は斬り捨てても構わぬ。夢々油断めさるな」

田中土佐の演説に迫力があった。

「殿、お言葉を」

横山が言った。容保が顔を上げ、満座を見た。

「会津は幕府の親藩である。われわれの使命は幕命にそい、帝を守護するにある。暴徒とはいえ相手も人間だ。話せばわかる。至誠こそが最後に勝利を得るのだ。横山、田中を助け、大役に当たってほしい」

容保は慎重に言葉を選んで、自らにいい聞かせるように述べた。容保にはまだ都の実態は理解できずにいた。

「酒を持て、酒を！」

横山が手を叩いた。会津の酒が並んだ。どの顔も大任を果たす喜びと、果たして期待に応えることが出来るかという不安が入り混じり、心境は複雑だった。

公用局

容保は、黒谷に公用局を設置、野村左兵衛を中心に秋月悌次郎、広沢富次郎、外島機兵衛、小森久太郎、小野権之丞、丹羽寛次郎、小室金吾らが情報の収集と分析に当たり、京都守護職の業務に反映させた。急務は暴徒の徹底的な摘発だった。

「犯人は操り人形だ。背後に悪辣な奴が潜んでいる」

「犯人を引っ捕らえて叩き斬れ」

いつもさまざまな議論が出た。容保もしばしば顔を出し、じっと議論に耳を傾け、ときには意見を述べた。容保の意見はいつも誠実だった。

「尊王攘夷派の浪士どもは、憎むべき輩だが、同情の余地もある。父母妻子を捨てて死地に入り、実に水火も辞さぬ者どもである。必要があれば連れて参れ。余が直々に話を聞こう」

容保にこう言われると、誰もが反論できずに口を噤んだ。

「それは違います」

とは言いにくい。容保は純粋過ぎる人柄だった。

「昼夜の別なく巡察をせよ」

容保の命令で、会津藩巡察隊が隊列を組んで市内を歩き、警戒に当たった。それだけで荒廃し、すさんだ京の街が明るくなった。

「やっと安心して眠れる」

関白の近衛忠熙も安堵し、容保にいっそうの信頼を寄せた。テロを怖れ、夜になると早々に店じまいしていた商店も夜店を再開した。

第三章　暗殺者の街

孝明天皇

文久三年（一八六三）正月二日。

容保は初めて参内し、御所の紫宸殿《ししんでん》に近い小御所に案内された。上段の間に御簾《みす》が下がっている。ここに孝明天皇が御出座になるのだ。

会津松平家はもともと神道である。神即ち帝に対する畏敬の念で、容保の胸は高鳴った。

容保は昨夜、まんじりともせず考えた。孝明天皇の基本理念は攘夷である。ペリーの艦隊が浦賀に入ると、海防警戒の沙汰書を幕府に下し、京都の七社七寺で外夷退散の祈願を行なった。

幕府が日米修好通商条約を調印し、孝明天皇に事後承認を求めたときは、激怒のあまり退位をほのめかしたほどでもある。

「困った」

と、容保は思った。

容保は開国を主張する幕府の代表である。帝とは相容れぬ立場である。容保は今さらのように京都守護職の難しさを感じ、汗が流れた。

「肥後殿、帝でござるぞ」

取り次ぎの伝奏の言葉で、容保の緊張はその極に達した。

「はっ」

容保はひれ伏した。体がガタガタ震え、冷や汗が止まらない。眼を閉じて息を吸った。

「左近衛権中将、源容保にございます」

容保は官位を述べて、初めて安堵した。声をだしたことで緊張がとけたのである。

孝明天皇は、この東国の武将に好感を持った。年齢も近い。

孝明天皇　三十二歳。

松平容保　二十八歳。

ともに青年の情熱を持っている。このとき、ありえないことが起こった。御簾の奥から天皇の声がした。

「朕より衣をつかわす」

容保は驚きのあまり、かたずを呑んで御簾を凝視した。かすかに人の動く気配がした。帝が立ち去ったに違いない。

「ははー」

容保は慌ててひれ伏した。伝奏が緋の御衣を持参し、

「戦袍《せんぽう》か直垂《ひたたれ》に作り直すがよい、と帝が申された。これは異例のことにございますぞ」

と、手渡した。

容保にとって、すべてが信じられない出来事だった。胸のつかえがおり、天にも昇る心地がした。

外国人襲撃

孝明天皇の影響は大きかった。浪士という名のテロリストが徹底的に外国人を襲撃した。

保谷徹『幕末日本と対外戦争の危機』に外国人襲撃の一覧が掲載されている。

安政六年七月二十七日（一八五九）
露国海軍見習士官モフエト・水兵二名が、横浜で殺傷される。
安政六年十月十一日
仏国領事代理の中国人召使が、横浜で斬殺される。
万延元年一月七日（一八六〇）
英国総領事館の通弁伝吉が殺害される。
万延元年二月四日
蘭国商船長デ・フォス、同デッケルが、横浜で斬殺される。
万延元年九月十七日
仏国公使館旗番ナタールが、襲撃され負傷。
万延元年十二月五日
米国公使館通弁官ヒユースケンが、暗殺される。
文久元年五月二十八日（一八六一）
英国仮公使館東禅寺が襲撃され、書記官オリファントらが負傷。（東禅寺事件）
文久二年五月二十九日（一八六二）
東禅寺を護衛する松本藩士伊藤軍兵衛が、英人二人を斬殺。（第二次東禅寺事件）
文久二年八月二十一日
薩摩藩島津《しまづ》久光《ひさみつ》の供侍が英国商人らを襲撃し、リチャードソンが殺害される。（生麦事件）

こうみると外人襲撃事件が、かなりの数に上ることがわかる。このほか英国公使館焼き討ち事件もあった。犯人は長州の井上馨《いのうえかおる》、伊藤博文《いとうひろぶみ》らだった。井上、伊藤は後年総理大臣を務めた。
テロ襲撃事件の犯人に対する各国の追及に対し、幕府は攘夷過激派の暗躍を抑え込む策を持たなかった。
幕府はテロに翻弄されるばかりだった。

テロリストの実像

作家早乙女貢《さおとめみつぐ》さんの対談集『士魂の道』に大胆なテロリスト評がある。シナリオライターの山田太一《やまだたいち》氏、歴史学者の松島栄一《まつしまえいいち》氏との鼎談《ていだん》を収録したものである。その中で三人はこう語った。

山田　山県にしろ伊藤博文にしろ、みんな下級武士でしょう。先輩がうまく死んでくれて、すごく恵まれてくるわけですね。そのときのぜいたくしようという、あの気持ちはなにか……。

早乙女　伊藤なんてのは、天下をとってから死ぬまで次から次へと芸者やなんかを自分の女にしたり、放り出したりでね。本当にろくなことをしてないものね。

松島　それをわざと新聞に書かせて、裏でやってる本当に悪いことを全部隠しているわけだ。伊藤公においては、また若いアレをナニされたとかいう記事で、カムフラージュするわけだ。

山田　〝英雄色を好む〟というか、妾の一人や二人は男の甲斐性《かいしょう》とか、日本にはそういう風土がありますね。

早乙女　へその下には人格がないみたいだね、そういったところが現在でもたしかにある。だいたい、あの高杉晋作なんていう悪いやつがいるじゃないですか。あんなに公金を横領したやつはいないよね。

松島　それが維新の元勲の先輩だということで、罪状消滅しているわけでしょう。

早乙女　公金横領をいちいちあげてたら何時間たっても話しきれないが（笑）、とにかく長州藩から二千両もらって長崎へ船を買いにいくわけだ。その金を女を買って全部使っちゃって、またよこせというんだからね。

上海へ幕府から百人視察団を派遣したんだが、高杉も随行でいくわけ。そのときだって二千両くらいもらったのはいいが、船が出るまで毎日芸者買い。そのうえ大金をはたいて芸者を落籍《ひか》して自分の妾にしてですねえ、さんざん楽しんだあげく出港ということになって叩き売っちゃうわけだ。

だいたいあの男はうす汚ない淫売女を買うのが大好きでね。京都から呼び戻されたときだって、もう港々で女を買って旅費を使い果たすという始末で、どうしようもない。肺病で死んだからいいようなものの、これが明治政府の文部大臣にでもなっていたらたいへんだよ（笑）。こんなやつをいまだに英雄視するなんて阿呆《あほ》を絵にかいたようなものだ。

と山県や伊藤は言われ放題だった。

もう一つの幕末史

半藤一利《はんどうかずとし》さんの『もう一つの「幕末史」』にもこうあった。

文久二年、江戸は品川御殿山《ごてんやま》の英国公使館焼き討ちは、高杉晋作の指揮の下、久坂玄瑞《くさかげんずい》、伊藤博文、井上馨、品川弥二郎《しながわやじろう》ら長州藩の十二名が実行犯でした。長州藩の名声を高めるための暴挙と言ってもいいでしょう。

このとき彼らは品川の遊廓、土蔵相模に集合したのですが、気持ちが昂《たか》ぶるばかり、手際が悪い。せっかくつくった火薬玉を井上馨の愛娼の部屋へ忘れていったのだそうです。焼き討ちが終わって戻ってきたところ、「肝心の道具をお忘れになるようでは、行く末が案じられてなりません」と愛娼にたしなめられ、ぐうの音も出なかったとか。

文芸評論家の野口武彦《のぐちたけひこ》さんの書いたもので知ったのですが、伊藤博文はその直後に、盲目の国学者塙保《はなわほ》己《き》一《いち》の息子で、やはり国学者だった塙次郎暗殺に手を染めています。

次郎は、かつての老中の安藤信正に頼まれて、過去の外国人待遇の先例を調べていたのですが、それが攘夷派の志士たちの間で天皇の退位を研究しているという事実無根の噂になって広まってしまった。で、伊藤はわざわざ入門志望者と偽って、次郎の顔を覚え、後日、惨殺の挙に出たのです。家に押し入って斬ったのではない、帰宅を往来で待ち伏せしてやったのだと、のちに得々として語っているようです。政治的意味はゼロに等しい暗殺でしたが、貧しい足軽出身の伊藤にとって、志士の間でハクを付けるために必要だったのでしょうか。〝初代首相〟もやくざの鉄砲玉と大してかわりなかったようです。日本はまったくすごい国ですね。

こういう話が、昨今、ボロボロ出るようになった。彼らは三十歳前後の血気盛んなころである。まして集団行動となれば、なんでもありだった。彼らが使う尊王攘夷、別に天皇を崇拝していた訳ではない。ただ免罪符に使っていただけに過ぎなかった。

隠ぺい

昭和四十一年、高杉東行《とうぎょう》先生百年祭奉賛会が地元で結成され、『東行高杉晋作』が刊行された。「先生の遺徳、業績を顕彰するには、何よりもまず正確な資料に基づく中正な評価によらなければならない」と「刊行のことば」にあったが、イギリス公使館焼き討ち事件は一行も記載されていなかった。せっかくの伝記だが、史料的価値は半減だった。

私の知人の一坂太郎《いちさかたろう》著『高杉晋作』はお勧めである。

真面目な会津の侍は彼らに、徹底的に敗れてゆく。なぜだ、なぜなのか。これからこの本は、その悲劇のドラマに入ってゆくことになる。

松平容保はしばしば、これら浪士と「上下の情実貫通」のため言路開通の必要性を述べていたが、浪士にその気は全くない。そもそも容保の存在自体を否定していたのだから、話のほかだった。容保は甘すぎた。また補佐する集団、公用局の面々も人が良すぎた。いずれ戦争になるという認識が希薄だった。

戦争の危機

生麦事件の発生は、それまでの尊王攘夷のテロが外交官や軍人を対象としていたのに対し、はじめて民間商人が被害者となったことで、居留民社会に大きな衝撃を与えた。

生麦事件の内容は、このようなものだった。

文久二年八月二十一日、神奈川と川崎の間の街道を乗馬でやって来た香港のボラデール夫人およびウッドソープ・C・クラークとウィリアム・マーシャルのイギリス人らが薩摩の島津家の大名の行列に出会い、わきへ寄れと言われた。そのうちに薩摩藩主の父、島津久光の乗っている駕籠が見えてきた。

こんどは、引き返せと命ぜられたので、その通りに馬首をめぐらそうとしていたとき、行列中の数名の者が武器を振るって襲いかかり、鋭い刃のついている重い刀で斬りつけた。上海の商人リチャードソンは瀕死の重傷を負って、馬から落ちた。

他の二人も重傷を負ったが、夫人に向かって、

「馬を飛ばしなさい。あなたを助けることはできない」

と叫んだ。夫人は無事に横浜へ帰って、急を伝えた。馬や拳銃を持っている居留地の人々は、すぐさま武装して殺害の現場へ馬を飛ばした。

フランス公使のベルクールは、六名のフランス騎兵を現場へ急派した。第六十七連隊のプライス中尉は、数名のフランス歩兵と公使館付護衛兵の一部を率いて繰りだした。

しかし誰よりも一番さきに駆けつけた人は、ドクトルのウィリスであった。生麦の現場には気の毒にもリチャードソンの死体が路傍の木陰に横たわっていた。リチャードソンは負傷して、どうすることもできず、その場に倒れていたところを、さらに喉を切られたのである。死体には一面に刀傷があり、どれも充分な致命傷であった。（アーネスト・サトウ『一外交官の見た明治維新』）

事件直後、居留民は、保土ケ谷の島津久光一行を即時、攻撃せよと叫んだ。海軍の兵一千を投入し、薩摩の兵を壊滅することだった。

しかし、英国の代理公使ニールは、これを抑え、本国に指示を求めた。

本国政府は翌年早々、犯人の処罰と賠償請求を幕府と薩摩藩の双方に対して突きつけることを命じてきた。英国政府の要求は、幕府に対して謝罪と賠償金十万ポンド、薩摩藩に対しては犯人の処刑と賠償金二万五千ポンドを求めるものだった。しかし、幕府と薩摩の対応はのらりくらりと遅く、結局、薩英戦争に発展する。

しかし、これを契機に薩摩は英国との協調外交に転じ、軍備の近代化を進める。

暴徒の巣窟

この時、京都の街は暴徒の巣窟《そうくつ》と化していた。薩摩や長州の浪士によって日々、血生臭い暗殺が行なわれ、人々は恐怖におびえていた。

長州藩は長井雅楽《うた》の「航海遠略策」によって開国、公武合体論を主張していたが、これは幕府に与するものだと、吉田松陰《よしだしょういん》の門下生たちが一斉に反発した。

中心となったのは久坂玄瑞、桂小五郎《かつらこごろう》（木戸孝允《きどたかよし》）らで、長井を姦物として断罪し、討幕を掲げて京都に潜入し、会津藩を牽制した。彼らの拠りどころは、孝明天皇だった。朝廷と手を結び、日本に混乱を巻き起こすことが討幕につながると計算した。

彼らは京都で幕府派の人々を徹底的につけねらって暗殺した。京都守護職の会津に対する風当たりも強まる一方だった。

「会津を震えあがらせてやれ」

暴徒たちは叫んだ。

人斬り三人男

このころ、土佐の岡田以蔵《いぞう》、薩摩の田中新兵衛《しんべえ》、肥後熊本の河上彦斎《げんさい》の三人が人斬りとして知られていた。

閏八月二十二日夜には、九条家の諸大夫宇郷玄蕃頭《しょだいぶうごうげんばのかみ》が同じように殺された。罪状を記し、暗殺を予告する張り紙もあった。名指しされた人物は恐怖に震えた。どんな人間でもテロは怖い。皆、おびえて暮らし、行方をくらます者もいた。

彼らは攘夷の先頭に立ち、文久二年夏ごろから公然とテロ行為に走った。まず親幕府派の前関白九条尚忠《くじょうひさただ》の執事、島田左近《しまださこん》が京都木屋二条下ルの妾宅で殺された。犯人は薩摩の田中新兵衛と志々目献吉、鵜木孫兵衛らで張り込みを続けること一か月、文久二年七月二十日の夜、島田が妾宅に入るところを見届けるや、抜刀して乱入した。

島田は湯上がり姿で、愛妾君香と一杯飲んでいた。島田は、

「わっ」

と、叫ぶや庭に飛び降り、必死に走ったが追いつかれ、一刀のもとに首を刎ねられた。

「曝《さら》せっ」

新兵衛が命じた。青竹に刺した島田の生首が鴨川筋の先斗町の空き地に立てられた。ぶら下げた紙片には、

「この島田左近こと、大逆賊長野主膳へ同腹いたし、奸曲を相巧み、天地に容るべからざる大奸賊なり。よって天誅を加え梟首せしむる者なり」

と、達筆な字で書かれていた。

閏八月には、島田の同僚、宇野重固が殺された。明らかに九条尚忠への脅迫であった。続いて目明かし文吉がこれ見よがしに絞め殺された。

文吉は、はじめ博徒だったが、小才がきくので目明かしになった。

養女にもらった娘を芸者に出したところ売れっ子になり、その芸者に惚れたのが島田左近だった。

「手伝え」

というわけで、文吉は左近の配下になった。

島田からふんだんに金が流れ、ちゃっかり小料理屋や高利貸しをやっていた。

島田左近を血祭りにあげた浪士たちは、当然のごとく文吉に襲いかかった。

武市半兵太

文吉を襲った殺し屋は、土佐の岡田以蔵とその手下で、

「この野郎を斬っては刀が汚れる」

と、三条河原《さんじょうがわら》で絞殺した。

九月一日朝、三条河原で発見された文吉の死体は丸裸で杭に縛られていた。

青竹にぶら下げられていた紙片には、

「右の者島田左近に随従いたし、その上島田所持致し候不正の金を預かり、過分の利息をあさり、右金子借用の者、決して返済に及ばず候」

などと市民に訴える文面が書かれていた。

岡田以蔵、田中新兵衛、河上彦斎ら三人に共通しているのは、単純で、ともに他人に利用されるタイプ、ということである。

以蔵の上司は土佐藩士武市半平太《たけいちはんぺいた》である。武市が「ああー、憎き島田左近、奸物斬るべし」と大げさに嘆くと、以蔵は黙ってうなずき、どこかにすっ飛んで行った。武市の言うことなら何でも無条件で引き受けた。

武市の真の狙いは、島田や目明かし文吉、九条尚忠ではない。関白の近衛忠熙である。近衛は幕府の開国や皇女和宮の降嫁《こうか》に協力、浪士たちを嫌っていた。関白派の周辺をつぎつぎに暗殺すれば、近衛は顔面蒼白になって逃げだすはずだ。武市は口もとに薄笑いを浮かべた。

村山たか

かつてＮＨＫ大河ドラマ「花の生涯」で淡島千景《あわしまちかげ》のふんした村山たかは、才色兼備。こぼれる色気が大

いに男性の視聴率を高めた。実物の村山加寿江もこれに近かったといわれている。

テロリストに襲われたに村山は、文久二年（一八六二）十一月十五日朝、三条大橋西詰めの棒ぎれに縛りつけられた。

よれのひとえに細帯一つ、頭はボロ手ぬぐいでほおかぶりさせられ、足ははだし、横の板きれにはこうあった。

「この女、長野《ながの》主膳《しゅぜん》の妾にして戊午の歳（安政五年・一八五八）より主膳の奸計を相助け、稀なる大胆不敵の所業これ有り、赦すべからざる罪科供えども、その身婦女子たるを以て面縛の上死罪一等を減ず」

「花の生涯」では、村山たかは彦根の色町で遊芸の師匠をしているうち長野主膳（井伊直弼の腹心の国学者）と知り合い、その後、金閣寺の寺侍多田一郎と結婚。多田の先妻の子帯刀とともに、長野のため志士探索につとめたことになっているが、祇園で芸者をしているのをさる禅寺の和尚にひかされて帯刀を生み、その後、寺侍多田源右衛門と結婚、多田家へ出入りしていた長野とねんごろになったという説もある。

いずれにせよ、美貌《ぼう》と才気で男性をひきつけた一種の妖女であった。

安政七年（一八六〇）、井伊大老が殺されると、周囲の状況は急に悪化した。たのみの長野は志士の追及を恐れて彦根へ逃げるが、その彦根もまた勤王派が勢力を得て、大老側近の一掃をはかり、長野はついに文久二年八月二十七日斬首された。

生活に困ったたかは、島原に近い一貫町花屋町「万幸」という八百屋の二階に身をひそめる。

十一月十四日午後十一時ごろ、屈強の男が数人、乱入した。母子は急いで裏窓から飛び降りようとしたが、たかはつかまってしまう。

逃げた帯刀も一応武士。翌十五日朝、わざわざ「万幸」へもどって自分から志士の縄についた。このときすでに、たかは大橋に晒されていた。同日夕、帯刀は粟田口までひきずって行かれ、首を刎ねられる。

たかを襲ったのは計二十数人というが、婦女を襲い、そのむすこまで斬るというのは、残忍極まりないテロリストだった。たかは三日目に縄を解かれ、洛北一乗寺で尼になって、井伊直弼や長野主膳、多田帯刀の冥福を祈る日々だった。

翌文久三年正月二十二日の夜、難波橋の欄干に大坂在住の儒者池内大学《いけうちだいがく》の生首が晒された。池内は反幕府派の学者だったが、安政の大獄で逮捕されたとき、幕府側から賄賂を受けて同志の消息を白状したという噂が流れていた。生首には耳がなかった。その耳は天皇に政務を申し上げる議奏《ぎそう》を務める中山忠能《なかやまただやす》と正親町三条実愛《おおぎまちさんじょうさねなる》の屋敷に投げこまれた。恐怖におびえた二人は、議奏を辞職した。

賀川肇暗殺

六日後の正月二十八日、今度は幕府派の公卿千種有文《ちぐさありぶみ》の家来賀川肇《かがわはじめ》の自宅に賊が押し入り、賀川が暗殺された。

かねて用心していた賀川は床の間の抜け穴から壁の向こうへ身を隠す。暴漢らは妻のあいを捕え、白刃をつきつけ、

「どこへ隠した。いえ」

と迫ったが、ガンとして口を開かない。

今度は下女をつかまえてなぐりつけ、責めたてたが、これも、

「ご主人が殺されると知りながら、どうしてありかをいえますか」

とがんばる。やむなく賀川の一子、十一歳の弁之丞に目をつけ、

「どうしてもいわぬなら、不憫ながらこの子を殺す」

と刀を胸元へつきつけると、賀川がたまりかねて壁から出てきた。

「子どもに罪はない。この上は拙者の首を刎ねられよ」

と自ら庭先へ降りると、

「なんで父上を殺す」

と弁之丞が間に立ちふさがる。暴漢たちも困ったが、一人が子どもを押さえている間に、他のものが一刀のもとに賀川の首を討ってひきあげた。暴漢らもよほど感動したと見え、壁に残した罪文のなかに、

「此の家下女某、死を以て主人の在宅を隠し候段、感之至り也。また小児志操有り、親之罪を尋ね申し候」

と書いていた。

賀川の首は奉書紙に包み白木の台にのせて、当時入洛したばかりの将軍家後見職、一橋慶喜の宿泊所東本願寺に届けられた。

腕も切り離され、これは添え状を付けて千種有文、岩倉具視《いわくらともみ》の隠栖先へ投げ込まれた。

将軍職をあざ笑う

二月二十二日には京都の西にある等持院《とうじいん》で事件が起こった。

ここは足利家の菩提寺である。そこに数人の浪士が乱入し、足利尊氏《たかうじ》、義詮《よしあきら》、義満《よしみつ》の三体の木像の首を引き抜いて三条大橋の高札場に晒した。将軍職をあざ笑った悪質な悪戯《いたずら》だった。

会津藩が京都守護職としてまずやらねばならないことは、治安の回復だった。

京都の騒乱は幕府政治を揺るがす問題であり、政事総裁職松平春嶽、将軍後見職《こうけんしょく》一橋慶喜も上洛して、公武合体の実を挙げんとしていた。

そうした動きに、過激派は一層の揺さぶりをかけた。お手並み拝見とばかり、これ見よがしの犯行を重

ねた。幕府が編み出したテロ対策の決め手は、浪士隊の編制だった。
幕府名代の会津藩ではどうにもならない。テロにはテロをという発想だった。

天寧寺

会津若松市の東山温泉の入口、奴郎ケ前《やろうがまえ》から坂道を上った山麓に曹洞宗の名刹万松山天寧寺《てんねいじ》がある。
玄如《げんじょ》見たさに朝水汲めばョ、
姿かくしの霧が降るョ
という有名な会津民謡は、この寺がモデルになっている。
むかし玄如という美しい青年僧が天寧寺に修行に来ていて、天寧寺の麓の娘たちは、玄如のお顔を一目見たさに朝水を汲みに天寧寺のお山へ登ってゆくと、今朝は霧が深くて玄如さまの姿は見えなかったという悲恋物語の民謡である。
寺の歴史は古く応永《おうえい》二十八年（一四二一）に会津の守護大名芦名《あしな》氏が楠木正成《くすのきまさしげ》の孫といわれている名僧を招いて開山させたという、会津ではよく知られた寺院である。その後も各領主が寺領百石を与えて保護してきた。田中土佐、萱野権兵衛《かやのごんべえ》、簗瀬三左衛門《やなせさんざえもん》らの会津藩家老クラスの菩提寺でもあった。
その一角に近藤勇の墓があった。
場所は北端の愛宕《あたご》神社寄りのところで、あたりは赤松の林が続き、遠く松陰からは鶴ヶ城の天守閣が望まれ、若松の城下町も眼下に見渡せる景勝の地であった。
以前、会津の著名な郷土史家宮崎十三八《みやざきとみはち》さんと一緒に訪れたことがあった。立派な墓石で、そこには、
貫天院殿純忠誠義大居士

とあって「丸に三ツ引」の家紋がつき、側面には、

「慶応四戊辰四月二十五日卒、俗称近藤勇、藤原昌宜」

と刻まれていた。

この墓は、近藤の首を埋葬したものなのか、遺髪かあるいは戒名だけの墓であるのか種々な説があるが、はっきりした決め手はまだないと宮崎さんは語った。

近藤勇の墓は、東京・板橋の刑場跡や故郷の三鷹の龍源寺など全国幾か所かにあるが、会津戊辰戦争以前に、つまり明治以前に建てられた墓は、ここだけだという。

この墓を建てたのは誰か。土方歳三だというのが、ほぼ定説になっている。土方は流山から宇都宮を経て会津に入り、鶴ヶ城に登城し、松平容保に拝謁、近藤の墓の設置を容保にお願いしたのではないかとされている。

今ここは観光会津の名所の一つになっており、会津若松市民には今も身近な存在になっている。

「会津若松にとって、大変な遺産です」

と宮崎さんは自慢した。

腕白少年

のちに新選組局長となる近藤勇は、武州多摩の農民の出である。少年の頃は、この界隈に響きわたる腕白だった。犬を集めて噛み付かせたり、鶏を盗んで殺したり、馬を引き出して尻尾に火をつけ暴走させたり、その悪さは度を越していた。この頃の名前は宮川勝五郎である。

以前、小島資料館館長小島政孝さんの「多摩壮士」(『歴史と旅』)という文章を読んだことがある。

近藤勇は、天保五年(一八三四)十月九日に武州多摩郡上石原の篤農家に生まれた。父は宮川久次郎、

その三男だった。久次郎は百姓ではあったが、学問好きで、『三国志』や『水滸伝《すいこでん》』を読んで聞かせた。

屋敷内には道場があり、子供の頃から剣術も習った。

勇は十五歳で天然理心流《てんねんりしんりゅう》の目録を許された。このころ父が留守した時、強盗が押し入った。

「待て」

と勇が一喝して、兄たちと共に賊に斬りつけた。賊はびっくりして、盗み取ったものを投げ捨てて、一目散に逃げさった。

二人の兄は賊を追おうとしたが、勇は、

「窮鼠《きゅうそ》猫を嚙む」

のたとえどおり、相手は大人、斬り合ったら不利と追うのを止めた。

のちの勇は近藤周助の道場に入門するが、近藤周助はこの話を聞いて、冷静沈着な男と感心し、近藤家の養子に勇を迎えた。勇が妻を娶って、試衛館《しえいかん》の道場主となったのは、文久元年（一八六一）の八月、二十八歳の頃である。松平容保の一歳上だった。

試衛館

試衛館の建物は、外見は冴えなかったが、高台にあって陽あたりはよく、百坪ぐらいの土地に前庭、中庭、奥庭があった。玄関続きの八畳は養父の隠居部屋で、その隣に十二畳ぐらいの客間があった。道場は玄関から廊下でつながれた三十畳敷きぐらいの広さだった。

勇は新居を別に構えていたが、台所の奥には弟子たちの部屋があり、何人かの弟子が住み込んでいた。

ただ、この時期の試衛館の場所が二説に分かれている。市ヶ谷か小石川小日向柳町かである。

子母澤寛《しもざわかん》は小日向柳町だが、昨今の新選組研究者は市ヶ谷説を採っている。百四十年もたつと、こうしたことが起こるのである。

この頃、幕臣の福地源一郎《ふくちげんいちろう》が、近藤を訪ねている。福地は幕府の外国方の下級官僚だった。文久元年の暮れに、外国奉行竹内保徳《たけうちやすのり》の随員として渡欧し、帰国したばかりだった。まだ二十二、三の頃である。

後年、明治のジャーナリズムで活躍、『懐往事談《かいおうじだん》』、『幕府衰亡論』や『幕末政治家』を書いたが、この人の素顔は、情にもろく話し好きで、なんでもべらべら喋り、この頃は外国事情を喋り過ぎるとして、自宅待機を命ぜられていた。暇で仕方がなかったので、近藤の道場に顔を出した。

極上の墨

部屋に通されるまでは、武骨一辺倒の、どこにでもいる道場主と思っていた。ところが意外にも筆墨の額が本物で、墨も極上のものを使っている。なかなかの男に違いないと福地は思った。やがて近藤が姿を見せた。額が汗ばんでいる。

「半年ぶりに、門弟に稽古をつけてやったところです」

と、笑顔で言った。

笑うとえくぼが出る。飾らない人だと福地はびっくりした。

近藤はなんでも率直に話してくれた。飲めそうな顔をしていたので、その事を聞いてみると、これが下戸で、大福が大好物だといって、目の前にあった大福をうまそうに食べた。

以来、福地は何度か道場を訪ねた。

内弟子の土方歳三、沖田総司、食客《しょっかく》の山南敬助らにも会った。土方は近藤とは兄弟分の関係で、ちょっと商人風のところがあり、色は白く、撫で肩で、少し猫背の男だった。人の応対も抜け目がなく、如才《じょさい》がなかった。ただ、どこか好きになれないところがあり、福地はあまり喋らなかった。

ところで土方の浪士隊への参加のいきさつだが、永倉新八が、浪士隊の募集を小耳に挟んだことが発端だった。清河八郎に参加を勧められたとの説もあるが、小耳に挟んだという方が現実味があると、福地は思った。

壬生浪士の誕生

文久三年（一八六三）二月四日、浪士募集に応じた二百三十人ほどの使い手が、小石川の伝通院に集まった。手当一人十両二人扶持、ほかに支度金十両が出た。浪士隊は一番から七番隊に分けられ、近藤らは全員三番隊に編入された。

幕府からは目付鵜殿甚左衛門《うどのじんざえもん》、旗本山岡鉄太郎《やまおかてつたろう》（鉄舟《てっしゅう》）、松岡万《よろず》、佐々木只三郎らが引率者として加わった。

二月八日、一行は京都に向かった。異様な風采なので何処でも目を引いた。

皆髪は長く、長刀を腰に差していた。

衣服は垢によごれ、薄汚ない。表情はどれも恐ろしげな一団だった。

浪士隊の編制を建策し、老中板倉勝静に取り入った庄内藩清川村の郷士清河八郎は、たった一人本隊を離れ、ぶらりぶらりと歩いている。

高下駄がカラリ、コロリと音を立て、見るからに硬派の匂いがしたかと思えば、水戸脱藩芹沢鴨は、「尽忠報国ノ士芹沢鴨」

と、彫った三百匁の鉄扇を握り、やたらに怒鳴りまくっている。

「早く歩かんかー」

喉が裂けるような声である。芹沢は取締役付きである。もともと水戸天狗党《みとてんぐとう》に所属し、勝手気儘に暴れ回っていた。あるとき、何か気にいらぬことがあったとみえ、部下三人を並べて、片っ端から首を斬った、という男である。

わめく芹沢

途中の本庄宿で、最初のトラブルを起こした。手違いでうるさい芹沢の宿がなかった。

担当の近藤勇が芹沢のところにすっ飛んで行き、

「まことに申し訳ない」

と、わびたが、横を向いて返事がない。やがて、

「今夜は篝火を焚いて暖をとろう。少々大きな火になるやも知れん」

と、いって手当たり次第枯れ木を集め、街道に積み上げた。眼が吊り上がり、

「馬鹿野郎！」

と、わめいている。日が暮れると、宿場が火事になりそうな大火を焚いた。

「火事だ、火事だ！」

宿場の人々は飛び出し、火消しが水桶をかついで屋根に上る始末である。

近藤勇が三拝九拝してやっとなだめ、火を消したが、取締の山岡鉄太郎も手のつけようがない。

土方歳三、沖田総司、藤堂平助、山南敬助、近藤勇の一派が、

「あの野郎」

と白い目で睨んだ。

いずれも腹に一物ある関東の浪士たちである。幕府の先鋒となって、薩長の浪士どもを叩き斬る。どの顔も不敵な笑いを浮かべていた。

清河変心

一行は二月二十三日、京都に着いた。

京都守護職である会津藩としては、如何なる手合いが来たのかと、まず見極めなければならない。公用人の広沢が出迎えた。

鵜殿ら役人は南部亀二郎宅や新徳寺《しんとくじ》本堂、清河八郎も新徳寺に、近藤ら試衛館組と芹沢鴨は八木源之丞宅に泊まった。その他は前川荘司の屋敷などに分宿した。

京都に入ると清河が変心した。将軍家茂の護衛ではなく、勤王討幕の先兵とならんと、御所に建白書をたてまつった。清河はもともと尊攘過激派で、西南諸国を遊説《ゆうぜい》して歩いたこともある。幕府寄りに転向したと見せたのは、まったくの偽装行為で、たちまち本性を現した。

京都に着いたその晩、浪士隊一同を新徳寺本堂に集めた清河は、正座して書き付けを読み上げた。

「諸君、われわれが京に来たのは、攘夷の先鋒たらんとすることにある。近く上洛する将軍家茂公の守護は名ばかりで、実に尊王幕府の召には応じたが、禄などは何らもらっておらぬ。万一、皇命を妨げ、私意を企てる輩は容赦なく斬り捨てる」

大刀を手に、一座を睨み廻した。

突然の寝返りに、芹沢や近藤も二の句がつげず、顔を見合わせるばかりである。清河には二十名近い同志がいて手出しもできない。清河はこの書き付けを尊攘派公卿が詰めている学習院に届け、薩長派の浪士と手を組み、京都を荒らし回るという算段だった。

会津藩の公用局は怒り、すぐ幕閣に通報され、老中板倉勝静《いたくらかつきよ》は、清河に対して江戸に帰国を命じた。

生麦事件がどうなるか分からない。戦争が起こるかも知れない。ひとまず帰って待機せよ、という理由だった。関白からの勅書も手に入れた。清河は得意満面である。

「関白からの命令とあらば喜んで戻ろう」

清河は浪士たちに言い渡した。ところが収まらないのが近藤勇の一派である。

「われわれは幕府の命により京に来た者である。関白の命令など聞くことはできぬ。将軍の御沙汰がなければここを一歩も動くことはせぬ」

近藤勇が立ち上がった。

「なに？」

清河が刀に手をかけた。

「来るかー」

近藤が叫んだ。

「待て、待て、俺も残る」

何を思ったか芹沢が仲に入り、近藤、芹沢ら十三名が京都に留まることで話がついた。

もともと清河とは肌が合わない。近藤と芹沢は、

「これでせいせいした」

京都に残ることにした。

二人は、

「なにとぞ将軍の護衛をさせていただきたい」

容保に嘆願書を提出し、会津藩預かりとなった。頻発するテロに対抗するには、腕が立つ剣士が必要だった。

壬生浪士《みぶろうし》の誕生である。残ったのは次の十三名だった。

水戸脱藩　　　新見　錦
同　　　　　　野口健司
同　　　　　　平山五郎
同　　　　　　平間重助
江戸御府内浪士　近藤　勇
同　　　　　　土方歳三
同　　　　　　藤堂平助
同　　　　　　井上源三郎
仙台脱藩　　　山南敬助
白河脱藩　　　沖田総司
松前脱藩　　　永倉新八
伊予松山脱藩　原田左之助

この数については異論もある。

十三人説の根拠は、永倉新八や八木宅の記録だが、会津藩の公式記録『会津藩庁記録』では二十四人となっている。

かくて会津藩は、特殊戦闘集団を持った。広沢は、時おり八木屋敷を訪ね、浪士たちと話し合った。

彼らの素顔

服装は皆みすぼらしい。木綿の着物に小倉の袴は付けていたが、紋付を持っている者は少なく、刀がなければ、とても武士には見えなかった。

景気がいいのは芹沢である。芹沢は朝から酒の匂いをぷんぷんさせ、どこから金を持ってきたのか羽二重の紋付を着て、子分を連れてよく街に出かけた。

近藤勇は、酔った姿を決して人に見せない真面目な男で、無駄口はきかず、人の話を黙って聞いていた。

土方は役者のようないい男で、京の女が振り返った。性格は意外に地味で、むっつりして、あまりしゃべらなかった。

山南敬助は、殺伐な浪士のなかではひときわ抜きんでた知性派で、詩文をよくした。

土方とは仲が悪いらしく、

「広沢さん、近藤さんの後ろには悪いキツネがついておりましてねえー」

などと土方のことを悪くいった。

近藤派の副長は土方と山南である。広沢富次郎は副長同士の仲が悪いことが気になった。しかし、性格の相違は、いかんともしがたい。

永倉新八は、神道無念流《しんとうむねんりゅう》の免許皆伝者。近藤腹心の一人で、用心棒のような役目をしていた。

原田左之助は、喧嘩早い男だった。性格が短気なのだ。二言目には「斬れ、斬れ」と叫んでいた。見かけはなかなかいい男で、黒木綿の紋付がよく似合った。

沖田総司は、剣の天才とはいえ、精神的にはまだ子供で、近所の子供と遊び回っていた。

近藤、日ごろは寡黙な男だが、いざ剣の練習となると、その掛け声の激しさは、他を圧倒した。

「ええッ、おうッ」

腹の底からでる実戦の声だった。

「広沢殿、松平肥後守の御預になった限りは、必ずやご期待に応えてみせます。ただ十三、四人ではどうにもなりません。少なくとも五十人は欲しい」

近藤は、広沢の顔を見るたびに増員を要求した。

一行が祇園や三条、四条あたりの歓楽街を歩くと、人々は後ずさりして恐れた。なにしろ髪はのび放題、長刀を引きずるようにし、絶えず周囲に鋭い眼を向ける。

「浪士隊は使える」

広沢に一つの確信があった。会津藩公用局の会議では、いつも壬生浪士のことが話題になった。

「じっくり育てるのじゃ」

横山は、一、二年後に焦点をおいている様子だった。壬生浪士に批判的な公用方もいた。小野《おの》権之丞《ごんのじょう》である。

医は仁術

この人物は、会津ではきわめてユニークな人生を歩む。子供のころ医者になるのが夢だった。江戸藩邸詰めが長く、いつか松本良順《まつもとりょうじゅん》、高松凌雲《たかまつりょううん》ら当代一流の西洋医と知り合い、病院経営を考えるようになる。

病院を建てて病める人を救おうというのだ。広沢はこの話を聞いたとき、

「おもしろい考えだ。だが会津では無理ではないだろうか」

と、率直に意見を述べた。

「フランスにはいくつも病院があるそうだ。いずれ会津にもできる」

小野は一向に気にする様子もなく、医療の大切さを説いた。純粋で博愛の精神に燃えているのだ。

小野は後年、その夢を実現する。会津が敗れた後、旧幕府の医師、高松凌雲とともに箱館に渡り、軍病院を開設する。敵も味方も平等に治療に当たるという病院だった。それが箱館病院で、小野は頭取という肩書きだった。その人道主義のせいで殺戮を好まない。

「眼には眼を、歯には歯を、とよくいわれるが、相手を斬れば、またこちらも斬られる。どこまで行っても終わりがない」

小野は堂々と主張した。

普通ならば、一喝されるところだが、小野だけは別格で、皆、黙って聞いている。

「小野君の言うことは、よくわかる。だが世のなか、きれいごとではすまないのだ。わが殿は、そち以上に物事を正直にお考えになる。ところがどうじゃ、相手が気違いではこちらが危うくなる。自衛のために浪士隊は必要じゃ」

横山が言った。

このころ会津藩公用局は、将軍家茂上洛の準備に入っていた。将軍家茂の正室は、孝明天皇の妹君、皇女和宮である。帝と将軍は義兄弟である。

「お二人が対面し話し合えば、すべては解決する。公武合体が成るのだ」

容保は、公用局の会議に出席しては、将軍上洛に大きな期待をかけた。しかし将軍上洛には、危険な賭けもあった。尊攘過激派が何をするかわからない。

容保の胸に大きな不安があった。

「警備には万全を期さねばならぬ。公用局からしかるべき者を江戸に遣わし、十分な打ち合わせをせよ」

容保が命令を下した。

容保はハト派の人間だった。人間、話し合えば分かるという、人の好さがあった。修羅場の京都には、どう見ても向かないタイプだった。加えて体が弱い。横山側近の広沢はそこが心配だった。

　二条城でも将軍上洛について連日、会議が続いていた。一橋慶喜、松平春嶽、山内容堂《やまうちようどう》、京都にいる公武合体派の重臣たちは、将軍上洛にすべてを賭けた。

第四章　将軍家と孝明天皇の闘い

将軍上洛

幕府は朝廷との関係を強化するため、文久三年（一八六三）三月四日、将軍家茂を上洛させた。老中水野忠精《みずのただきよ》、板倉勝静ら三千人の大行列である。家茂の正室は皇女和宮である。

将軍の上洛は、寛永三年（一六二六）、三代将軍家光以来、二百数十年ぶりのことである。

孝明天皇と将軍が話し合えば、倒幕運動など起こる余地はなくなる。容保はそう信じた。

きらびやかな行列を従えて、将軍は二条城に着いた。

「おお、何と神々しいことであろうか」

容保はその姿に落涙した。

朝廷は家茂の諸政委任の勅書を与えた。しかし会津に対する風当たりは強まる一方で、七日夜、巡邏中の会津藩士五人が祇園や四条縄手などで斬殺された。

「えッ、なんということだ」

横山は呆然自失だった。

運ばれた遺体は無惨に切り裂かれていた。

「油断じゃ」

横山は絶叫した。

会津と知ってのテロである。

如何に情勢が緊迫しているか、容保は肌で感じた。公用局の面々も顔面蒼白だった。浪士隊の投入しかない。広沢は痛感した。

政略結婚

はたして将軍家茂にこの大混乱を治める能力はあるのか。容保は信じて疑わなかったが、公用の面々には、疑問があった。家茂はまだ十八歳の若さである。深窓に育った将軍に、時代を読み取る力はない。そこが問題だった。頑固一徹の孝明天皇と渡り合える器量をもち合わせてはいない。

家茂は、弘化《こうか》三年（一八四六）江戸赤坂の紀州和歌山藩邸に生まれた。幼名を菊千代といった。嘉永《かえい》二年（一八四九）数え年わずか四歳で和歌山五十万石の領主となり、二年ほどして将軍継嗣問題に引きだされた。領主はどこも形骸化していた。四歳ではまだ幼児である。

それが領主というのは、どこから考えてもおかしな話だが、この時代、各地で見られた。

領主は飾り物であった。安政五年（一八五八）十月、大老井伊直弼の独断で第十四代将軍に就任、文久二年（一八六二）二月、皇女和宮を正室に迎えた。皇女和宮の降嫁はまぎれもなく政略結婚だった。

和宮は、有栖川宮熾仁親王《ありすがわのみやたるひとしんのう》と婚約が決まっていた。それを承知で幕府は強引に降嫁を迫った。結婚したとき、二人は同じ年の十七歳である。

公武合体という政争の具に利用された結婚である。和宮はしばしば病気と称して将軍の前に姿を見せず、家茂のほうから和宮のほうに出かけることが多かった。政略結婚なので愛情は希薄だった。

家茂の容貌は、顔は甚だしく細面で、鼻はすんなりと長い。鼻の付け根は高く隆起し、眼窩も高い。

当時、貴族や大名の顔は、皆同じような形をしていた。長い間の血族結婚と食生活の違いで、こうした貴族タイプの顔が出来上がった。容保もこのタイプに入った。

在京の幕府閣僚がつぎつぎに挨拶した。

容保の順番がきた。

「松平肥後守《ひごのかみ》容保にございます」

「京都での大役、ご苦労である」

家茂はそう言って、微笑んだ。容保は天にも昇る心地であった。将軍が眼の前にいる。これで公武合体が成り、攘夷は姿を消す。容保は感動した。

広沢の危惧

「ご家老」

広沢が、横山に詰め寄った。

「うっ」

横山が広沢をみつめた。二人の間には阿吽の呼吸があった。

「すべて危うい話です。将軍が天皇の虜になったらどうなりますか」

広沢は横山に問うた。

「そこだな。殿は帝が幕府の立場を理解してくださると信じておるが」

「そのようなこと、あるとは思えませんぞ」

「わしもそう思うが、殿はどうも違う」

二人は顔を見合わせて黙った。

帝と将軍は義兄弟である。お二人が手を握れば、必ずや公武合体が成ると容保は確信していた。容保は人を裏面から考えたことが無い人物だった。話せば分かるという、いうなれば単純極まりない考えの持ち主だった。

人に裏切られたことなどはない。

公用局の面々は、純粋すぎる主君に、しばしば頭を抱えた。

家茂参内

三月七日晴天。家茂は参内した。

三代将軍家光のときは、帝が二条城に足を運んだ。今回は立場が逆転していた。老中たちは、不快感を隠しきれない様子だったが、いかんともしがたい。

車寄せから昇殿した家茂は、小御所で孝明天皇と対面した。

鞍付き青毛の馬一頭、国光の太刀、黄金百枚、白銀五百枚、緞子《どんす》二十巻と和宮、前将軍の正室天璋院からのおびただしい献上物が並べられた。

随従は将軍後見職一橋慶喜、政事総裁職松平春嶽以下在京の親藩大名十八名。

容保は実父松平義建《まつだいらよしたつ》喪中のため欠席した。

孝明天皇は若い義弟に好感を抱いたようで、

「和宮はいかが過ごしておるか」

と、聞いた。

「御気丈にいらせられます」

家茂が答えると、しきりにうなずかれた。

この後、数々の儀式があり、家茂が二条城に戻ったのは深夜に近かった。広沢の危惧どおり、将軍はこの日、重大な約束をさせられた。賀茂《かも》の行幸《ぎょうこう》である。帝と将軍が関白鷹司輔熙《たかつかさすけひろ》以下公卿八十八家、一橋慶喜ら諸大名二十一人を従えて、「攘夷祈願」をするというのである。もはや逃れることはできない。

三月十一日、折からの雨のなか、賀茂行幸が行なわれた。帝の輿《こし》を中心に関白、左大臣、右大臣らの輿、将軍、大名も衣冠束帯《いかんそくたい》で馬に乗り、前後を数百人の銃隊が固めた。沿道は麻裃《あさかみしも》の諸藩の武士が警護し、近郷近在から数十万の男女が鴨の川原を埋め尽くした。

全ては長州藩のあざやかな演出である。帝の後ろに小さくなってついて行く将軍。幕府の弱体を天下に晒す一大イベントだった。

長州の高杉晋作も群衆のなかにいた。

「イヨー、征夷大将軍！」

と、奇声をあげた。

攘夷実行すれば大将軍様と呼んでやると、周囲に語った。

「攘夷など実行できるはずがない。攘夷祈願などという子供だましをこれ以上続けることはできん」

春嶽は、さっさと政事総裁職の辞表を出し、越前に帰ってしまった。この人は自分の事しか考えない身勝手なタイプで、いの一番に容保を見放していた。

薩摩の島津久光が、天皇を取り巻く公家たちに、

「天下の政事は将軍に一任されよ」

と、忠告したが、過激派の公卿たちは「聞く耳もたぬ」と、一蹴した。

久光もあきらめて帰国した。山内容堂、伊達宗城《だてむねなり》もこれと前後して国に帰った。京都には将軍家茂、一橋慶喜、松平容保の三人だけが残された。

将軍拉致計画

四月二日、将軍家茂に参内の達しがあった。

「余は御所に参る。全藩兵待機せよ」

容保が厳しい表情で、皆に伝えた。

将軍拉致の噂が流れていた。

田中土佐が士官たちを集めて訓示した。

「長州が将軍を襲う悪事を企んでいるという噂だ。そこで御所と二条城の間に腕の立つ者八百名を配置する。残りは、武装してここで待機する」

当初千人余だった会津藩兵は、江戸、国もとからどんどん増強し、千数百人にふくれ上がっていた。

この日、御所に参内した将軍家茂、一橋慶喜、松平容保の三人は、いつになく歓待を受けた。

「日ごろご苦労に思うぞ」

孝明天皇からおほめの言葉があり、関白鷹司輔熙、中川宮も参列して宴会になった。珍肴《ちんこう》が並べられ、容保は感激して天盃《てんぱい》を呑み干した。宴会は亥《い》の刻（午後十時）ごろまで続いた。

中川宮が容保に近づいた。

「今夜が危ない」

重大な耳打ちである。

会津藩出動

容保はさりげなく席を立ち、控えの間にいる小室金吾に眼配せした。出動の合図である。

飛ぶように金戒光明寺に戻った小室金吾は、

「出兵だー」

と、あらん限りの大声で叫んだ。

「おおー」

平服、紋付姿の兵八百が一団となって金戒光明寺を出、道筋にひそんで警戒した。この姿を見て、逃げるように立ち去る黒い影があった。激徒のテロリストに違いない。

この夜、会津藩の見事な警戒ぶりが功を奏し、襲撃者は姿を現さなかった。

テロに失敗した過激派は、石清水八幡宮《いわしみずはちまんぐう》への行幸を準備する。孝明天皇に王城の守護神、石清水八幡宮に攘夷を祈願させる、その際に節刀を将軍に授け、攘夷にかりたてる策略である。

御所から石清水八幡宮までは四里半（十八キロ）もある。

「これは大変なことになる」

会津藩首脳は愕然とした。

四里半の道筋を警備することは不可能である。行幸に供奉するのは、幕府、会津藩兵だけではない。薩摩、長州、土佐の藩兵も堂々と加わるのだ。これらの兵士たちが帝と将軍を拉致すれば、一巻の終わりである。

軍事クーデターが実現し、幕府はあっけなく潰れる。絶体絶命の危機である。

「残された策は一つしかない。逃げの手でござろう」

秋月が言った。

急病である。何人も病人に縄をつけて、引き回すことはできない。病気とあれば欠席もいたし方がない。

「それはよい」

横山もほくそ笑んだ。

幸か不幸か、容保も実父義建の喪中のため参列できない。案の定、将軍急病の知らせに尊攘は呆然自失の態だった。しかし慶喜は将軍後見職なので出席するしかない。

慶喜腹痛

四月十一日。将軍に代わって将軍後見職一橋慶喜が参列して行幸が始まった。

先頭は仙台藩片倉小十郎の兵、中央の鳳輦《ほうれん》（神輿）に孝明天皇、周囲に関白鷹司輔熙ら九卿、一橋慶喜公、後陣を会津藩兵八百が固めた。

八幡神社の入口まで来たところで、慶喜がにわかに腹痛を起こしたと言って参列を離れた。

「痛い、痛い」

慶喜は山の下の寺院で静養し、にやりと笑った。この人物、逃げることは実にうまい。

「あの野郎」

朝廷を牛耳る三条実美《さんじょうさねとみ》、姉小路公知《あねのこうじきんとも》は、カンカンに怒ったが、ここは慶喜の勝ちだった。

しかし、これで済むはずはない。慶喜を呼び出し、執拗に攘夷実行の期日を迫った。

「一橋公、うまく逃げましたな。帝は夷狄を一日も早く討ち払え、とおおせになっている。攘夷実行の日を決めるまで、将軍は江戸にお返しできません」

慶喜は追いつめられた。

「容保、余は疲れた。このままでは将軍が病に倒れる。かくなる上は攘夷の日取りを決めるしかあるまい」

突然の大変身である。投げやりというしかない。

「五月十日に決めたい」

慶喜の言葉に、容保は顔色を失った。

全身に悪寒が走った。

「容保、あとは頼む。余はいったん江戸に戻る。ただし、将軍はおいて行く」

この言葉に容保は仰天した。

慶喜逃亡

勝手に攘夷の日取りを決め、松平春嶽、山内容堂に続いて一橋慶喜も帰国するというのである。会津藩公用局は、騒然となった。

「これは負けではないか」

容保はワナワナと震えた。

一橋慶喜は石清水の行幸以来、すっかりやる気をなくしていた。

秋月は慶喜の側近、水戸の原市之進《はらいちのしん》にかみついた。

「将軍とわが主君のみを京都に残し、慶喜公が江戸に戻るなど言語道断だ」

原は、黙ったままである。しばらくして、

「慶喜公は将軍ではない。あくまでも後見職だ。正直のところ私は慶喜公を少し休ませたいと考えている」

「勝手な話だ」

「まあー、聞いてくれ」

原は都合よく御託を並べた。

「訳のわからぬ連中と角突き合わせていると、頭がおかしくなる。帝をはじめ公卿たちは、外国の事情など何もご存知ない。嫌気がさしたのだ」

「逃げるのか」

「ではないのではない」

「ではどうするのだ」

「江戸に戻って、来たるべき時代に備えるのだ。幕閣たちとも十分に話し合わねばならぬ。アメリカ、イギリス、フランス、諸国の外交官とも協議することが山ほどある」

「何を協議するのだ」

「攘夷問題について打開策を協議する」

「将軍はどうするのだ」

「いずれ迎えに来る」

「うん」

秋月は溜息をついた。

秋月は、京都守護職に反対した国家老の西郷頼母の顔を思い浮かべた。

「このままでは頼母殿に合わせる顔がない」

秋月の眉間に苦悩の深い皺があった。

京都の初夏

慶喜がさっさと江戸に帰ってしまったことで、ただ一つプラス面をあげれば、京都の攘夷運動が、一時休戦になったことである。高杉晋作、久坂玄瑞ら長州の過激派が続々国もとに帰り、会津藩兵もほっと安堵の胸をなでおろした。松平容保も、久方ぶりに美しい京都の風景に見入った。

京都の四月下旬は、意外に暑い。日増しに強くなる陽差し、時おり吹く爽快な風。神経がこまやかで、感受性の強い容保は、自然の風物や、庶民の風俗に強い関心を示した。白川の里から来る花売り娘も、容保の心を癒す初夏の風物詩だった。

庭園を散歩すると、

「花いりまへんか〜」

「花どうどす」

白川娘の鈴のような声が、黒谷に響くと、

「花を求めてまいれ」

と、小姓に命じることもあった。

紺木綿の筒袖、横縞の大きい紺絣《かすり》の前垂れ、御所染めの細い帯、着物の下の白い下着と腰巻。白い脛巾《はばき》に甲掛け、白い足袋……どこを見ても風情があり、殺伐とした金戎光明寺をなごませるに十分だった。

「女子というものはよきものでござる」

日ごろ謹厳実直な家老の横山も、このときばかりは相好を崩した。

だが、それはほんの一瞬の、心のなごみでしかなかった。いつまでも束の間の平和が続くはずはない。

いずれ対決は必至、と兵たちの訓練は日ごとに激しさを加え、公用方は、足繁く御所や二条城、各藩の藩邸を飛び回っていた。

容保直轄

この頃、容保は黒谷で壬生浪士たちの稽古ぶりを見学した。

土方歳三と藤堂平助、永倉新八と斎藤一、山南敬助と沖田総司、平山五郎と佐伯又三郎が試合を行い、川島勝司が棒術の演技、佐々木愛次郎と佐々木蔵之丞が柔術で対戦した。容保は満足し、酒席を設けた。

京都ではこの間も相変わらずテロが横行し、祇園社の裏で百姓体の男が斬殺され、在京中の八王子千人同心も殺害された。

壬生浪士に新選組の名前が与えられ、京都の警備に当たるのは間もなくである。

後年『京都守護職始末』は、「新選組規律厳粛、士気勇悍、水火と雖も辞せず」と記述。浪士たちは、容保直轄の警備部隊として認知される。

無知な公家

過激派の浪士もさることながら、公卿も始末が悪い。やたらに見栄をはる。

家を訪ねると、

「左近はいないか」

と、叫んでいる。

「どこに行ったのだ。右近はいないか」

「ああそうか。使いに出したのだ」

もともと右近も左近もいない。見栄を張って一人芝居をしている。訪問者に聞こえるように、さんざん呼んだあと、おもむろに玄関に姿を見せる。

「会津様ですか、これは、これは。今日は召使いが皆出ておりまして」

ずるそうな眼をする。世事にもうとい。

聞きかじった程度の知識で、物事を判断する。

朝廷内部に攘夷がはびこるのも、無知が背景にある。世界の情勢を知らせることが大事である。

「横山、公卿たちに外国を知らせる方法はないものか」

容保が尋ねた。

孝明天皇はもちろん、三条実美、姉小路公知もまるで外国を知らない。外国人に会ったこともなければ、西欧の文化に触れたこともない。夷狄という幻と過激派のテロにおびえて、攘夷を叫んでいるに過ぎない。

公用局に姿を見せた横山は、

「殿の命令じゃ。公家衆を何とかせい」

と、皆の顔を見た。

この日は珍しく、全員が顔をそろえている。

軍備の増強に忙しい野村左兵衛もいた。

「世話のやける連中だ。いつまでも甘やかしていると火傷《やけど》をする。横浜に連れていって外国人に会わせてはどうか」

「大坂にいる海軍奉行の勝殿にお願いしては」

広沢が提案した。

勝海舟《かつかいしゅう》は、咸臨丸《かんりんまる》でアメリカに行った、当代切っての知識人である。薩長にも知人が多く、勝のいうことなら長州も無下にはできないはずである。

「よし、勝のもとに参り、交渉せよ」

横山が広沢に命じた。

広沢は、柴《しば》太一郎《たいちろう》を連れて大坂に下った。大坂の海は、抜けるように蒼かった。港には無数の小舟が浮かび、はるか沖合いに蒸気船があった。

広沢はこの数年、海にこだわり続けてきた。山国で育った反動であろうか。すべてが新鮮に見えた。磯の香りを胸いっぱいに吸い込み、漁師たちの会話に耳を傾け、獲ってきた魚を覗いた。それだけではない。海には文明があった。技術があった。広沢は箱館、横浜で多くの外国船を見ている。鉄の船がなぜ浮かぶのか。最初にこの疑問があった。

蒸気機関、羅針盤、大砲、すべての物に手を触れ、時代の進歩と底知れぬ学問の深さを知った。

「われわれもいつの日か、軍艦を持たねばならぬ。会津も海に乗りだす日が必ず来る」

これが広沢の持論だった。

勝海舟

広沢らは小舟を雇って、洋上の順動丸《じゅんどうまる》に向かった。海に大きなうねりがあった。船頭は必死に櫓を操った。順動丸が眼の前に現れた。巨体が波に揺れている。

「会津藩広沢富次郎でござる。勝先生にお目にかかりたい」

広沢が叫ぶと、縄梯子《なわばしご》が下りた。

二人は縄梯子を伝って艦上に乗り移った。

広沢は、江戸で何度か勝に会っている。

「これは珍しい」

勝は愛想よく二人を迎えた。

「容保公はお元気ですか」

「お蔭様で」

「それはいい。容保公は思慮深いお方なので、胸中の苦しみはお察しします。それにしても得体の知れない奴が多すぎる。問題は、攘夷などできるはずがないことを知っていながら、攘夷を叫んでいる連中、これはタチが悪い」

「まったくです」

「あまり大きな声ではいえないが、一橋公もそのお一人だ。なんで、できもしない攘夷実行の約束をしたのかね」

「わが殿は反対でした」

「こまったものだ」

勝は大胆に言った。

「身内の悪口はいいたくないが、幕府の弱腰は話のほかだ。それから、薩長の浪人がすべて悪と決めつけるのもどうかね。なかには話のわかる男もいるよ。先日も長州の桂小五郎が訪ねてきた。なんでお前らは幕府にケチばかりつけてんだ。攘夷などできるはずはない、と言ってやった。ところが桂は、わかっているというんだ。わかっていて騒いでいる。奴らを仲間に入れたほうが幕府のためだ」

勝はまくしたてた。

会津藩公用局がもっともマークしている男が桂小五郎である。派手に動く高杉晋作とは対照的に、桂はじっと地下に潜っている。このほうが本当は怖い。

無言の広沢を無視するように、勝は言葉を続けた。

「小五郎だけではない。土佐、薩摩の連中もよく来る。話し合えば可愛いものよ。ハッハッハ」

この人の真意もつかめない。どこまでが本音で、どこからが冗談なのか、よくわからない。

海軍操練所

通称麟太郎《りんたろう》。海舟という号は、佐久間象山がつけた。

海舟父方の曾祖父は、越後《えちご》国生まれの米山検校である。生来の盲人だが、江戸にでて琵琶法師《びわほうし》として成功した。莫大な金を残し、三万両で旗本の株を買った。末っ子の平蔵が家を継ぎ、平蔵の三男小吉の長男に生まれたのが、麟太郎である。

若くして蘭学を学び、長崎で三年間、軍艦操練の伝習を受けた。その後、幕府海軍の責任者となる。

このころ勝は、神戸に海軍操練所を建設しようと奔走していた。勝が目指すのは、幕府だけではなく、全国の若者を集めて、海軍士官を養成しようという一大構想である。

「私は幕府だ、薩摩だ、長州だと叫んでいることに飽き飽きした。そう思いませんか」

広沢は、勝の言葉に息が詰まった。

「一杯どうです」

勝は艦長室の戸棚をあけ、ウィスキーを取り出した。広沢と柴はウィスキーをぐっと呑み干し、用件を切り出した。

「勝殿、何とか公卿どもを江戸に連れだし、外国の姿を見せていただきたい」

勝はじっと広沢を見た。

「広沢さん、それは駄目だ。江戸まではとっても駄目だ。長州が許さない。人質に取られると思うよ」

「そうでしょうか」

「決まっているさ。それよりも軍艦に乗せなさい。船に乗れば人は変わる。わたしに任せなさい」

勝は自信たっぷりに言った。

「俺がなんで軍艦や大砲に興味を持ったか。ペリーの艦隊を見てからだよ。つくづく凄いと思ったよ。しばらくして江戸城でオランダから贈られた大砲の砲身を見た。そこに横文字が彫り込んであった。こいつを使うには、横文字をやらねば駄目だ、と思ったね」

勝は上機嫌だった。

広沢は勝に賭けた。こと海防に関しては、長州も薩摩も勝には遠く及ばない。坂本龍馬、桂小五郎、井上馨、彼らはみな勝の門下生である。勝だけが唯一、薩長の浪士と話が通じる幕臣だった。桂や井上を通して公卿を説得するなどわけないことなのだ。

白豆と黒豆

後日、勝は桂を呼びだし、朝廷内部を牛耳る姉小路公知に連絡した。会津藩の前に立ちふさがる二人の公卿。それは三条実美と姉小路公知である。勝はいとも簡単に二人に連絡する。恐れ入った人である。

三条二十六歳。姉小路二十四歳。ともに血気盛んな青年である。時勢にうとい公卿のなかでは頭も切れ、弁も立つ。

三条は長身で、おっとりしている。渾名は白豆。姉小路は小柄で、色が黒く、動作が早い。渾名は黒豆である。行動的なだけに、人に乗せられやすい。火をつけると、メラメラ燃える。利用する側にとっては、きわめて都合がいい。長州はいい玉を押さえていた。桂は、姉小路に話をつけた。

折り返し、勝に返事があった。

「軍艦に乗る」

と、いうのである。

広沢は、小躍りして容保に報告した。あのかたくなな公卿のなかに一本のくさびを打ち込んだのだ。

広沢は勝と一緒に姉小路の旅館に向かった。

「勝殿のことは、桂からよく聞いている。胸が躍る」

姉小路は、率直に軍艦に乗る喜びを語った。

幕末日記

勝海舟は、文筆の才に富み、実に多くの手紙や日記を残している。『陸軍歴史』『海軍歴史』、『嘉末日記』などなど、その作品は全集に収録されている。勝はこの日の模様を次のように記している。

文久三年癸亥年。四月二十五日。

姉小路旅館に至り、面会。摂海警衛の事を問わる。答云。海軍にあらざれは、本邦の警衛立がたし。長談皆聞かる。即刻、順動船に駕して、兵庫に致るべき旨なり。

姉小路は、七十数名の供を連れて、大坂に下った。桂も一緒である。桂に関する記述は『松菊木戸公傳』にある。

会津藩からは、秋月、広沢、小野、柴らが一行に加わった。会津と長州の間に、初めて話し合いの場がもたれた。

「桂殿、お互いに宿敵かも知れんが、今回は、同じ船旅だ。一つ仲良くしてくれんか」

勝海舟はそういって、会津の秋月らを桂に紹介した。

秋月が代表して皆を紹介した。

「長州藩、桂小五郎です」

桂は、短く言った。

複雑な思い

会津の公用方に複雑な思いがあった。

桂は長州藩過激派のいわば代表である。高杉晋作、久坂玄瑞らとは違う一種の風格があった。

桂は天保四年（一八三三）の生まれなので、三十歳だった。萩《はぎ》城下の藩医の子で、少年時代に吉田松陰に学び、その後、江戸に出て剣術を修業。さらに江川坦庵《えがわたんあん》（太郎左衛門《たろうざえもん》）の塾で、西洋兵学を勉強した。

江川塾は、門弟四千人といわれた当代切っての砲術塾で、全国から俊英が集まった。福沢諭吉《ふくざわゆきち》、福地源一郎《ふくちげんいちろう》、榎本釜次郎（武揚《たけあき》）、大鳥圭介《おおとりけいすけ》ら多くの知名人を輩出した。

桂は江戸で青春を過ごした知識人である。

高杉晋作なら会津と聞いただけで、頭に血が上ったことだろう。しかし、桂はいたって涼しげだった。

「広沢さん、刀をはずして、酒でも呑みたいものですな」

さらりといえる冷静さを持っていた。

「おっしゃるとおりです」

広沢も負けてはいない。

大坂の海

この日、大坂の海は、眩しい陽光のなかにあった。空はあくまで蒼く、心地よい風が吹いた。カモメが海面すれすれに飛んで行く。

「姉小路卿、貴殿は運が強い。今日はすばらしい天気だ。海の醍醐味を存分に味わってもらいましょう」

勝は、空を見上げた。

積雲が水平線の彼方にわいている。

「この雲なら天気はますます良くなる」

勝は自信たっぷりの表情である。

一行は、ただちに小舟に分乗して、順動丸に向かった。順動丸は正式にいうと、軍艦ではなく最新鋭の輸送船である。原名ジンキー。文久元年イギリスで製造され、翌二年十月、幕府が十五万ドルで購入した。長さ四十間、七十三メートル、幅四間三尺、八メートル、深さ二間三尺、四・五メートル、四百五トン、三百六十馬力の堂々たる鉄船である。甲板の中央部に丸い煙突があり、両側に大きな外輪があった。外輪で波をかいて進むのだ。

全員が乗り込むと、勝は艦長の近藤倉三郎に出港を命じた。

外輪が激しく回った。順動丸は、たちまち速力を上げて沖に向かった。

姉小路は眼を輝かせて勝の説明に聞き入っている。興味津々の表情だ。

「軍艦は、これに二十門、三十門の砲を積み、艦砲射撃を加えて陸地も攻撃する。世界には砲百二十門という巨大な戦艦さえある」

「それらの軍艦が攻めて来た場合、わが国はどうなるのだ」

「とても太刀打ちできません。どうにもなりません。江戸の街も大坂の街も焼け野原ですよ」

「どうすればよいのだ」

「列強諸国と同じ軍艦を造り、港には砲台を築くことです」

「軍艦を造れるのか」

「いまは造れません。外国から技術を盗み取り、学ぶしかありませんな」

「それまでは、どうするのだ」

「当面、外国から買うしかないでしょうな。攘夷では話になりません。開国しか道はござんせんよ」

「しかし、攘夷は、恐れ多くも帝の意志にござるぞ」

姉小路が反論した。

「そうなればこの国は、外国の餌食になるでしょうな。帝も公家もなくなりますな」

姉小路は、ぎょっとして勝をみつめた。勝はその表情を見逃さなかった。

「攘夷を強行すれば、必ず戦になる。戦になれば、日本は負けますな。万民は奴隷にされ、塗炭の苦しみに陥りますな。帝は嘆かれますぞ。しかしその時ではもう遅い」

姉小路は、呆然として勝を見た。

姉小路の顔が見る間に蒼ざめていった。

姉小路は転向する。広沢は、直感した。

「勝先生、あまり脅かしては困ります。なあーに、わが国は神州《しんしゅう》です。外国の軍艦など神風で吹き飛びますよ」

桂が、話題を変えた。

「神風、都合よく吹けばいいですがね」

勝は姉小路を手玉に取って楽しんでいる風情だった。

承知の上

桂は、外国と戦ったら日本が負けることも承知していた。

当分、公家衆には　日本を神州と信じ、がむしゃらに尊王攘夷を叫び続けてもらわないと、都合が悪いのだ。公家衆が目覚めては都合が悪い。

「勝先生、少し休まれては如何ですか。姉小路卿は少し顔色が悪い。船に酔ったようですな」

桂が言った。

「いや、麿《まろ》なら心配に及ばないぞ」

姉小路はやせ我慢をした。今にも吐き出しそうな顔である。

この日の航海は、兵庫までで、翌日は堺まで走り、二十八日には紀淡海峡《きたんかいきょう》を巡航し、途中、由良《ゆら》の砲台に立ち寄り、大小砲を試射した。大砲が轟然と火を噴くと、姉小路卿は、耳を押さえ、

「恐ろしや」

と、身体を震わせた。

「攘夷はできませんな」

姉小路は、この航海で攘夷のなんたるかを知った。こんな軍艦に攻められて、勝てるわけがない。姉小路も勝の門下生の一人になった。早速、効果があった。

ほどなく幕府に対し、朝廷から大坂湾警備に関する御沙汰書《おさたがき》が下った。海防の強化、軍艦、大砲の整備に当たるように、というのである。

姉小路効果は莫大だった。

五月四日には、将軍家茂が順動丸で、播磨《はりま》、淡路《あわじ》方面を視察、勝が考える海軍塾の開設にも賛意を示した。勝は大喜びだった。

歴史の転換点

薩長も公家たちも皆、狂気に満ち満ちていた。

彼らは刀を振り回し尊王攘夷、討幕を口にし、反対派に天誅を加え、熱病のような激しさで、世間を味方に引き込み、徳川政権に鉄槌を下さんとする勢いだった。

桜田門外の変を契機に、歴史の流れは大きく変わってしまった。自業自得、幕府自らが招いた大災難でもあった。

孝明天皇はどう説得しても攘夷を変えることはなかった。

五月十日、長州藩は下関海峡に停泊中の米国の商船に砲撃を加えた。長州藩はその後も外国船に砲撃を続け、二十三日にはフランスの軍艦、二十六日にオランダの軍艦を砲撃、六月一日には、アメリカ軍艦の砲撃を受け、軍艦二隻が沈没、同四日にはフランス海軍の艦砲射撃で台場が制圧され、陸兵の上陸を許し、敗北する。

この時期、重大事件が起こった。

姉小路公知が殺害されたのだ。

討幕派の天誅

闇のなかで野犬が吠えた。

一匹、二匹、三匹。

あたりに殺気がただよった。そのとき、黒谷の金戒光明寺に走り込んだ黒い影があった。

「ご家老、一大事にございますー」

公用局の柴太一郎が、肩で息をしている。

「何事じゃ！」

「姉小路公知卿が殺されました」

「なんだと……」

会津藩家老横山主税は、あまりのことに一瞬、気を失いかけた。

「ご家老！」

太一郎が鋭く叫んだ。

「おお。皆の者を叩き起こせ。殿に知らせろ、殿に知らせろ」

横山は、取り乱し、座り込んだまま立ち上がれない。太一郎に支えられて、よろよろと歩く始末である。

五月二十一日早朝、衝撃的な知らせであった。

姉小路公知――。

長州藩をバックに朝廷を意のままに操ってきた過激派のリーダーだった。

「勅諚《ちょくじょう》でござるぞ」

公知の切り札は、決まっていた。

だが、順動丸に乗船して以来、公知は変身した。攘夷に疑問を持ち、開国に目覚めたのである。

勝海舟に好意を寄せ、会津に信頼を寄せ始めた。これを知っている人間は、長州の桂小五郎ら何人もいる。しかし、桂が下手人であるはずはない。話が攘夷派に伝わり、凶行に及んだのであろう。

「これは謀殺だ」

誰しもが思った。

金戒光明寺の坊塔《ぼうとう》に一斉に明かりがつき、境内は騒然となっている。駆けつけた秋月悌次郎、広沢富次郎も落胆のあまり、声もない。

やがて主君容保が姿を見せた。

「殿！」

横山が泣いている。

「なんということだ」

容保の声も途切れがちだ。

「誰が公知卿を殺したのだ」

容保の眼に涙があふれ、こぼれ落ちた。

恐ろしいテロだった。これでは正義を論ずる者はいなくなる。刺客の影におびえ、己を偽るしか生きる術《すべ》はなくなる。

姉小路公知の転向は、公武合体、開国を目指す容保にとって、闇夜に光る一筋の灯だった。その灯はやがて煌々と闇夜を照らし、社会を変革するはずであった。犯人の狙いは、まさしく変革の阻止であった。

空を見つめる容保の双眸《そうぼう》は、暗かった。

秋月や広沢の脳裡にひらめきが疾った。犯人像について、いくつかの推理が考えられた。

幕府か。薩摩か。組織内部の内ゲバか。朝廷内部の実力者を殺すには、かなりの度胸と残酷さがいる。幕府も会津もいま姉小路を殺す理由は何もない。大事な大事な玉なのだ。

薩摩はどうか。朝廷を長州に牛耳られ、姉小路に不快感を抱いている。しかし、それがすぐ暗殺に結びつくとは、思えない。

姉小路の転向をめぐる組織内部の内ゲバ。推理するとしたらこれか。いやそうとばかりは言えない。薩摩、長州には十分な動機がある。

広沢と太一郎は、ただちに現場に飛んだ。壬生の浪士隊にも出動の命令が下った。近藤勇も手勢を率いて駆けつけた。

背後関係を除いて、事件の全容は、間もなく分かった。

惨殺の夜

前夜、御所で開かれた公家たちの会議は深夜に及んだ。滞京中の将軍家茂の処置、生麦事件の始末、長州の攘夷実行、松平春嶽の政事総裁職辞任の件、一橋慶喜の将軍後見職辞任の噂、議題はいくつもあって、白熱した。姉小路からは攘夷に対する疑問がだされ、これが激しい論議を呼んだ。

会議をリードしたのは、いつもながら三条実美と姉小路公知である。三条が攘夷実行、倒幕を叫んでも、姉小路はこれを制し、会議はたびたび中断した。

「姉小路が裏切った」

こんな噂が長州内部に流れていた。

「今夜はもう遅い。明日、もう一度、話し合おう」

この夜、会議の打ち切りを宣言したのも姉小路だった。ということは突発的な犯行の可能性もあった。時間は、亥の刻（夜十時）を過ぎていた。

三条と姉小路は、そろって御所を出た。暗い夜で、あたりは漆黒の闇である。三条は警戒心の強い男で、ものものしい行列を従えて、東に消えた。

姉小路は公卿には珍しく、剣術の心得があった。毎朝、素振りを欠かさない。刀さえ手もとにあれば、二、三人の賊と斬り合う自信があった。これが結果として、命取りになった。

「暗いなあー」

姉小路は三人の従者を連れて、猿ケ辻に差しかかった。遠くで犬が吠えた。この時代、あちこちに野犬がいた。姉小路は本能的に左右を見た。

先頭は提灯持ちの小者、次に姉小路、後ろに雑掌の吉村右京、太刀持ちの金輪勇《かなわいさむ》がいた。吉村も金輪も最近雇った腕の立つ用心棒である。金輪は長州の人間である。

先頭の小者が角を曲がろうとしたとき、暗闇に動く影があった。

「刺客か」

姉小路は身構えた。

「ええーい」

その男は、凄まじい声をあげて、提灯を斬り落とした。

「ギャー」

小者は悲鳴をあげてのけぞり、一目散に逃げだした。

「曲者《くせもの》！」

姉小路は、右手の笏《しゃく》で身構えた。笏は束帯《そくたい》着用の際、右手に持つ板切れで、とても武具にはならない。束帯のため動きが自由にならないのも痛かった。めらめらと燃える提灯の明かりのなかに、三人の刺客が浮かんだ。

「姉小路！　覚悟！」

ドスのきいた声である。

「謀ったな！」

姉小路がわめいた。

「金輪！　太刀、太刀だ！」

続けざまに絶叫した。

肝心の金輪が後ずさりを始め、太刀を抱えて逃げだした。賊の一人が不敵に笑った。

「貴様ら、どこのどいつだ！」

吉村が抜刀して、姉小路の前に立った。

「俺がこいつを殺る」

刺客の一人が、吉村の前に出た。

なかなかの使い手だ。落ち着いた動作でわかる。

「ええーい」

吉村の頭上に白刃《はくじん》が一閃した。

「とおっ」

吉村が後ろに跳んだ。

「いまだ」

二人の刺客が姉小路に斬りかかった。

姉小路は手にした笏で必死に防いだ。一の太刀、二の太刀、強力な白刃が姉小路を襲った。

「うわあ」

一人が姉小路の顔面を斬り裂き、一人が腹を突き刺した。姉小路は、血だらけになりながらも、賊に組みつこうとした。

「死ねー」

賊の一人が姉小路を蹴飛ばし、刀を投げつけた。

「よ、し、む、ら……」

姉小路のうめき声で、吉村があわてて戻った。

顔を割られ、虫の息だ。

吉村が血だるまの姉小路をかつぎ、三百メートルほど離れた姉小路邸に運んだ。姉小路は、かすかに意識があった。玄関をくぐると、

「枕、枕ッ」

と、いって絶命した。

姉小路の致命傷は後頭部に受けた頭蓋骨に達する刀傷だった。そのほかに面部鼻下に一か所、左耳に一か所、長さ五寸ばかり斜めに深さ四寸、胸部左鎖骨部長さ六寸、深さ三寸の刀傷があった。

天皇激怒

孝明天皇は、この知らせに怒り狂った。

松平容保に犯人検挙の厳命が下り、御所九門に土佐、肥後、仙台、水戸、長州、備前、薩摩、鳥取、徳島の藩兵が張り付いた。

会津藩は総力をあげて犯人を迫った。

犯人の捜査は、意外な早さで進んだ。現場に犯人が投げつけた太刀が残されていたからである。銘は「奥和泉守忠重《おくいずみのかみただしげ》」。二尺三寸、幅一寸一分、反り八分の豪刀である。

忠重は薩摩鍛冶で、黒鮫皮柄に鉄の柄頭《つかがしら》というのも薩摩流だった。

これから察するに犯人は薩摩ということになる。しかしわざわざ薩摩の刀を捨てるだろうか。これはあり得ない。わざわざ現場に証拠を残す馬鹿はいない。それに、いま薩摩と事を構えるのは、得策ではない。長州と違い、話も通じる。

「困った」

容保も頭を抱えた。朝廷内部にも捜査局が設けられ、

「麿が指揮を執る！」

三条実美が叫んだ。

薩摩屋敷出入りの刀屋を調べると、刀の持ち主は、薩摩の人斬り、田中新兵衛であることが分かった。

「薩摩奴、長州を怨んでの犯行か！」

三条実美は、色めきたった。

「なに薩摩だと」

これを聞いた孝明天皇の怒りは、鬼気迫るものがあった。

「島津の顔など見たくもない。薩摩を京都から追いだせ」

天皇は髪を振り乱し、帛《きぬ》を裂くような声でわめき散らした。夜になると、物の影におびえた。

「誰か、誰かおらぬか」

片時も従者を離さず、虚ろな眼で、空を睨んだ。三条実美は、帝の狂乱を横目で見ながら、

「薩摩を御所の警備からはずす」

と、勅諚を読み上げ、田中新兵衛の逮捕を命じた。

テロの背景

幕末のテロは、複雑な背景の上に横行した。

発端はペリー来航による攘夷だった。武士階級の排他主義が夷狄に向けられた。外国人を殺傷し、外国人の館に放火し、夷狄に屈した幕府を攻撃した。

かといって、外国と本気で戦う気もないし、その力もない。日本をどのように持って行くのか。その定見も構想もない。ただの八つ当たりに過ぎなかった。

だが、水戸脱藩の浪士たちが、大老井伊直弼を暗殺した時点から、テロは歴史を転回させる力を持った。

これによって、浪士たちが国政の第一線に躍り出た。頭のいい薩長の策士が天皇をかついで、幕府に対抗した。

尊王攘夷である。

幕府も無策だった。ずるずると過激派に引きずられ、ここまできてしまった。すべての人が無責任に行動し、危険が迫れば、逃げだした。唯一、会津藩だけが生真面目に、この困難に取り組んできた。

それは解決の道が見つからない暗中模索の作業だった。

新兵衛自決

田中新兵衛の居所は、すぐにわかった。

東洞院《ひがしのとういん》　蛸薬師《たこやくし》下《くだ》ルの仁礼《にれ》源之丞の家にいるという。しかし、仮にも薩摩藩士である。

島津久光は藩内の過激派を切り、公武合体に同調している。会津藩は礼を尽くし、公用局の外島機兵衛と広沢を仁礼の家に差し向けた。

「帝の命により同行を求める」

外島は書状を読み上げた。新兵衛は、あっさり同意した。帝の命令というのが、新兵衛の心を打った。

新兵衛は仁礼と、従僕の藤田太郎と連れだって出頭した。自分は犯人ではないという自信があったのかも知れなかった。

「会津藩に留置し、取り調べよ！」

三条実美が言った。

「恐れながら犯罪の捜査は、京都町奉行のお役目、そちらに送るのが至当かと」

外島は丁重に断わった。新兵衛らは、京都町奉行に引き渡された。

「身に覚えはない！」

新兵衛は、頑強に否定した。京都町奉行永井尚志が証拠の太刀を持ちだした。新兵衛の顔色が変わった。

「どうだ。覚えはないのか」

永井がいったとき、新兵衛は脇差を抜いて、わが腹に突き刺した。

「待て！　新兵衛！」

永井が駆け寄る前に、返す刀で首筋を斬り裂いた。あっという間の出来事だった。人斬り新兵衛は、無言のまま死んだ。


自分帯居《おびおり》候脇差を以て腹ならびに首筋疵付《きずつけ》候に付、番の者ども右脇差奪取り、早速医師呼寄せ、疵口を縫い療治致し候へども、深手にて療生《りょうじょう》相叶わず、相果申し候。


京都町奉行から知らせがあったとき、会津藩首脳は、

「しまった！」

と、叫んだ。

これで事件は、迷宮入りとなった。

人斬り新兵衛の死もさることながら、姉小路の死は、公武合体、開国に水をさす手痛い事件だった。もはや京都は、狂人の街と化している。理性や話し合いは通じない。謀略や暗殺で、事が運ばれていた。

会津は一つの決断に迫られていた。

壬生の浪士たちの本格的な登用である。近藤勇、芹沢鴨、新見錦《にいみにしき》ら壬生浪の剣が必要になったのだ。

広沢は、久しぶりに壬生屋敷に足を運んだ。

十数名だった壬生浪士は、その後、百人前後に増え、撃剣の響きがあたりにこだましていた。

「広沢さん、われわれを忘れては困ります。会津藩は冷たい、と皆が申しておりますぞ」

近藤勇が皮肉を言った。

「申し訳ない」

広沢は頭を下げた。

日々の業務に忙殺されて、配慮を怠っていたからである。

「われわれが警備に当たれば、暗殺など恐るるに足りません。使い手はいくらでもいますぞ」

近藤の眼が光った。

「姉小路卿の死は、痛恨の至り。今後は要人の警固を近藤殿にお願いする」

広沢が言った。

「しっかりお守りしますぞ」

近藤の言葉は力強かった。

「金は私にお任せください」

「かたじけない」

近藤が頭を下げた。

「いよいよわれらの出番ですかな、ハッ、ハッ、ハ」

傍らで芹沢が、鉄扇を手に高笑いした。

「近藤さん、また来ます」

広沢は、足早に壬生を去った。

海舟も危機一髪

文久三年（一八六三）の三月に家茂公が御上洛とあって京都は、どこもかしこも、大賑わいだった。

勝海舟も船で上洛した。

宿屋がどこもかしこも塞っているので、仕方なくその夜は市中を歩いていたら、ちょうど寺町通りで三人の男がいきなり海舟の前へ現れて、ものも言わず斬り付けた。

海舟は驚いて後へ避けたところ、海舟の用心棒をつとめていた土佐の岡田以蔵が、たちまち長刀を引き抜いて、一人の男を真っ二つに斬った。

「弱虫どもが何をするか」

と一喝したので、後の二人はその勢いにおどろき逃げていった。

海舟はやっとのことで虎口《ここう》を逃れたが、なにぶん岡田の早業には大いに感心した。

後日、海舟は岡田に、

「君は人を殺すことを嗜《たしな》んではいけない。先日のような挙動は改めたがよかろう」

と忠告した。すると、

「先生、あの時私がいなかったら、先生の首は既に飛んでしまっていたでしょう」

と言われ、これには海舟も一言もなかった。

海舟は文久二年閏八月に軍艦奉行並に昇進し、幕府要人を海路で上方へ運ぶ仕事についていた。このため江戸・大坂間を何度も往復、京都にも足をのばしていた。

岡田以蔵は有名な土佐の人斬り以蔵である。

「先生、京都は危ないですよ」

と、坂本龍馬が、用心棒に付けてくれたのだった。

「こまったものだ」

京都のテロには海舟もほとほと困惑していた。

海舟は黒谷にも時おり顔を出したが、会津人とはあまり話が合わなかったようで、記述は少ない。

容保の病

松平容保が病に倒れたのは、このころである。

御所から医師が駆けつけ、家老の横山が心労のあまり、肩で息をしている。

「広沢、殿の体力は限界じゃ」

横山は、力なく言った。

容保は、数日前から全身に疲労を訴えていた。右脇腹、心臓の下部、胸などに痛みが走り、夜も眠れないのだ。容保は定期的にこの症状に苦しんだ。心の病、いまでいうノイローゼの疑いもあった。容保はあくまで理想を追求した。妥協や逃げを嫌った。それだけにストレスがたまる。

姉小路暗殺の衝撃で、緊張の糸が切れた。

帝の激怒を聞いたときから、様子が急変した。京都守護職としての責任が、容保を苦しめた。京都に来てまだ四か月に過ぎない。猜疑と陰謀の渦巻く王城に、会津藩首脳は、改めて息を呑んだ。はたしてこの都で任務をまっとうできるのか。会津藩兵の胸に不安がよぎった。

長州のやることは、すべて狂気だった。京都市民を巻き込んで、幕府に攻撃を加える巧妙なやり方だった。会津では考えられない手法だった。神経質な容保はその都度、手痛いダメージを受けた。

将軍「天誅」

孝明天皇が石清水八幡行幸をされた六日後、前代未聞の張り紙が三条大橋の欄干に貼られた。

これまで過激派浪士は、手ひどいテロを繰り返し、乱暴なアジビラを貼ったが、今回は、将軍家茂を天誅に処するという前代未聞のものだった。

「徳川家茂、表向き勅命遵奉《じゅんぽう》の姿で、始終虚喝《きょかつ》を以て言を左右し、外夷拒絶談判等、叡聞《えいぶん》を欺《あざむ》き延引をはかり、行幸の節はにわかに虚病を構え、すべて天皇をないがしろにした。よって一々誅戮《ちゅうりく》を加えるはずであるが、将軍は若年、すべては周囲の考えと存ぜられるので、格別のはからいでしばらく様子を見てつかわすから、早急に悪吏の罪状を調べ、厳重に罰せよ。さもなくば、数日を出ずしてことごとく天誅を加えるであろう」（明田鉄男『幕末京都』）

将軍家茂に対する予告殺害である。

もはや幕府の権威は地に堕ちたも同然だった。幕府はなぜもっと怒らないのか。それも大問題だった。自信喪失なのか、もはや覇気が失われてしまったのか。

もっともまずいことは、見えすいた慶喜の言い逃れだった。

最悪な人物は慶喜である。攘夷実行というありえない発言をして、江戸に逃げ帰ってしまった。将軍後見職など務まる人物ではなかった。

さらに重大な知らせが入っていた。長州藩の攘夷実行である。

京都から浪士たちが姿を消し、国もとで何かがある、という予感はあったが、まさか諸外国の艦船を砲撃するとは、信じがたい行動だった。

攘夷実行を幕府から勝ち取った長州藩は本気で外国を討たんとしていた。すべての責任は幕府にある。孝明天皇も攘夷実行を迫っており、怖いものは何もなかった。

日本は神州だ、という元寇の乱以来の神話が背景にあった。長い間、外国との通商を拒絶し、単一民族で暮らしてきた日本人の最大の欠点は、この神国思想だった。それは、幕府が推し進めてきた鎖国政策のむくいでもあった。

幕府政治が、随所でほころびていた。

下関海峡

長州の下関海峡は、当時、馬関《ばかん》海峡といった。

馬関は裏日本から瀬戸内海を経て大坂に入る西廻り海運と、長崎から瀬戸内海、大坂に入る接合点である。裏日本と表日本、長崎と大坂を結ぶ西日本の重要航路だった。

長崎─横浜間は外国の商船も頻繁に走っており、それらが、下関海峡を通過していた。

その船を目がけて砲撃し、あわよくば分捕ろうというのである。

下関の色街は、京都から戻った浪士たちであふれた。久坂玄瑞の姿もあった。

「毛唐《けとう》をぶった斬る」

「異国と戦をするのだ」

昼から酒と女にひたっている。

下関の回船問屋、白石正一郎《しらいししょういちろう》からふんだんに資金がでる。京都は何かと会津藩の眼がうるさい。ここは、無法者の拠点であった。

「幕府奴が、いまに吠面《ほえづら》かくぞ」

「わが長州藩は、歴史に不滅の名を残す」

皆、長刀をたずさえ、眼を血走らせていた。

五月十日。

馬関海峡を通過しようとする一隻の船があった。三本マストの船影が近づいて来る。

「来たぞ！」

見張りの兵が躍り上がった。

アメリカの汽船ペムブローク号、二百トンである。横浜から長崎経由、上海に向かおうとして、馬関海峡に入って来た。

「やるぞ！」

下関の街に異常な叫びが響いた。男たちは砲台に駆けつけた。

長州藩は、海峡が一度狭くなった早鞆《はやとも》の瀬戸を中心に数十門の大砲に砲弾が装塡され、準備が完了した。

「ぶっ飛ばしてやる」

砲手が照準を合わせようとしたとき、船はくるりと船首を西に向けた。風波と潮流の逆行を避けるため豊前《ぶぜん》田ノ浦沖に投錨した。

庚申丸と癸亥丸

砲台からはとても届かない。夕刻、長州の軍艦庚申丸《こうしんまる》が攻撃に向かった。長州藩旗を船尾にかかげ、アメリカ汽船に近づいた。庚申丸は長州藩が建造した洋船で、三十ポンド砲六門を積んでいる。

「撃てッ」

艦長山田鴻二郎の命令一下、轟然と砲門の火を噴いた。最初の一発ははるか彼方に落下した。二発、三発、船の前後に大きな水柱があがる。

このとき、長州のもう一隻の軍艦癸亥丸《きがいまる》がたまたま海峡にやって来た。

癸亥丸はイギリス商人から購入した二本マストの帆船で、十八ポンド砲二門、九ポンド砲八門を持っている。癸亥丸も砲門を全開して、アメリカ商船に迫った。

海峡の砲台からも次々に砲弾が発射された。

わが国初の海戦も砲弾は一向に当たらず、十二発のうち三発が船の近くに落ちたに過ぎなかった。

急いで錨を上げたペムブローク号は、航路を豊後海峡に転じ、全速力で逃走した。これを見た長州藩兵は快哉《かいさい》を叫んで攘夷に酔いしれた。

長州藩攘夷実行の知らせは、またたく間に京都に知れ渡った。孝明天皇と長州派の公卿たちは、小躍りして喜び、次の戦果を待つ始末である。

会津藩公用局は、情報収集に追われた。

「殿、これは、幕府が無闇に攘夷を認めた結果にほかなりませぬぞ」

家老横山主税の報告に、主君容保も言葉がない。

「上様が決められたことだ。それにしても攻撃を加えるとは」

秋月、広沢、柴らは薩摩、土佐藩の公用方とも接触し、今後の対応に大わらわである。

しかし、いまの幕府では、なんとも手の下しようがない。幕府もなめられたものだった。

狂喜乱舞

長州藩の過激派は攘夷の手をゆるめなかった。

五月二十二日、横浜から長崎に向かうフランスの軍艦キャンミャン号が、馬関海峡を通過しようとして豊後《ぶんご》浦に投錨《とうびょう》した。

翌日早朝、抜錨《ばつびょう》して海峡を越えようとしたとき、壇《だん》ノ《の》浦《うら》など四か所の砲台から砲撃を受けた。

キャンミャン号は、長州が攘夷に踏み切ったことはまったく知らない。

「これはなんだ！」

書記官が詰問のためボートをおろし、岸に向かおうとした。これを見た砲台の守備兵は一斉にボートに砲撃を加えた。たちまち砲弾が命中し、水夫四人が吹き飛んだ。

「やったぁー」

砲台はやんやの喝采である。

驚いたフランス艦は、ただちに抜錨しようとしたが、激しい砲撃でその余裕もない。錨を切断して船を動かし、必死に応戦し、やっとの思いで海峡を渡った。フランス艦のボートは、追いかけて来た長州の船に船を捕獲し、持ち帰った。

下関の街は、狂喜乱舞である。

色街は、兵士たちであふれ、流れ着いたフランス水夫の死体を蹴飛ばして気勢をあげた。

続いて二十六日には、海峡を通過しようとしたオランダ軍艦メデュサ号にも砲撃を浴びせた。オランダは長州藩の攘夷を知っていたが、長州側の砲術を見くびっていたらしい。

庚申、癸亥丸の長州藩軍艦が待ち構えており、一斉に砲撃を加えた。

長州藩の砲手は、相次ぐ戦闘で確実に腕を上げており、二十七発発射して、実に十七発がオランダ艦に命中する戦果をあげた。オランダ艦は、船腹に大きな穴があき、四人戦死、五人負傷の大損害を受けて、逃げ去った。

相次ぐ戦果に長州藩の若者は、いまやあたるべからざる勢いである。太陽がギラギラと海を照らす。暑い。裸になった兵士たちは、勝ち誇った表情で眼下の海を見下ろした。

米艦来襲

六月一日、突然、遠くの海に艦影があった。

大きい。ぐんぐん速度を増して近づいて来る。

「来たぞ！」

長州の砲台が火を噴いた。しかし、この船は、恐れる風もなく一気に突き進んで来た。見ると日の丸の旗をあげている。

「なに」

砲手が狐につままれたような顔をした。

「やや！」

次の瞬間、日の丸の旗がおろされ、ラッパを吹奏する水兵の姿が見えた。

アメリカの国旗がするすると上がった。たちまち艦砲射撃を始めた。砲弾がうなりをあげて飛来し、破裂した。

これまでとはまるで様子が違う。長州の砲台もただちに応戦したが、船は自由自在に走り回り、空しく水柱をあげるだけだ。

アメリカ商船ペムブローク号砲撃に怒ったアメリカ艦隊のコルベット艦、ワイオミング号が復讐に出たのである。たった一艦で殴り込みをかけたのだ。

海峡を警備している長州の虎の子艦隊、庚申、癸亥、壬戌丸《じんじゅつまる》を見つけるや、砲撃を加えながら突進した。壬戌丸は機関三百馬力、イギリス製の運送船で、備砲は二門である。艦長桂右衛門は、驚いて逃げようとしたがたちまち追いつかれ、機関に砲弾が命中。一気に蒸気が吹きだし、火だるまになった。そこを目がけて次々に砲弾が撃ち込まれた。

「逃げろ、逃げろ」

桂は総員退艦を命じ、海に飛び込んで必死に逃げた。後ろを振り返ると壬戌丸は黒煙を吹き上げて、ぶくぶくと沈んで行く。たちまち海底に姿を消した。

爆沈だった。

ワイオミング号は、航路を東に転じ、左舷《さげん》の砲門を開いて、庚申丸の攻撃に移った。

砲台の兵士たちは、息を呑んで見つめた。

彼我の軍艦があまりにも近すぎるのだ。庚申丸は追いつめられた。敵の砲手が眼の前に見える。大砲が一斉に火を吹き、一弾は船腹を貫通した。水兵は吹き飛ばされ、血を流してのたうち回っている。続いて一弾が船橋を砕き、船は大きく傾いた。沈没である。艦長山田鴻二郎は、海のなかに投げ出されていた。

二隻を沈めたワイオミング号は、さらに癸亥丸に向かい、三発の砲弾を浴びせ、大損害を与えるや、数か所の砲台に迫り、艦砲射撃を加えて、悠々と立ち去った。

ワイオミング号も艦尾に被弾し、二名の戦死者をだしたが、長州の損害は大きかった。二隻の軍艦を失い、死者百余名をだす敗北を喫したのだ。

丁度この時、初戦の勝利に気をよくした長州藩世子毛利《もうり》定広《さだひろ》が下関に来ていた。

下関のお茶屋で芸者を総上げして大宴会を開き、砲台などを視察していたさなかの惨敗である。さしもの攘夷過激派もいうべき言葉を失い、座り込んだ。たった一隻の軍艦によって、長州の攘夷は吹き飛んだのである。

惨敗

数日後、長州藩は、壊滅的な報復を受けた。

フランス東洋艦隊の旗艦セミラミス号とコルベット艦タングレード号が海峡の北岸に侵入し、砲台を吹き飛ばし、陸戦隊を上陸させた。陸戦隊は砲台を破壊し、火を放ち、火薬、弾丸を海中に投じた。長州兵は先日の敗北で戦意を喪失しており、先を競って逃げまどった。

長州兵は砲台を捨て民家や林の中に潜んで陸戦隊と対峙したが、手も足も出ず惨敗した。

このころ高杉晋作は萩にいた。あの過激派の高杉がなぜか、下関に姿を見せていなかった。高杉は脱藩の罪を問われて、萩で謹慎していたのである。

高杉晋作は、藩命によって急遽、下関に駆けつけた。ひどい敗北だった。兵器の差は歴然としていた。同じ軍艦でも長州とアメリカ、フランスでは、雲泥の差があった。

長州藩士は、甲冑を身につけて参戦し、敵兵が上陸すると、戦わずして逃げた。

「こいつらに攘夷など所詮、望めぬ話」

高杉はせせら笑った。

高杉は奇兵隊の編制を献策した。

奇兵隊

正に対する奇である。

陪臣《ばいしん》、軽卒《けいそつ》、小者《こもの》、農民、商人でもかまわない。庶民のエネルギーを吸いあげて、従来の型を破った部隊をつくろうというのである。

「侍など時代遅れだ。奴らは我先に逃げたではないか」

高杉は断言した。

会津藩公用局に、高杉晋作、奇兵隊結成すの知らせが入ったとき、広沢は、

「ううむ」

と腕組みをして、眼をつむった。

会津藩公用局のなかで、もっとも時代に敏感なのは広沢だった。広沢自身、下級武士の出である。武士

以外の人々が持つ、爆発的な熱気を感じていた。このままでは会津が長州に敗れる。広沢は高杉に恐ろしさを感じていた。

「秋月殿、高杉がまたふてぶてしい動きを始めたようです」

「うむ。長州はしぶとい。恐ろしい敵だ」

秋月も唸った。

足立仁十郎

この頃、長崎の商人、足立仁十郎が黒谷を訪れた。

「しばらくでござった」

家老の横山が出迎え、容保も親しく会談した。

「長崎では長州の話で持ち切りです」

「まことにもって、狂暴な者どもだ」

容保も怒りをあらわにした。

「諸外国の艦隊は、いずれ長州に攻め入り、降伏させるといきまいております」

「さもあろう」

「そうなれば、長州も少しはおとなしくなるでございましょう」

「よいことだ」

容保は、笑った。

京都に来て以来、容保は一日たりとも気の安まる日はなかった。

松平春嶽、山内容堂、さらには一橋慶喜まで逃げ出し、この王城を守るのは、わずかに将軍家茂と容保だけである。

「足立、一度、軍艦に乗って長崎に参りたいと考えておったが、この分ではとても行けそうにない。何か、耳よりな話はないか」

容保が尋ねた。

「はい。トーマス・グラバーのもとへ、薩摩、長州、土佐の若者が日参しております」

「トーマス・グラバーだと」

「そうです。スコットランドから参った商人で、鉄砲を扱っております。最近の銃はライフル銃と申して、よく当たります」

「スコットランドか」

「イギリスと同じでござる」

「そうか、長州も来ておるのか」

「はい。最近、大量の鉄砲を発注した、というもっぱらの噂でございます」

「ううむ。横山、長州はまた何かを企んでおる」

「はい。まことにもって、油断のならない奴らでございます」

「うむ」

容保の眼に狼狽があった。

脳裡から長州の二文字が片時も消えないのだ。

容保は、足立が持参したフランスのワインをぐっと呑み干した。

「うまい」

「これは年代ものでございます」

「なんとも美味な口あたりだ。皆も呑むがよい」

容保はまわりを見た。

公用局の面々がずらりと座っていた。

「皆の者、聞いたであろう。長州は負けることを知らんらしい」

容保は体調がいいとみえ、何杯も盃を重ねた。秋月も広沢もしたたか呑んだ。

何かとてつもない大きなことが目前に迫っている。誰もがそんな予感に取りつかれていた。

長州は異国を討ち、倒幕を叫べばよい。会津藩の困難な職務に比べれば、楽なことに思えた。

会津は、傾きかけた幕府を立て直し、頑迷な朝廷勢力を説得し、新たに幕府をつくるという途方もない職務に就いている。

宴席は、なかなか盛り上がらず湿ったままだった。

焦る三条

長州藩の攘夷実行は、朝廷内部に少なからぬ動揺を生んだ。情報伝達が遅く、不正確な時代である。

勝った、負けた、が、日に何度も飛び交い、攘夷派は一喜一憂する毎日だった。やがて、長州藩の敗北が分かると、長州派のリーダー三条実美は、落ち着きを失った。

実美の怒りは激しく、

「長州は何をしておるのか！」

と、毎日のように報告を求めた。

高杉晋作が、いかに時代の寵児でも一、二か月で失った力を取り戻せるとは思えない。

会津藩公用局の広沢は、連日、柴太一郎を連れて御所の周辺の調査に当たった。御所をどのようにして守るか、広沢はいつも考えていた。長州の過激派が、御所を占拠することもあり得た。

六月二日のことである。

容保は召されて参内すると、伝奏衆が、顔色を変えて容保に伝えた。

「小笠原図書頭《ずしょのかみ》（長行朝臣《ながみちあそん》）が、にわかに海路、大坂に着いたとの噂だ、兵を出して上京を食い止めよ。

これは帝の命令であるぞ」

「はっ」

容保には初耳のことだった。

第五章　薩摩の暗躍、長州の敗退

ベルクールのささやき

この頃、フランスの外交官ド・ベルクールは幕府側の奮起をうながす熱弁を、幕府の外交担当、若年寄《わかどしより》の酒井忠毗《ただます》に語っていた。酒井は敦賀《つるが》藩主である。

「一体、昨今の幕府の体たらくは、見るに堪えがたい」

とベルクールは、このように言った。

「権現様《ごんげんさま》家康が二百五十年以上も続く王朝を創設できたのは、姑息《こそく》な手段によってではない。それはかれの敵との精力的な戦いを通してであり、剣と外交とによってである。大君政府はそれに劣らないエネルギーによってのみ、その地位を保持しうることを忘れてはならない」（『旅立ち　遠い崖──アーネスト・サトウ日記抄1』萩原延壽）

酒井は全く同感だった。

「大君は、問題を平和のうちに処理しようとしているが、それがうまくゆかないときは、大君とすべての譜代大名は団結して、力による勝利をめざすであろう。そして悪の根源は京都にある」

酒井は、そう思った。酒井は開明派の幕閣の一人で、後日、フランスとの間で決めた横須賀《よこすか》製鉄所の建設の協定書に調印している。

老中の小笠原長行も加わり、フランス領事館に出向いた。イギリス公使ニールも一緒だった。

戦う決心

「戦うことです」

ベルクールは、小笠原を見つめ、両手を広げ、後ろを振り向いた。ピストル、後装連発銃、フランスの最新式の銃が棚のなかにあった。

「世界の歴史は戦いによって、つくられてきました。精力的に戦うことです。戦いによってしか大君政府は維持できないのです」

確かに、明快な論理であった。日本の歴史も信長、秀吉、家康と、戦いによって国が造られてきた。

「そのとき、フランスは、われわれに何をしてくださるのか」

小笠原が尋ねると、ベルクールは、

「ためらうことなく、なんでもです。軍艦、大砲、小銃、指揮官、望むものはすべてです」

イギリス公使ニールも同じように言った。

「手をこまねいていれば、徳川王朝はいずれ潰れるでしょう。代わる政府を誰が造るのか。いま攘夷を叫んでいる薩摩、長州かも知れません。彼らには戦いのファイトがあります」

「ううむ」

小笠原は、言葉を失った。彼らはそう見ていたのか。小笠原は戦う決断をした。

不埒《らち》な公卿どもをひっとらえ、御所を幕府の手に取り戻さねばならない。自らその先陣を切るのだ。そう決意を固めた。

京都守護職に対する不満も充満していた。

容保は何をしているのだ。いつから公卿に成り下がったのだ。不満は山ほどあった。江戸の幕閣は、京都の複雑な情勢を知らない。容保の苦悩など知る由もなかった。情報が閉ざされた時代の悲劇である。

淀見の茶席

時おり、容保は、淀見の茶席で茶をたてていた。

事態は順調に推移している。浪士隊が市中を巡邏《じゅんら》すれば、テロも減るであろうと思った。

長州がアメリカ、フランスの艦隊に砲撃され、攘夷のしっぺ返しを受けている。

「これで眼が覚めよう」

容保は、口に茶を含んだ。そのとき、小笠原上洛の文書が届いたのである。

「なんだと。御所を包囲し、長州派の公卿を逮捕するとは言語道断、血迷ったのか」

容保の手は、小刻みに震え、顔が引きつった。小笠原の詳しい知らせが入ったのである。

容保は、あまりの衝撃で、ヘタヘタと座り込んでいた。

「あ、あ、あ」

容保は、呻いていた。

容保の脳裡には、恐ろしい風景が浮かんだ。小笠原の兵が御所を包囲し、発砲を続けている。殿上人が銃弾で斃《たお》れ、悲鳴をあげている。女官が逃げまどい、あたりは阿鼻叫喚《あびきょうかん》の地獄である。

火が御所を舐めている。

「止めろ、止めさせるのだ」

容保は、絶叫した。

幕府はこの時期、軍の改革を進め、歩兵、騎兵、砲兵の三兵から成る親衛常備軍を編制、江戸で盛んに訓練を始めていた。将軍の警護に当たる虎の子大隊である。

今回の目的は、はっきりしていた。将軍家茂が京都に軟禁され、釘づけになっている。業を煮やした幕府がついに軍隊を派遣したのだ。

「誰が命令したのか。何故、余に知らせないのか。余は、御所に参る」

容保は、家老の田中土佐、外交方の広沢、小野権之丞らを連れて御所に疾《はし》った。

御所は、上を下への大騒ぎである。

今度は、幕府の親衛隊が攻めて来る、というのだから無理もない。

孝明天皇は、双眸《そうぼう》に異様な光を放ち、蒼白い顔を痙攣《けいれん》させている。

三条実美は、見るもあわれだった。不安のあまり、御所のなかを跳びはねている。

長州藩の主力部隊が留守の間に、強力な兵が攻め上って来たのだ。顔は蒼ざめ、内心の動揺がありありと見えた。

容保の姿を見るや、すり寄ってきた。

「帝はお怒りになっている。即刻、小笠原の兵を江戸に帰すのだ。頼む、頼むぞ、容保」

哀願のそぶりである。

「無様な姿だ。やはり最後は力だ」

広沢はしてやったりと、三条を見下した。

しかし、容保の態度は、驚くほど丁重であった。

「三条卿、すべては容保にお任せください。帝にはくれぐれもご心配なさらぬようにお伝えいただきたい」

頭を低くたれた。

三条は憎き敵なのだ。過激な浪士たちを庇護し、攘夷を叫んでいる。姉小路暗殺の黒幕の匂いもする。

あまつさえ将軍の暗殺を企み、国家の転覆を図ろうとしている。その元凶が三条なのだ。

「それなのに何故、殿は」

広沢は、じっと容保の横顔を見た。

一点の曇りもない清純な顔だった。

「殿はあまりにも素直すぎる」

と広沢は、思った。容保の心は、孝明天皇に対する熱い想いで、いっぱいなのだ。

京都守護職は、将軍と帝の「はざま」に立つ至難のポストであった。どちらを優先させるか、容保は悩んだ。己は幕府の重臣であり、任命権者は将軍である。立場は明快に将軍サイドであった。

だが、容保の心は帝に傾いた。帝が過激派の虜《とりこ》ならば、いつか己の陣営に変えて見せる。容保には、祈りにも似た願望があった。

小笠原の言い分

戦争が始まるという噂が大坂、京都に広がり、疎開の準備をする人まででる始末。日一日と、混乱は大きくなった。

「何故、容保公が入京を見合わせろというのか、理解に苦しむ」

尋ねて来た秋月らを前に、小笠原は、眉を吊り上げた。

「余は幕府老中だ。お前らに指図される覚えはない」

とりつくしまがない。

「帰れ、帰れ！　余は、将軍の命令以外はきかん。幕府の力を思い知らせてやるのだ」

激しい口調である。

小笠原は、あくまでも入京を主張した。

容保はさらに家老の田中土佐、重臣の野村左兵衛を派遣し、説得したが、小笠原の意志を変えることはできなかった。

容保はまたしても朝廷と幕府の板ばさみになった。ともに譲らず、会津を責めた。

五日目になった。

「問答無用、余は兵を率いて上京する。非があれば死も辞さぬ」

小笠原が、上洛しようとしたとき、将軍のもとに朝廷から知らせが入った。

「東帰を許す」

という突然の沙汰である。

将軍家茂を無理に留めておけば、小笠原の兵が上洛する。将軍の江戸帰国を認めれば、小笠原も江戸に戻ろう。

三条実美の苦肉の策である。

「会津は役に立たん。この際、会津も帰国してはどうか」

三条は容保を非難した。容保は、悔し涙にくれた。

「将軍が戻るのであれば、もはや京都に用はない」

小笠原は、大坂に退いた。

広沢は、一夜、小笠原に親しく謁見した。

「広沢、世の中は、恐ろしい勢いで変わっている」

小笠原は、鋭い眼で広沢を見つめた。

簡単に後に退かない頑固な眼だ。

「世界の列強に比べ、日本の立ち遅れはひどい」

「存じております」

「百年の開きがある」

「はい」

「そうしたときに、攘夷とは何事だ。容保公のつらい立場はよくわかる。しかし、大局を見る眼がない。帝のお考えが誤っておる。この国をダメにする考えだ。力づくでもここはお考えを変えていただかねばならぬ」

「仰せの通りであります」

「ならばなぜそう動かぬ」

広沢は叱責された。

広沢は無言だった。会津藩の公用人としてそれ以上のことは言えなかった。

もとより今度の出兵は、独断ではない。

将軍後見職一橋慶喜と十分な打ち合わせのうえに決定したことだった。

肝心の慶喜は、逃げている。慶喜のあいまいな態度が、すべてをぶち壊し、幕府を瓦解《がかい》に追い込んだ。

「一体、京都はどうなっているのか」

「話のほかだ」

小笠原は広沢に当たり散らした。

諸外国と開国の条約を結んだのは幕府である。それを朝廷の反対で破棄したらどうなるのか、日本という国が、国際社会から見放され、下手をしたら戦争になる。それは事実だった。

数日後、広沢は横山の考えを聞いた。

「それがなあ」

横山は全くうかぬ顔だった。

「小笠原殿に京都にいてもらえばよかったのじゃ。そうすれば会津の兵の半分は、国に帰れる。皆、帰りたいのじゃ」

横山は、深い溜息をついた。全く同感だと広沢も思った。会津は京都から手を退く機会を逸した。

生真面目

将軍家茂が江戸に戻り、容保が一人京都に取り残された。慶喜も春嶽も、

「あとはよしなに」

と実にいい加減なものだった。

だれが見ても会津藩の力で京都を制圧することは不可能だった。京都の人々は、

「容保さん、真面目すぎますなあ。小笠原はんの軍隊、うまく使えばよかったのになあ、帰しはったのは、勿体なかったどすなあ」

と噂した。

幕末の京都の情勢を描いた『幕末京都』に、この時の様子が描かれている。

著者の明田《あけた》鉄男《てつお》氏は、愛媛の生まれ、旧制七高、京大法学部卒、海軍予備学生を経て読売新聞に勤務。小説『月明に飛ぶ』で、オール読物新人賞を受賞している。京都支局次席の時代、昭和四十年十一月から二百八回にわたり、「幕末・明治百年に寄せて」を読売新聞京都版に連載した。史料は京都府立資料館、同志社大学図書館、郷土史家にも多数取材した。文献史料にはない、京都市民の偽らざる心情が読みとれた。

小笠原事件については、こうあった。

小笠原長行がいかなる目的で挙兵入京をはかったかは、これら随行幹部にもよくわかっていないし、百年後の今日でもいろいろな解釈がある。後日長行が朝廷の詰問状に答えたところでは、

「久しぶりに将軍のご機嫌も伺いたく思い、世上風聞もあるので、お身の上を案ずる余り、希望者を連れてきました。京都や摂海の警衛にも使っていただくつもり」

ということになっているが、これは表面だけの申し訳。彼がクーデターをめざしていたことはまちがいないし、小笠原の影に、一橋慶喜がいたこともたしかである。

口だけうるさい急進派公卿をおどすには武力に限るということを、慶喜は京都でよくよく思い知らされている。ただ同志が少なすぎた。真面目な会津容保をひっぱり込まなかったことも失敗の一因であろう。

不可解な行動

この事件、慶喜の行動は不可解だった。

慶喜が江戸に帰ったのは五月八日である。小笠原の出帆は五月二十四日である。当然のことながら慶喜はすべて知っていた。にもかかわらず表面的には知らぬ顔をしていた。

小笠原とは顔を合わせないようにして遠隔操作をしていた。

歴史家松浦玲氏は、

「慶喜も含めて在江戸の幕府幹部は五月十二日にこれを承認した」（『徳川慶喜』）

と記述している。

京都で散々煮え湯を飲まされた慶喜である。

幕府の実力を知らせるには、小笠原の挙兵は誰が見ても効果的だった。御所に攻め入ってクーデターを起こさなくとも脅しをかけるだけで相当の効き目がある。だが自分がこの計画に加わっていたとなれば、朝廷との関係は決定的な破局を迎える。それでは困る。

慶喜はここで芝居を打った。小笠原には一緒に出帆するといっていたが、前日になってにわかに病気と称し、乗船を断った。これこそ慶喜の得意技であった。

奇奇《きき》怪怪《かいかい》、君子豹変《くんしひょうへん》、慶喜にはこうした一面があった。

お前は男かと言いたい。

それだけではない。小笠原が出帆した日付で腹心の水戸藩士梅沢孫太郎《うめざわまごたろう》に、大要、次のような内容の手紙を関白鷹司輔熙《たかつかさすけひろ》に渡すよう依頼していた。

「四月二十六日、京都を出立して熱田に着いたところ、目付堀内宮内と申す者が上京の途中同所に着いた。堀内に江戸表の模様や英夷の賠償のことを尋ねたところ、賠償金は渡すことに評決したということだった。私は驚いて浜松の宿舎から大急ぎの使いを老中小笠原図書頭に遣わし、賠償金は出さないよう書き送った。返事がないので心配のあまり、さる八日、神奈川宿を通行の際、奉行の浅野伊賀守、山口信濃守を呼び出し、尋ねたところ、賠償金を渡すことに評決し、証書を英夷に渡したとのことであった。英夷に賠償金は渡しかねると談判に及ぶと、ことのほか立腹であった。

英夷に対して手強《てごわ》に応接すべきだというと、浅野、山口ともに顔色を変え、いかなるわけで攘夷を受けられ、江戸に御帰りになるのかと種々詰問に及んだ。

強いて攘夷を主張すれば、私は刺客に遭うと申すので不審に思ったところ、小笠原が上京せんと、すでに出帆したという。何ゆえの出帆かと聞くと仔細は存じないが、賠償金のこともあると申した。

私は攘夷をお受けしたが、形勢は開国論でなければならず、早々に上京して建白してもらいたいというのが老中ならびに役人たちの言い分であった。

私は先年以来、天恩をこうむり帝ご意志を貫徹いたしたいと及ばずながら心がけてきたが、こうなった以上、この際は攘夷をひとまず置いて、人心の鎮定こそが大事だと考える。

よって将軍後見職をご免下さるようひとえに懇願する。ご垂憐をもって願いをお聞き下されば、実に大幸と存じ奉り候」(『京都守護職始末』東洋文庫)

隠蔽工作

この手紙を読む限り、慶喜は江戸にいないことになっている。自分は小笠原の挙兵に無関係という隠蔽《いんぺい》工作の手紙であり、慶喜一流の手のこんだやり方だった。

慶喜はさらに、小笠原は武力で公家衆を取り締まる所存であること、関東の申し立てを聞かない場合は、御所に火をかけ、公家衆を捕縛するつもりであること、長州、薩摩にはいずれ軍艦を差し向けること、イギリスとも事前に協議していること、慶喜は天下をとる底意を持っていることなどを関白に吹聴するよう梅沢に命じていた。

自分も密議をこらしておいて、すべて他人のせいにするのは、人間の品性にかかわる問題だが、慶喜はこうしたことも辞さない性格の持ち主だった。

これが関白に伝われば上を下への大騒ぎとなる。だが小笠原の単独クーデターでは会津藩は承知しない。阻止するだろう。しかし、将軍は江戸に帰すことになるだろう。

その程度のことを慶喜は考えて自作自演の芝居をうったのか。

幕府の軍隊は洋式の鞍を積み、ピストルを手にしたところで、中身は旧態依然のもので、会津藩が同調しない限り、小笠原の兵は、未知数であった。

幕府が本格的な陸軍を創設するのは慶応《けいおう》二年（一八六六）である。この年、幕府はパリでフランス政府と軍事使節団派遣の契約を結び、フランス式陸軍の編制に踏み切った。歩兵、騎兵、砲兵あわせて一万二千余の正規軍である。

ともあれ会津藩は蚊帳《かや》の外だった。

後日、会津藩公用局は、

「後見職の身でありながら浮説を並べたるは奇怪至極」

と怒ったが、すべては後の祭りだった。小笠原の計画は腰砕けに終わり、幕府は依然として本音開国、建前攘夷という摩訶《まか》不思議な政策を掲げたままであった。

裏の裏を読む

この時期、会津は誰が真のリーダーだったのか。会津の政策決定の権限を握っていたのは公用局だった。家老ではなく中級、下級武士の集団である。

その意味では激動の時代にふさわしい組織をつくってはいたが、十分に機能したとは言えなかった。世襲により大勢の家老がいたし、それが京都、江戸、会津若松に分散しており、意見がそれぞれに異なっていた。

公用局も身分の差があった。何せ羽織の紐の色で、序列が決まる社会である。家老の横山が皆の意見を調整し、容保に上げて決定に至るという方式がとられた。従って薩長のように現場で物事が決まってゆく体制ではなかった。

注目される人物は、先乗りした秋月悌次郎と広沢富次郎である。深い洞察力、幅広い人脈で、ともに群をぬいていた。

ただし、会津藩研究の最大の問題点は、秋月にせよ広沢にせよ、職務上で知り得たであろう個人の日々の出来事、書簡、提言、それらを一切残していないことである。また回想録も書き残していない。従って歴史のあやが見えにくい。

残っているのは、京都藩邸と江戸藩邸、会津藩庁の間で交わした「往復文書」、「密事文書」、朝廷、幕府間の「公武御達並び見聞集」などで『会津藩庁記録』に、収録されている。

盤錯録

唯一、広沢は容保の伝記『盤錯録』を残している。しかし自分の感想は見当たらない。

将軍在京中の記述は、

四月二日　将軍参内、主上小御所ニ見ユ、慰労饗宴龍馬ヲ賜ウ、一橋、容保亦宴ヲ賜ウ。

十一日、主上八幡ニ行幸、将軍病ヲ以テ従ハズ。

十八日　十万石以上ノ侯伯に命ジテ、三月毎ニ更戍、京ヲ守ラシム。

六月二日　傳議ヨリ容保ニ命ズ、図書小笠原ノ京師ニ向フ、死ヲ決シテ来ルト聴ク、兵ヲ出シテ之ヲ拒ムヘシ。

とあった。

広沢は会津藩が京都を追われ、東北に戦火が及びそうになった時、戦争を阻止せんと単身、大総督府に薩摩の西郷を訪ね、談判に及ぼうとして逮捕され、獄に繋がれた。

戦後、出獄した広沢は斗南藩のナンバー2、少参事として会津藩の復旧復興に尽力。廃藩置県後は、青森県三沢に我が国初の洋式牧場を開き、青森県の発展に寄与した。

広沢を財政的に支援したのは、旧知の大久保利通だった。西郷の了解もあったであろう。

広沢と大久保は、会津・薩摩同盟結成の際、昵懇《じっこん》の関係を結び、その関係は明治以降も続いた。しかし会津藩は門閥の壁が厚く、京都時代の広沢は十分にその能力を発揮することはできなかった。その辺が会津藩の限界と言えた。

祇園祭

梅雨があけると、一気に夏がくる。蒸し風呂のような暑さである。太陽が頭上に輝き、じりじりと照りつける。

家々では、夏ござを敷き、建具《たてぐ》を葦戸《よしど》に取り替える。紙の代わりに葦や蒲《がま》の茎《くき》を使った障子である。涼しげに暮らす気配りである。

人々の関心は、開国でも攘夷でもない。長州でも会津でもない。祇園祭《ぎおんまつり》だった。貞観《じょうがん》十一年（八六九）京都に疫病が発生したとき、六十六本の鉾《ほこ》を立て、悪疫を封じたのが起源とされていた。

五月中旬、太陽暦七月一日から始まり、吉符《きっぷ》入り、神輿洗い、稚児《ちご》社参《しゃさん》と続き、六月一日（太陽暦七月十六日）は宵山《よいやま》である。

コンコンチキチン　コンチキチン
祇園囃子が奏でられ、祭はしだいに盛り上がる。二日の神幸祭《しんこうさい》で、祭は最高潮に達する。長刀鉾《なぎなたほこ》を先頭に七基の鉾と西陣織《にしじんおり》や絵、彫刻を飾った三十余の山鉾《やまほこ》が四条河原町《しじょうかわらまち》から烏丸《からすま》を練り歩いた。

この期間、すべての政争は、休戦である。

長州は、馬関《ばかん》戦争（英・米・仏・蘭の四国連合艦隊と長州藩との戦争）でぐらついた。朝廷も鳴りをひそめている。祇園祭のせいだけではない。小笠原長行の挙兵が効いたのだ。

薩摩も足もとに火がついた。生麦事件を放置していたため、イギリスが怒り、キューパー提督のイギリス艦隊が薩摩を攻める、との噂がもっぱらだった。薩摩兵は、続々、帰国を始めていた。長州の二の舞いになる。西郷も危惧した。

会津藩は、高みの見物である。会津藩兵も壬生の浪士たちも、心ゆくまで祭りを楽しんだ。

松平容保は、黒谷の金戒光明寺にこもっていた。疲れた身体を癒すことだ。容保は大方丈で横になっていた。境内に激しく蟬が鳴いた。蟬の数は、日一日と増えていく。クマ蟬、アブラ蟬、ミンミン蟬、ツクツクボウシ。容保は蟬の声に聞き入った。会津鶴ヶ城で過ごした少年時代を思いだしながら終日、境内で過ごした。

微熱

容保はこの時期、気分がすぐれなかった。

疲労が重なり、微熱が続いた。容態は、一進一退を続け、無理をすると、胸のあたりに痛みが走った。

容保の周辺には何人かの女中がいた。

「殿の身辺をお世話するのは、しかるべき女中をおそばにつけねば」

と家老の横山と田中が相談して、数人の女中を選んだ。食事、洗濯、看病、会津藩が採用した京都の女性たちは、よく働いた。京の女性は、色白で、ほっそりしていた。

やさしい言葉使いが、容保の周辺をなごませた。

「今朝、お殿はん、よう食べはったわ」

「ほんま」

「なんで、奥方はん、もらわらへんのやろう」

「ご家老の横山はん、気がきかへんとちゃうか」

「ほんまや」

「お殿はんは、好きな人、いはるのと違うやろか」

「ときどき、遠くを見てはるもん」

井戸端会議も賑やかである。女性には、本能的な直感がある。

容保には、一つの女性観があった。大樹と仰ぐ将軍後見職一橋慶喜は、父斉昭の血のせいか、多くの女性を愛した。

愛したというよりは、男の本能であったのかも知れない。慶喜の私生活は、正妻の美賀子《みかこ》と、女中頭のお須賀《すが》と、側女中のお信《のぶ》とお幸《さち》の妻妾に取りまかれていた。

男にとって、女性は多分、永遠のテーマであり、その魅力は古くから一盗二婢三妾四妓五妻《いっとうにひさんしょうしぎごさい》の順だといわれてきた。

一盗というのは、他人の女房を盗むことである。二婢は、奥方の眼を盗んで下女に手をつける。三妾は、愛人を囲うこと、四妓五妻は字のとおりである。

慶喜の場合、一盗は定かではないが、それ以外は、すべて経験している。

「容保、女とはいいものだねえー。口説き落としたときは、たまらないねえー」

慶喜は、そういって容保に女をすすめた。

「はあー」

容保は、ちょっと微笑むだけで、ことさらに反応はしなかった。多くの女性はいらない。心から愛する一人の女性がいればいい。容保の女性観は、当時では珍しい純粋なものだった。

「固いねえ—」

慶喜は、不思議そうに容保を見るのだった。

容保は最近、一人の女を思い続けていた。亡くなった敏姫ではない。名賀《なか》のことである。

あれは、昨年秋のことだった。

金戒光明寺に実弟の松平定敬《まつだいらさだあき》が姿を見せた。容保と定敬は、母が同じということもあって、仲のいい兄弟だった。歳が十一も離れているため、容保はいつも定敬のことを案じていた。後に定敬は、京都所司代《きょうとしょしだい》として上洛、兄を助けて、腕を振るうことになる。

名賀

御殿女中の名賀が、甲斐甲斐しく容保の身の回りを世話した。

名賀は、弘化四年（一八四七）の生まれなので、十七歳のういういしい乙女である。

色はあまり白くなかったが、毅然とした品位があり、清潔感にあふれていた。笑うとエクボができた。

父は、江戸藩邸詰めの武士で生真面目な人柄で知られていた。

「このような娘がいたのだろうか」

容保は、初めて名賀を意識し、じっと見つめた。養子である容保は、聖人君子に育てられた。

「殿、女子に心を奪われてはなりませぬぞ」

ことあるごとに、家老の横山主税がいった。

敏姫のほかに側室を設けるなど、夢にも思わぬことだった。敏姫亡きあとも、女子を避けた。いつかは、再婚せねばなるまい、そうは思っていたが、あまりにも多忙な日々であり、心にゆとりがなかった。

容保は、名賀の健康な明るさに心を奪われた。江戸育ちの容保は、大名や公卿の息女を数多く見ている。

京都は、きらびやかな女性で、あふれていた。

名賀は、どこか違っていた。武士の娘が持つ清純な美しさがあった。眼のあたりに、眩しいばかりの美しさがあった。容保の胸は、激しい動悸で高鳴った。

「名賀」

容保は、女の名を呼び、思わず顔を赤らめた。

「なんでございましょうか」

名賀の言葉にいっそう、動揺した。

この時期、容保は、京都を引き上げ、会津に帰ることを考えていた。家老の田中土佐を江戸につかわし、会津藩だけでは京都の治安維持は困難と伝え、実兄である尾張藩主徳川慶勝の京都駐在を求めたが、すげなく断られた。

やはり小笠原の軍隊を京都に残すべきだったか。しかしもう遅い。容保の内面は、苦渋に満ちていた。

攘夷実行

公家たちは小笠原の挙兵に腰を抜かしたが、小笠原は実力行使には及ばず会津藩の説得で帰ったことを知ると安堵し、逆に何もできない小笠原を嘲笑した。

幕府などさほどの力はなく、朝廷内部の尊王攘夷派は、ますます勢いを増している。

会津藩は孤立無援だった。会津を追い出す動きも活発化したが、中川宮朝彦親王《なかがわのみやあさひこしんのう》ら公武合体派が会津を護った。いまは時期が悪い。公用局の面々はじっと我慢するしかなかった。

突破口は諸外国の艦隊だった。

文久三年（一八六三）六月、アメリカ、フランスの連合艦隊が長州に報復攻撃をかけ、下関の砲台を破壊し、長州の軍艦二隻を撃破した。

続いて七月にはイギリス極東艦隊が生麦事件の報復を掲げて鹿児島湾を攻撃した。イギリス極東艦隊の鹿児島遠征は当初、威圧が目的だった。

本国のラッセル外相の訓令にもとづくもので、幕府に対する臨時公使ニールの事前通告も威嚇だった。ところが誤算が生じた。

イギリス艦隊が不用意に鹿児島湾に近づいたため、薩摩藩から先制攻撃を受けてしまった。砲台の射程距離にいた旗艦「ユーリアラス」号に砲撃が集中し、甲板にいた艦長ジョスリングと副長ウィルモットが吹き飛ばされて即死した。

三番砲にも砲弾が破裂し、数人が死傷した。イギリス艦隊に油断があり、薩摩の意外な善戦となった。

イギリス艦隊はアームストロング砲で応戦した。さすがにその威力はすさまじく次々と砲台を吹き飛ばした。ロケット砲も使い、鹿児島の町を焼き尽くしたが、艦長の死はショックだった。

広沢の手記『鞅掌録《おうしょうろく》』に、

「皆愴然として、顔色なし」

とあった。

孝明天皇は薩摩の攘夷実行に狂喜した。しかし薩摩藩に高ぶりはなかった。兵器の差は歴然としていた。

薩摩藩は巨大な西洋の軍事力に驚嘆した。攘夷は無謀という声が高まり、藩論を和睦に決し、長崎を舞台にイギリスとの交渉に入った。これは大きな変化であった。

あくまでも攘夷にこだわる長州との違いが、政局に微妙な変化をもたらす。

馬揃

七月二十四日、伝奏衆から突然、来たる二十八日、建春門前で馬揃《うまぞろえ》をして天覧に供するよう勅命が伝えられた。容保が、

「馬揃とはいかなるご趣旨や」

と問うと、

「調練の小さいものである」

とのことだった。

馬揃とは軍事訓練である。雨天順延だったが、二十八、二十九日と雨が降り、三十日になっても止まない。そのときふたたび伝奏衆から、

「急の出陣のときは、時日を選ばず雨や雪、夜間でも躊躇《ちゅうちょ》すべきにあらず」

と達しがあり、三十日午後、降りしきる雨のなかでの馬揃となった。

藩兵たちは甲冑に身を固め、鉦、太鼓、法螺貝に五色の旗を立て、容保は参内傘《さんだいがさ》の馬印と白地に正八幡《しょうはちまん》と賀茂《かも》皇大神《すめおおかみ》と大書した旗を立てて行進した。

この時期、会津藩部隊の編制は上級武士を番頭とする番頭隊を基本とした。

番頭隊は三つの小銃隊からなり、一小銃隊は鉄砲足軽二十人と小頭二人で編制した。番頭隊には甲士(士官)が五十人おり、番頭には組頭二人と与力二十人が付いた。与力は番頭の左右を固め、陣鉦、陣太鼓を備えた。

その上が番頭隊四隊で一陣を編制し、陣将には家老級の人物が付いた。陣将隊の後ろには葵の紋章が付いた軍旗が五旗、へんぽんと翻《ひるがえ》り、陣将は陣羽織を着し、隊長は采配を手にして辺りをにらんだ。

甲士は白い布に自分の姓名を墨書し、銃卒以下は肩章《けんしょう》を付け、幌役には軍事に長けた者が選ばれ、黒の

幌、赤の指物《さしもの》という華やかな出で立ちで目を奪った。

主君容保を守る中軍にはひときわ大きい青黄赤白黒の旗が立ち、白地に葵の紋章が入った幟《のぼり》が十旗、風になびき、さながら戦国絵巻を思わせる華麗さだった。

布陣した将兵は約八百、隊長が采配を下すや法螺が鳴り、勇ましく銃隊が進撃した。幌武者が馬を駆けて絶えず敵情を報告し、砲隊が左右から砲撃を加え、弓隊が出て加勢し、最後は槍隊が突進した。

その見事な操練は見る人を驚嘆させた。

孝明天皇も御簾の間から体を乗り出してご覧になり、大変感動された。公武合体派の公家たちは意を強くし、その勇壮ぶりに歓喜した。

しかし、この馬揃、大砲、小銃を主体とする近代戦には、対応できないしろものだった。早くそのことに気付くべきだった。

尊王攘夷派は会津藩がどこかで醜態を演じることを望んだが、失敗はなく大きくあてが外れてしまった。

これによって孝明天皇は、会津藩に一段と信頼を寄せた。

薩摩が接近

馬揃も無事に終わり、秋月悌次郎は黒谷に近い鴨川三本木の宿舎で物思いにふけっていた。ここには広沢富次郎、河原善左衛門、大野《おおの》英馬《ひでま》、松坂三内、柴太一郎らがおり、あたかも合宿所のようになっている。

「御免」

玄関で声がした。

柴太一郎が出てみると、一人の侍が立っている。

「秋月先生にお会いしたい」

と、薩摩藩高崎佐太郎《たかさきさたろう》の名刺を出した。

刺客かも知れぬ。広沢も玄関に出た。

「私は、重野安繹《しげのやすつぐ》先生の弟子にござる」

高崎は、そういった。

「なに」

秋月は腰をあげた。重野安鐸は、江戸昌平黌時代の親友である。

秋月が玄関に出た。高崎は年の頃二十四、五歳。目もとの涼しい好青年である。

「折り入って、秋月先生と二人だけで、話をしたい」

高崎は、そういう。なにか、わけがありそうだ。

「まあー、どうぞ」

秋月は高崎を招き入れた。

「ここにおるのは皆、同僚である。たとえ私が一人で貴殿の説を聞いても、後に必ず告げることになる。それゆえ、皆と貴殿の話をうけたまわりたい」

「それは出来申さぬ。秋月先生お一人と、話したい」

高崎は下がらない。

「わかり申した。皆、席をはずしてくれ」

秋月と高崎は、正面から向かい合った。

「私は重野先生から、お聞きして参りました。折り入って、相談がござる」

高崎は、あくまで堂々としている。

高崎の話は、昨今の勅許はみな偽勅である。会津と薩摩が手を結び、長州の過激派とそれをとりまく公卿たちを一掃したいという驚くべき申し入れであった。

「ううむ」

秋月は、うなった。

「貴殿の話、わが主君に伝えよう。会津藩は、京に来てまだ日も浅く、宮殿は雲深くして、窺い知ることができない。祭殿は摂家に縁戚もあり、上京も早く、すべてに熟知されておる。以後、ご指導のほどを願いたい。ところで、この話、貴殿のご意見か」

「いや、薩摩藩の総意でござる」

「それでは明日、当方のお返事を申し上げる」

「わかり申した」

高崎は一礼して去った。

青天の霹靂

秋月は黒谷へ走った。

秋月の報告を聞いて、容保と横山は顔を紅潮させた。京都守護職の使命を、まっとうすることは容易ではないと皆が自覚し始めた時期である。そこに降って湧いた朗報である。

幸い、会津藩は藩兵の交代期で、新たに神保《じんぼ》内蔵助《くらのすけ》、長坂平太夫らに率いられた一千の兵が上京し、都合二千の兵力になる。薩摩と手を組めば、長州を破ることができる。

要は、いかにして御所を囲み、倒幕をあおる公卿たちを追放するかである。容保の体調も戻っている。

容保の体を、熱い血が走った。もはや逡巡《しゅんじゅん》は、許されない。容保は全藩兵に、出動の準備を命じた。

「殿っ、会津魂を、天下に示す時がまいりましたぞ」

横山は涙ぐんだ。早速、会津と薩摩の協議が始まった。京都から長州を追い出すクーデターの実施である。

接近の背景

薩摩藩が会津藩に急接近した理由は何だったのか。薩摩藩が生麦事件や薩英戦争の後始末に追われていた頃、京都の情勢は長州藩の台頭で、薩摩藩は大きく後退していた。

朝廷の急進派の公卿、三条実美らは、長州と大接近、一気に討幕運動を起こす勢いだった。

薩摩藩は島津斉彬《なりあきら》以来、決して討幕ではなかった。この時、藩政を仕切る島津久光《しまづひさみつ》も長州の討幕には相容れない考えを持っており、久光の指示を受けた側近の奈良原繁《ならはらしげる》や大久保一蔵《おおくぼいちぞう》（利通《としみち》）が、朝廷主脳の中川宮や近衛忠房《このえただふさ》らに会い、長州藩過激派の追放を画策した。

当時、久光の養女と近衛家の婚姻も進行しており、薩摩が京都で勢力を拡大する策略は、思いきって会津と手を結ぶことだった。それは会津藩では考えられない奇襲戦法だった。

高崎もただの使いではなかった。会津藩の練兵場《れんぺいじょう》に足繁く通い、会津藩兵の訓練の具合を監視していた。

会津藩の練兵場は御所の建春門《けんしゅんもん》に近い空地で、連日、激しい訓練を行なっていた。

法螺貝が鳴り、隊長が、

「進めー」

と、命令すると、鉄砲隊が駆け足で前進し、前後二隊の横列を敷いた。

「撃て！」

前列の兵が腰を落として、銃を発射した。続いて後列が前に出て、撃ちまくった。

今度は、太鼓が鳴った。槍隊が突進した。

鉄砲は火縄銃なので、薩摩に比べれば、数段遅れていた。しかし接近戦では、薩摩に遜色はなかった。

「会津と手を組めば、長州を蹴落とせる」

高崎の思いは、つのるばかりだった。

長州に対する薩摩の怨みも凄かった。朝廷をめぐる陰惨な権力闘争だった。

中川宮同意

薩摩との交渉を担当したのは、秋月悌次郎、広沢富次郎、大野英馬、柴太一郎らである。彼らは薩摩藩の高崎佐太郎、井上弥八郎、奈良原繁とともに、幕府よりの中川宮、前関白近衛忠熙父子、二条斉敬《にじょうなりゆき》公らと協議した。

「それはすばらしい」

中川宮が同意した。いよいよ宮門クーデターである。

筋書きは、夜中に中川宮が参内し、孝明天皇に、過激派から離れるよう決断を迫る。同時に会津、薩摩藩兵が御所の九門を固め、市中も厳重に警戒する。そして過激派の公卿や、浪士たちを指名手配し、過激派がにぎる国事御用掛《こくじごようがかり》、国事参政《こくじさんせい》、国事寄人《こくじよりうど》などの制度を廃止する。

国事は一橋慶喜と政府老中が上洛し、その任に当たる、というものだった。問題は孝明天皇をいかに説得するかだった。

八月十七日深夜、薩摩藩兵に守られて中川宮が参内し、孝明天皇に長州の非をとなえ、三条実美らを遠ざけるように説得を始めた。

この頃、武装した会津藩兵と京都所司代の藩兵が御所を固め、米沢《よねざわ》、備前《びぜん》、阿波《あわ》、因州《いんしゅう》などの藩兵も召集されて宮門に配備された。

長州は、このことを知らない。

翌十八日、朝の太陽が兵士を照らし、人々は何が起こったかを遠巻きに見つめた。

孝明天皇が説得に応じ、長州勢の追放が決せられた。

一触即発

異変に気づいた長州勢が続々集まり、関白鷹司邸に陣取った。

大砲四門を並べ、千人近い兵が火縄や槍を手に、会津・薩摩藩兵と対峙した。こちらは大砲六門、一触即発である。

長州派の関白鷹司公が、顔をひきつらせて参内し、

「長州に三万の兵がある」

と威嚇した。これを聞いた殿上人は驚きのあまり、顔色を変え、容保に、

「会津の兵はいくばくか」

としきりに問いかける。容保は、

「精鋭二千人を在京させている。めったなことで敗れることはない」

と答えたが、公卿たちは、

「二千と三万では勝負にならない」

と私語し合い、孝明天皇も顔面蒼白、御所は悲壮な空気に包まれた。

薩摩藩大砲隊は、砲撃の許可を求めてきた。

長州勢は激昂し、戦端を開かんとしたその時、長州藩家老益田《ますだ》右《う》衛門介《えもんのすけ》が、一書を残して兵を引いた。

そこには、

「帰国して攘夷の先鋒となる」

と書かれていた。

三条実美は京都に留まり、義兵をあげると説いたが、長州に帰って再挙をはかるとする益田の主張で、翌日、三条実美、三条西季知《すえとも》、沢宣嘉《のぶよし》、東久世通禧《ひがしくぜみちとみ》、四条隆謌《たかうた》、錦小路頼徳《にしきのこうじよりのり》、壬生《みぶ》基修《もとなが》の七卿が都落ちした。

降りしきる雨のなか、蓑笠、草履に身を包んだ哀れな姿であった。七人は官位も剥奪され、長州藩兵には全員撤去の朝命が下った。

ちん狗

七卿の奥方、姫君、公達が皆落ち支度をし、風呂敷き様のものを背負い、手に手をとり、またちん狗を抱く者などもいて、泣く泣く都を去って行く。高貴な奥方が裸足で通る有様は昔の『平家物語』を見ているようで、哀れであったと、会津藩士鈴木丹下の「騒擾日記」にあった。

幕府は、この政変を聞くと、家老の田中土佐を江戸に召し、容保の労をなぐさめ、筑前《ちくぜん》国貞行の太刀と備前国長船の小刀を賜わり、在京の家臣たちを褒賞した。

孝明天皇は二十六日、在京の諸侯を召し、親しく勅をのべた。

「これまで勅命には、不分明の儀があったが、去る十八日以来の勅命は、真実に朕のものである」

従来の勅命は、朕のものにあらずと、否定したのである。そして容保に、御宸翰と御製の歌を賜わった。

容保は感泣し、流れる涙をふこうともせず、襟を正して御宸翰に見入った。

堂上以下、暴論をつらね不正の処置、増長につき、痛心にたえ難く、内命を下せしところ、すみやかに領掌し、憂患掃攘、朕の存念貫徹の段、まったくその方の忠誠にて、深く感悦のあまり、右一箱これを遣わすものなり。

　文久三年十月九日

箱には、次の歌が入っていた。

たやすからざる世に武士の忠誠の
心を喜びてよめる
和らくも武き心も相生の
松の落葉のあらす栄えん
武士と心あはしていはほをも
貫きてまし世々の思ひ出

松平容保は、ついに帝の信頼を得たのである。会津が宮門を収めたのだ。

黒谷では連夜、祝宴が催され、人々は勝利の美酒に酔いしれた。

「殿っ」

横山は感極まって言葉もない。

「あとは天下の万機、すべて幕府にご委任され、公卿堂上は、禁中の式事をもっぱらとすることが肝要、帝は国事にかかわらぬ方が皇国のためかと存じます」

今回の立て役者、秋月悌次郎がいった。

幕府は権威を回復し、朝廷は従前の心おだやかな暮らしに戻った。帝のためにも、それがいい、それでいいのだ。容保も盃を重ねた。

遊びべた

会津藩士は、概して遊びが下手だった。千人余りの藩兵が来ているのに、京の女子と問題を起こす兵士が皆無に近いのだ。皆、欲望を抑え、与えられた職務に励んだ。

お茶屋や遊女屋にたむろする薩長の浪士とは、雲泥《うんでい》の差である。女性と遊ぶことが、悪いというわけではないのだが、会津藩には、強い倫理道徳の思想があった。

厳しい倫理道徳の網をうまくすり抜けるコツに欠けていた、といえるかも知れない。

会津藩兵は、一年交代である。一年過ぎれば、会津若松に帰れる。それまでの辛抱だ。兵士たちはそう思って、苛酷な職務に耐えた。しかし、公用局の面々は、時おり祇園や先斗町に足を運んだ。

ここは、遊女の里である。鴨川から八坂神社にかけて、二階建てのお茶屋が建ち並んでいた。何軒かは、薩長の浪士たちの巣窟であり、壬生の荒くれ者も遊び回っている。

会津藩は、京都の治安維持に当たる官兵である。それだけではない。政治、経済、文化、あらゆる面の行政も司っている。迂闊《うかつ》なことはできない。無責任な浪士のように遊興三昧にふければ、京都市民の批判を受けることは必定だ。

「いいか、滅多なところには行くな」

家老の横山が、口を酸っぱくしていい続けてきた。かといって、遊里とまったく無縁で外交はできない。

このところ黒谷の金戒光明寺には、全国からひきもきらず、訪問者があった。時には酒を汲み交わす必要もある。そうした際、会津藩は、老舗である祇園の一力楼を使った。格式も高く、「祇園情緒」と呼ばれる独特の雰囲気がある。

第一に女将がすばらしい。三味線、鼓、舞いなど芸事を鍛え、この道一筋に生きてきた風格があった。

女たちは、一様に会津の男は固い、といった。女たちの人気は、遊びの上手な薩長の浪士や土方歳三らに集まり、会津藩は分が悪かった。

広沢は若い柴太一郎らを連れて、おしのびで遊ぶこともあった。江戸に比べると、やたらに格式が高く、金もかかった。

新選組

広沢は新選組の世話役でもあったので、時おり近藤勇と酒席を共にした。

「土方さんは、どないしはったんですか」

いつも出る話は副長の土方歳三だった。

「近藤さん、われらはまったくもてませんなあ」

広沢はぼやいた。

「そのとおりですな。ハッ、ハッ、ハ」

近藤も苦笑した。

「ところで芹沢鴨はその後どうですか」

広沢が聞いた。

「まことに申し訳ない」

近藤が頭を下げた。

「いつまでも甘やかすことができませんな」

広沢がダメを押した。

「はあ」

近藤が腕を組んだ。

新選組は武闘集団である。時には難しい話になることもあった。しかし芹沢の行動は度を過ぎていた。

三か月ほど前から暴力行為が止まらないのだ。島原の角屋での騒動が最初だった。

近江に水口藩（三万五千石）という小藩があった。ここの藩士が、金戒光明寺を訪ね、芹沢鴨の批判をした。

「京都守護職会津中将御預の肩書きを笠に着て、各地で金銭をまきあげている」

というのである。

芹沢の行動には、問題があった。大坂の豪商、鴻池善右衛門に談じ込み、金子二百両を借り受けた。この金で例のだんだら染めの羽織をつくり、確実にその勢力を伸ばしていた。このときは、会津藩がすぐ鴻池への返済を命じ、二百両を肩代わりした。

水口藩直訴の話が何故か芹沢の耳に入ったからたまらない。水口藩邸に殴り込みをかける騒ぎになった。たまたま二条通りに道場を開いている剣客の戸田栄之助が、なかに入り、芹沢らを「角屋」に招待した。

芹沢狂乱

出て来た芸妓が気に入らなかったのか、芹沢は、突然、狂乱した。

「女将《おかみ》出て来い！」

芹沢は、尽忠報国の鉄扇《てっせん》を振り回し、手当たり次第にお膳を投げつけ、二階の階段の欄干を引き抜いて、帳場に駆け降りた。

「わあー」

と、喚きながら酒樽を割り、食器を叩き割り、室内を滅茶滅茶にした。

女将も芸妓も逃げだして、怪我人はなかったが、しばらくして戻って見ると、玄関に、

「角屋徳右衛門不埒の所為あるに付、七日間謹慎申付ける」

と、張り紙があり、見るも無残な光景だった。

その時、連絡を受けた広沢富次郎は、「角屋」に駆けつけ、見舞金を渡して詫びた。

しかし、この一件で、花柳界の人気はいっぺんになくなった。

芹沢一派

芹沢はブレーキが利かなかった。

七月の頃、壬生浪《みぶろ》は、大坂に出張していた。芹沢が子分を連れて、夕涼みをしているところに、向こうから一人の相撲取りがやって来た。少し酔っている。

芹沢もしたたか呑んで酔っている。

「おい、端に寄れ！」

と、芹沢が怒鳴った。

「なんだとこいつ」

相撲取りが喚いた瞬間、芹沢が抜き打ちに斬りつけた。

「ぎゃあ」

相撲取りは、袈裟懸《けさがけ》に斬り伏せられ、血煙をあげて息絶えた。

これが発端で、大坂相撲の小野川喜三郎部屋の力士たちと、大乱闘になった。相撲取りは、角材で渡り

合ったが、相手は壬生浪である。芹沢は白刃をかざして縦横無尽に斬りまくり、沖田総司、山南敬助、永倉新八らも飛び込んでいった。力士たちは、五人が斬り殺され、十六人もの怪我人をだした。

ひどい話である。まだあった。

八月十三日、容保らが必死にクーデターを模索している頃、芹沢は、五、六人の隊士を連れて、葭《よし》屋町の商店大和屋に押しかけた。大和屋の主人大和屋庄兵衛が尊攘派の浪士たちに金を渡している、というのである。

「実にけしからん、そんな金があれば、当方でいただく」

芹沢一派のいいがかりである。商人もつらい立場にあった。

このころ尊攘派の浪士たちが、いたるところで商家に押し入り、金品を強奪した。断れば、天誅と称して首を刎ね、添札をつけて晒した。

どっちもどっち、殺し合いの日々だった。

大和屋も尊攘派に狙われた。庄兵衛は一万両を彼らに献金し、取り引きしていた。

「大和屋など叩きつぶしてくれるわ」

芹沢は大喝《だいかつ》し、大和屋に乗り込んだ。

「金をだせ」

番頭にすごんでみたが、庄兵衛が不在で、埒《らち》があかない。

「生意気な野郎だ。大砲でぶち壊してやる」

芹沢は、たちまち逆上した。

壬生の屯所に引き返すや、大砲を曳いて、再び大和屋に戻った。

「撃てッ」

芹沢は本気である。轟音とともに大砲が火を噴いた。土蔵の白壁がこなごなに飛び散る。こうなると、もう狂人だ。

「燃やしてしまえッ」

焼玉を使ってドンドン撃ち始める。

ついに火災が発生し、半鐘が鳴り、火消しが駆けつける騒ぎとなった。

「俺は新選組の芹沢だ。消すな、消すな、消す奴は撃ち殺す！」

芹沢は、屋根に上ってわめいている。

この知らせに近藤勇、土方歳三らは激怒した。

「芹沢を斬る」

近藤が決断した。

会津藩は、彼らの手に余る場合は、切り捨ててよいという権限を与えていた。殺されたのは、九月十八日の真夜中である。

芹沢暗殺

この夜、島原の「角屋」で宴会があり、芹沢は酩酊して、壬生に戻ってきた。抜け目なく女を待たせている。四条堀川の太物（綿・麻織物）問屋菱屋の妾お梅である。

芹沢は菱屋から着物を買ったが、金を払わない。番頭が何回来ても払おうとしなかった。

そこで菱屋の主人太兵衛は、妾のお梅を集金によこした。女なら払うかもしれないという魂胆だった。

お梅は色白の別嬪である。垢抜けしていて、愛嬌もいい。

芹沢は、部屋に上げて強引に犯してしまった。以来、女のほうから芹沢の宿に来るようになった。この夜も、早くから八木屋敷に来て、芹沢の帰るのを待っていた。

腹心の平山五郎、平間重助も女を連れて戻った。平山の女は、桔梗屋《ききょうや》の小栄、平間の女は、輪違屋《わちがいや》の糸里といった。二人とも二十歳そこそこの可愛い女である。

酒、女、お決まりのコースである。

芹沢らの宿舎は、近藤、土方らの宿舎とは道一つ離れた八木屋敷で、三人は、女を抱いたあと倒れ込むようにして寝入った。

夜中に一人の男がそっと芹沢の部屋をのぞいた。

土方歳三である。

土方が戻って間もなく、数人の男が芹沢の部屋になだれ込んだ。

土方、沖田総司、井上源三郎、原田左之助ら近藤派の剣士たちである。

「この野郎ッ」

沖田が芹沢を斬りつけた。

「あッ」

芹沢が物凄い声をだして起き上がった。そこを土方が斬った。

芹沢は縁側に逃れ、フラフラと、隣の八畳間に転がり込んで倒れた。お梅も顔や頭をズタズタに斬られ、首が落ちた。

平山五郎は、原田左之助に斬られた。女と寝ているところを、バッサリと殺られた。家人が眼を覚まし、大騒ぎとなった。行燈や蠟燭をつけてのぞくと、芹沢は下帯も付けない真っ裸である。お梅は白い太腿をあらわにだして血の海のなかで死んでいる。平山も首が胴から離れている。

玄関脇に寝ていた平間重助だけは、助かった。真っ裸のまま、下帯一本で、刀を下げ、

「どこへ行った、どこへ行った」

と、気違いのように家のなかを走り歩き、プイと姿を消した。

そのうち近藤が姿を見せた。ちゃんと袴をつけて、悠然と落ち着いている。

八木屋敷の家人に、

「どうも見苦しい有様をお目にかけて、恥ずかしい次第です」

といい、数人の隊員が三つの死骸を戸板に乗せて運んでいった。

翌々日、芹沢、平山の葬式が行なわれた。

近藤が隊を代表して、弔辞を読んだ。読み方といい、態度といい、実に立派だった、と八木家の主人、源之丞が伝えている。

会津藩にも急報が入った。広沢が、すぐ壬生に飛び、近藤から事情をきいた。

「広沢さん、長州の刺客がでたようです。取り逃してしまい面目次第もございません」

近藤は、そういって、ケラケラと笑った。

広沢は無言だった。

芹沢が暗殺される十日ほど前、芹沢と同じ水戸浪士の新見錦が切腹させられている。無鉄砲で、酒色に耽るところが芹沢によく似ていた。

新選組には、局中法度があった。
一、士道にそむくまじきこと
一、局を脱するを許さず
一、勝手に金策をいたすべからず
一、勝手に訴訟を取り扱うべからず

一、私の闘争を許さず
右の条件に相そむき候者切腹申し付くべき候也。

これに違反したとして、芹沢派は、一掃された。かくて近藤勇を局長とする鉄の軍団が誕生した。

第六章　テロリストの横行

施薬院

季節は、初冬になっていた。

ひと雨ごとに寒気がつのり、三方の山は、赤茶けた渋い色彩に変わった。街の樹木もすっかり落葉し、比叡おろしが吹き抜けた。もう吐く息も白い。冬ごもりの準備のためか、野鳥が街まで舞い降り、鳴き声が耳につく。御所の周辺も賑やかである。

このころ松平容保は、孝明天皇に請われて、御所の施薬院《せやくいん》で寝起きしていた。

容保に寄せる帝の信頼は、想像を絶するものがあった。

「容保、朕のそばを離れるでない」

孝明天皇は、そういって、容保に親しく言葉をかけた。

金戒光明寺と違って、御所は、きらびやかな王朝の世界である。

容保は、玉砂利を踏んで、散策した。

緑の松のなかに十余の宮殿建築があった。

紫宸殿《ししんでん》
歴代天皇の即位式や、元旦の節会、御元服などが行なわれる正殿である。

清涼殿《せいりょうでん》
平安朝時代は、帝の日常の御住まいだった。入母屋《いりもや》、檜皮葺《ひわだぶ》きの寝殿造りの中殿である。
小御所《こごしょ》
皇太子の儀式や将軍、諸大名を引見する。その東に見事な回遊式庭園御池庭がある。
御常御殿《おつねごでん》
帝の日常の御所。

容保は、いまさらのように身の引き締まる思いがした。重臣たちは顔を見合わせ、喜びにひたった。京都は、公武合体派の天下となった。

諸大名が相ついで上京した。

薩摩の島津久光は、小銃隊十二隊、大砲隊二隊、一万五千の兵を率いて十月三日、京都に入った。

続いて越前の松平春嶽が入京、一橋慶喜も海路大坂に入り、十一月二十六日に入京した。

伊達宗城《だてむねなり》、山内容堂も十二月末までに入京、実力者大名が顔をそろえた。

わが物顔

江戸に逃げ帰っていた慶喜も、情勢が好転するや、わが物顔に戻ってきた。慶喜はそういう人物だった。

慶喜の宿舎は東本願寺である。

かたわらには妾のお芳《よし》がいた。二十一歳の小娘だが、可愛らしさが気に入ったとみえ、慶喜はこのところお芳に執着している。江戸の火消し、新門辰五郎《しんもんたつごろう》の娘だというが、本当のところはわからない。三味線がうまく、慶喜は三味を聴きながら、一杯傾けていた。

容保は、慶喜のこのような態度がいつも気になった。だが、慶喜は、世間の眼など一向に意に介さない。

お芳の酌を受けながら、

「お芳、容保は、見事な働きをした。少し楽をさせたいが、女子が嫌いらしい。まだ一人も側室をおかぬ」

と言い、お芳を引き寄せた。

「まあー、ホホホ」

お芳は、顔を赤らめて笑った。

容保が黙っていると、

「それでは身がもたぬぞ。頭が休まらぬ。顔色も悪いぞ、よくよく考えることだ。京の女子は、美人が多いというではないか」

容保は、うつむいた。

容保は、慶喜を計りかねた。慶喜は理智的で、聡明である。容保にはない大胆さがあった。しかし、欠点は、コロコロ変わることと逃げ足の早さである。困難が迫ると、いち早く逃げだし、物事を茶化してしまうのだ。これでは、部下の信頼を得ることはできない。

今度こそ幕府の正念場、真剣に取り組んでほしい。容保は念じた。

鴨川のほとり

時がたつのは早い。四条の橋の上から鴨川を見ると、ユリカモメの白い群れが飛来し、冬を告げている。

文久三年も間もなく終わろうとしていた。

古い都、京都は、暮れと正月に多くの行事が集中していた。

「もう一年が過ぎるのか」

会津藩公用局の秋月悌次郎、広沢富次郎、外島機兵衛、柴太一郎らは、鴨川のほとりで、戸外の風景に見入っていた。

外島は秋月の同志で、公家衆と昵懇の付き合いをしており、特に容保の信頼が厚く、しばしば容保に会い、情勢を報告していた。乗馬も得意で、京の街を馬で駆け巡っていた。

彼らは、京都に孤立した容保を補佐し、宮廷内部の陰謀と戦い、長州を追放し、ついに公武合体の道を切り拓いたのだ。これは、まぎれもなく会津藩外交の勝利だった。

公用局の藩士たちは、江戸で学んだ英智と外交力を駆使し、会津藩を不動のものにした。どの顔も一つの仕事を成し遂げた男の喜びにあふれていた。それは二千の藩兵、すべてに共通した喜びだった。その藩兵も正月を国もとの会津若松で過ごすため、半分が帰国の途についた。

両親や妻や子と正月を迎えられる。任務を果たして帰国する兵士たちの表情は、一様に輝いていた。

「正月か」

秋月が、ぽつりといった。

「しかし、問題は多い。長州もこのまま黙ってはいまい」

広沢がいった。

「これから何が起こるかわからぬな」

秋月は、溜息をついた。

「ところで殿のご様子はどうだ」

「小康状態を保っております」

と外島が答えた。

容保の体調が一進一退だった。

二日前、容保はにわかに腹痛を起こし、病に臥したのである。

孝明天皇の驚きも大きく、御所の医師団がつきっきりで看病に当たっていた。

「御所では気も休まるまい。金戒光明寺にお戻りになるべきだ」

皆、容保の健康を憂えた。もし、容保に万一のことがあれば、会津藩は窮地に立つ。何よりも孝明天皇との信頼関係がそこなわれる。公用方の面々は、いささか陰鬱《いんうつ》になった。そのとき、玄関で声がした。

薩摩焼酎

「おおー」

薩摩の重臣、高崎佐太郎である。

「先生方と呑みたくて、やってきました」

高崎は手に薩摩焼酎を下げている。

「かたじけない」

皆、輪になって焼酎を呑んだ。独特の匂いがたまらない。

「うまい」

秋月が珍しく杯を重ねた。

「先生、わが藩では、慶喜殿の評判は、悪かでごわす。徳川、徳川と幕府を鼻にかけておる。それもよか。しかし、徳川だけでは政治はできん。薩摩の力も必要でごわす」

「そのとおりでござる。われわれは、よく承知しておる。わが殿も同じだ」

「我輩は、容保公の誠意に惚れもした。容保公がおられるから、わが藩は、会津と手を握ったのでごわす」

「ありがたい話だ」

「その後、容保公の具合は、いかがでごわすか」

「疲れです。休めば、すぐによくなります」

「心配しておりもす」

「かたじけない」

高崎も容保の容態を気づかった。

会津と薩摩の外交方の重臣たちは、夜を徹して胸襟を開いた。秋月らの最大の関心は、政局の動向だった。

女官文書事件

昨今、京都からテロはなくなったが、長州の残党はデマや怪文書を飛ばし、攪乱戦術に出ていた。その一つに女官文書事件があった。

御所の庭を散歩されていた孝明天皇が女官の袖をつかみ、

「あの政変以来、朕の意のままにならぬようになった。毎日泣いておる。この気持ちを長州の三条に伝えてほしい」

と、いわれたというのである。

この手紙を受け取った長州は、着々と挙兵の準備をしている、というデマ戦略である。

この噂に、孝明天皇は激怒した。

「朕は泣いてなどおらぬ。まったく姦邪の仕業《しわざ》」

厳しく否定した。概して会津の人間は、曲がったことが嫌いである。

規律厳正に、不退転の決意で、任務に当たって来た。その意味で、帝の信頼に足りうる一徹の軍団だった。薩摩も会津に似て骨太だった。誠意もあった。

だが、藩内に上士《じょうし》対下士《かし》の抗争があり、琉球《りゅうきゅう》や奄美大島を通して海外に眼を開く、特異性があった。会津の親藩に対する薩摩の外様という立場も、微妙に違った。

会津と薩摩の提携が、はたしていつまで続くのか、これも重大な関心事であった。双方の外交方は、それぞれの思いを胸に秘めながら、酒を呑んだ。

天皇と将軍

この時代、天皇と将軍の関係がややこしくなり、しばしば政事が中断した。特に外交問題では、激しく対立した。

江戸時代、朝廷は儀式を執り行う機関であった。徳川家康は、朝廷貴族と幕府大名を完全分離させ、江戸に幕府を開き、朝廷には京都所司代を置くことで監視下においた。

しかし二代将軍秀忠《ひでただ》が時の天皇である後水尾天皇《ごみずのおてんのう》に娘を嫁がせ、天皇の外戚という地位を確立。これ以降代々の徳川将軍は朝廷のある京で将軍宣下を受けることになった。

時を経て江戸幕府成立の約二百五十年後、黒船来航問題に端を発する尊王攘夷志向が各地に広がり、特に孝明天皇は攘夷の意志が強く、攘夷を推し進め、十四代将軍家茂と皇女和宮による公武合体などもあって、天皇の発言力が増していった。天皇が政治に大きな発言力を持ち始めたのだ。

慶喜は、ここに来て権力奪取の意欲に燃えた。将軍後見職という曖昧な役職に辞表を出し、自ら京都の守衛に乗り出す戦略である。

孝明天皇の信頼を取り戻したので自信満々だった。大名勢力を可能なかぎり、朝廷から遠ざけ、京摂地帯の軍事的制圧を自己の手によって成し遂げることを意図したとの説もある。はたして、当時の慶喜に、そこまでの野望があったかどうかはわからないが、瞬間的に燃えあがったということは確かである。

将軍後見職である限り、あくまでもナンバー2である。形だけの将軍を補佐してみたところで、慶喜の存在が、世間にアピールできるわけではない。

「余は将軍後見職を辞任いたす」

と、容保に伝えたのは、四月八日である。

水戸の原市之進を秘書役に招いた。秋月と江戸の昌平黌で同期である。このころ、薩摩の島津久光が京坂地域の守衛にあたる意欲を示していた。

「薩摩などに渡してたまるか」

慶喜は反発した。仮に薩摩が京阪地区の守衛を担当すれば久光は京都に常駐し、天皇家と何かと接触することになる、慶喜にとって、それは自分の足元を脅かすものだった。

慶喜がまず手を付けたことは、御所の警備である。幕府よりの諸藩の警備を増やした。いうまでもなく、京都警備に名を借りて、諸大名の滞京を阻止して帰藩を促し、諸藩の朝廷への影響力を排除しようとする狙いを持つものであった。

かくて諸侯の京都市中警衛が免除となり、禁裏《きんり》守衛総督《しゅえいそうとく》の慶喜と京都守護職松平容保の連携が一段と強まった。

地ゴロ

薩摩は、慶喜の野望に気づいていた。しかし、会津と手を組んでいることは強みだった。

会津と組んで長州を追放し、会津がその気になれば、天下取りも夢ではない。

薩摩には西郷吉之助（隆盛）という逸材がいた。

ただし島津久光とは仲が悪い。

「久光公は地ゴロでごわす。とうてい斉彬公のようなわけにはまいりません」

と平気で言った。

地ゴロとは田舎者という意味である。ゴマすりがこれを久光に告げ口し、西郷は、またも島流しにされた。久光を支えているのは大久保《おおくぼ》利通《としみち》である。

大久保は西郷と同じ郷中、少し年下だが、小細工が上手で、久光は碁が好きだと聞いて、久光の碁の相手である僧侶に碁を習い、ひそかに久光に接近した。油断のならない男である。こんなところから告げ口をしたのは大久保かもしれないという噂がたった。

さもありなんである。

大久保は天下の形勢、朝廷と幕府の現状、薩摩の若者たちの動向を久光に伝え、信頼を得た。しかし久光の本質は、尊王ではあるが、本心は公武合体、つまり幕府中心主義である。

だから寺田屋事件が起こった。

公武合体ではなまぬるいと精忠組の有馬《ありま》新七《しんしち》は真木《まき》和泉《いずみ》や久坂玄瑞らと手を組み、討幕の旗を上げようと寺田屋に集まった。これを知った久光は激怒、鎮撫使《ちんぶし》を寺田屋に送り込み、八人を殺し、七人が重軽傷、翌日二人を切腹させた。

残酷な男でもあった。

沖永良部島《おきのえらぶじま》に流されている西郷のもとには、本土の情報はほとんど入らなかった。薩英戦争の噂も二か月後のことだった。城下が丸焼けになったというのを聞いて、じっとしてはいられなくなった。船をつくって脱出しようとしたが、金が足りない。

薩摩の若手は悶々としていた。

長州は益々、怒り狂っている。いずれ戦争が起こるかもしれない。久光べったりの大久保は信用できない。ここは先君斉彬公の秘蔵っ子で、下々の百姓のことまで精通した西郷殿を呼び戻すしかあるまい。そうした声が藩内に充満していた。

西郷は決して久光にへつらうことはなかった。

家格は御小姓与《おこしょうぐみ》、十等級に分けた城下士の家格中では、下から二番目。

最初の仕事は、十八歳、郡方書役助《こおりかたかきやくたすけ》、村々を回って村役人を監督指導し、生産性を高め、年貢を取り立てる役だった。

二十七歳で藩主斉彬の庭方、いわば秘書役に抜擢された。斉彬について江戸に上り、水戸藩邸にうかがって藤田東湖《ふじたとうこ》に出会い、尊王攘夷を学び、一度は井伊大老に睨まれた僧月照《げっしょう》と入水《じゅすい》する事件も引き起こしたが、奄美大島に渡って再起を期し、島の人々と昵懇の付き合いを重ねた。

文久二年（一八六二）、西郷は三年ぶりに鹿児島に戻った。しかし久光に嫌われ、今度は徳之島に流され、さらに沖永良部島に移された。

この間、薩摩は会津藩と同盟を結び、長州を京都から追い払った。

藩士たちの強い要望で鹿児島に戻った西郷は軍賦役を命ぜられ、一躍、薩摩のトップに立った。

まずは都の様子をじっくり見つめることである。都に上った西郷は、日々、情報収集に努めた。

会津藩の人々は、西郷を驚きの目で見つめた。会津藩の重臣は、全員世襲の家老である。だが、西郷は身分の低い下級武士の出である。しかも久光とは、そりが合わない。その人物が、薩摩の代表として会津藩の前に現れたのだ。

「信じがたい話だ」

秋月も広沢も唸った。

これほど時代の変化を見せつける人事はなかった。

「正直、うらやましい」

と広沢は思った。

大島の時代

西郷が最も長く暮らしたのは奄美大島である。大島に流されたのは三十三歳の時。安政の大獄のとばっちりで、身を隠した。

大島では「遠島人」（流罪人）扱いではなかったので、一年に六石の扶持米《ふちまい》が支給されていた。白い飯を食べることが出来た。

宿は家内奴隷が七十余人もいる大島の指折りの豪族、龍左民《りゅうさたみ》邸の離れだった。

龍家の広大な邸は、村人の部落からはかなり離れており、また村人たちも、この豪族をはばかって、よほどの事がなければ邸までは来なかった。

だから、そこの離れにいる西郷と一般の村人との交流は無きに等しかった。

龍家では家内奴隷の少女一人を西郷の召使いにつけてくれたが、万事がわずらわしくて仕方がない。数日後には、百姓の持家に移り、一人暮らしをはじめた。

まわりの百姓小屋と同じに、雨戸をたてるほかには、障子などはない家である。

もともと貧乏な家に育った西郷には、遠くまで水汲みに行くのも、薪割り、飯炊きもいっこうに苦にならなかった。

その方が、龍家でやっかいになるよりもいっそう気楽だった。

水汲み場に出かけると、否が応でも村人と顔を合わせることになる。

「なんだろうこの人は」

ということで、西郷の行動はどんなことでも村人たちの好奇心と警戒心を呼び起こした。

なにせこれまで見かけたこともない大男である。大目玉でギョロリと見まわされたら、思わずちぢみ上がってしまう。

「相当に悪いことをしたに違いない」

そう思っていた。しかし、不思議なことが多かった。

遠島人は、村人の手伝いをして、芋や魚をもらい、なんとか命をつなぐのが精一杯だったが、西郷は村人が口にできない米の飯を毎日炊いて食べている。

時には庭へ出て、大きな図体で、するどいかけ声とともに、木刀を思い切りふりまわしている。いつぞやは、常緑の高木、ガジュマル（榕樹）の幹に木刀で切りかかっていた。

「ふりもん（狂人）じゃないか。近寄るな、あぶないぞ」

と島の人々は噂していた。

しかし、島の人々と口をきき親しくなると、案外にいい男ということになり、嫁を持たせようという世話焼きも出て来た。

島の娘たちの中にも、ひそかに西郷に思いをよせるものが現れる。そして龍家の親類筋にあたる佐恵志の娘で於戸間金《おとまかね》二十三歳が西郷の妻となり、名も愛加那《あいかな》と改めた。

薩摩藩の掟では、役人でも流人でも、島で妻をめとってもよいが、夫婦の関係は島に居る期間だけにきびしく限られていた。いったん任期を終わり、または赦免されて帰藩となれば、夫婦の関係は永久に断たれるのだ。夫婦の間にたとえ子供がいようと「島の妻」を本土に迎えることは絶対に許されなかった。なぜなのか、よくわからない。西郷は愛加那との間に生まれた二人の子供を後日、引き取ったが、愛加那とは一緒に暮らすことはなかった。

西郷と大久保は幼なじみだが、西郷の帰国に関して大久保はあまり動いていなかった。肌が合わない部分があったに違いない。

一会桑

都は会津の時代である。

「会津様の意気込みは、凄いどすなあー」

と噂した。

将軍後見職を辞任した慶喜は、容保を軍事総裁に任じ、松平春嶽を京都守護職に任じた。京都所司代は稲葉《いなば》正邦《まさくに》から容保の実弟、桑名藩主松平定敬に替わった。

しかし、春嶽は京都守護職などやる気はない。毎日辞める算段をしていた。

孝明天皇が京都守護職は容保に限るとおっしゃり、慶喜の思い付き人事はすぐにご破算になった。定敬の京都所司代は、容保の望むところである。定敬は小柄だが気性が激しく、打倒長州の意気に燃えて上京した。五百余名の桑名藩兵は、士気も高く、直ちに二条城の警備に就いた。

定敬は、二条城南の慶喜公御座所に出勤し、容保に代わって慶喜を補佐し、しばしば黒谷にも顔を見せた。定敬が姿を見せると、容保はこぼれるような笑顔で迎えた。

肉身の情である。

「兄上、早く良くなっていただきたい。慶喜公、兄上、私で新たな幕府をつくる。これです」

若い定敬は、気負いもあった。

人々は、「一会桑《いちかいそう》の時代が来た」と、噂し合った。

一は一橋慶喜、会は松平容保、桑は松平定敬を指した。孝明天皇が、容保に絶対の信頼を寄せているので、一会桑には後光がさしていた。

「これで会津は、ますます安泰じゃ」

横山主税の顔もほころび、容保は、こみ上げる喜びを噛みしめた。

この時代、すべての人が不安定な崖の上に立っていた。いつ足場が崩れるかわからない。天皇もまた同じであった。

孝明天皇は黒船来航という狂瀾怒濤《きょうらんどとう》の時代に生まれ、いかにして国体を保持するかに全力を尽くしていた。しかし、天皇が真剣に努力をすればするほど、幕府の足を引っぱる、という奇妙な現象となって表れた。

孝明天皇には、倒幕の考えは微塵もない。天皇は幕府と一致協力し、公武合体して困難を乗り切ろうとしていた。それが裏目、裏目にでてしまうのだ。そこに孝明天皇の苦悩があった。

だが、孝明天皇の悩みもいまは消えた。

自分を一会桑が守っている。それはどこから見ても、強力な布陣であった。

内政大改革

慶喜が強気の姿勢を打ち出した背景には、フランスと提携した国内大改革があった。推進者は軍艦奉行の小栗忠順《おぐりただまさ》である。

井伊直弼に選ばれて日米修好通商条約の批准の際、アメリカの軍艦ポーハタン号で渡米、サンフランシスコ、ニューヨーク、ワシントンを回り、つぶさにアメリカ事情を見聞して来た人物である。幕府切っての国際派である。小栗の傍らには、フランス語に堪能な栗本鋤雲《くりもとじょうん》がいた。

栗本は箱館奉行所時代にフランス人牧師にフランス語を学び、江戸に戻るや小栗を補佐する勘定奉行格の役に就いた。

小栗はこのとき一大軍事改革構想を抱いていた。当面は外国から購入するが、将来は軍艦、大砲、小銃を国産化し、日本を防衛する構想である。そのためには、まず製鉄所の建設が先決と小栗は考えた。フランスが全面支援を表明、経済使節クレーを送り込んで小栗を支援した。

小栗はクレーとの間に三千五百万フランの借款を結び、資金を確保した。ドルに換算すると約六百万ドルである。小栗は軍艦、大砲、小銃など軍事費に二百五十万ドル、横須賀製鉄所に二百四十万ドル、御雇い外国人の給与に十万ドルとその他、百万ドルである。国家的規模の大プロジェクトをスタートさせた。

これには薩摩も長州も息をのんだ。小栗は類いまれな官僚だった。財政に強く、国際関係も熟知していた。フランスからの借金は生糸貿易を発展させ、鉱山開発も行なって返済する考えだった。

ところが幕閣は、このプロジェクトをめぐって大揺れに揺れた。抵抗勢力の妨害である。

「横須賀に敵が攻めてきたらどうするのか、製鉄所などいらない」

と侃侃諤諤《かんかんがくがく》だった。

抵抗勢力とは具体的に誰か。これは各界各層に存在した。第一に、薩長の尊王攘夷派である。これは巨大な抵抗勢力だった。それに歩調を合わせる勝海舟も抵抗勢力だった。

小栗がやるのは面白くない。

勝海舟は、嫉妬《しっと》深く、なんでも自分が最高と吹聴する人物だった。

小栗を支えたのは慶喜とフランス公使ロッシュである。

工事は来年、慶応元年（一八六五）、着手の予定、目下、準備中だった。

工事を担当するのはフランス人の技術者である。

「いまにみておれ」

慶喜は自信満々だった。

容保はこうした慶喜に絶対の信頼を寄せた。

梅雨

京都は、一見、のどかであった。

春が終わると、長い梅雨に入る。しっとりとした雨が降り、たっぷりと水を含んだ深緑が眼に映えた。

高瀬川も連日の雨で、水かさが増している。

川を下る小舟は、流れに乗って滑るように走って行く。上る舟は、川ぞいに設けられた小路を、人が曳いて上った。この川のほとりに多くの藩邸があった。長州、加賀、因州、彦根、土佐と大きな屋敷が並んでいた。

会津藩は、この川に監視の眼を向けた。ここは、大坂と京都を結ぶ重要ルートである。長州の過激派が、いつこのルートから京都に潜入してくるかも知れなかった。

京都に残った何人かは、流言を放って攪乱戦術にて、死に物狂いの抵抗を示していた。

散発的ではあるが、テロも続いている。

元治元年（一八六四）五月には会津藩士松田鼎が、闇討ちに遭った。会津藩初めての犠牲者であった。

また中川宮の家臣高橋健之丞も殺された。

会津藩兵に、休息はなかった。絶えず緊張し、新選組や京都所司代、京都町奉行からの情報に耳をそばだてた。

会津藩公用局に二通の密事文書が届いた。一通は、在日イギリス公使館のアーネスト・サトウ一等書記官の秘書、野口富蔵からのものだった。富蔵は会津の生まれである。サトウの用人棒として、公使館に務めていた。

それによると、長州は、全藩あげて攘夷にこり固まり、馬関海峡を封鎖していた。このため連合艦隊が大挙して馬関海峡に攻め入り、長州に報復を加える、というのである。

また長州は、兵制の改革を行ない、全藩あげて軍備の強化に狂奔していることも知らせてきた。

広沢と外島は、食い入るように野口富蔵の文書に見入った。もう一通は、長州に潜伏した隠密の神戸岩《かんべいわ》蔵《ぞう》からの密事文書だった。乞食に変装し、萩の城下にひそみ、長州の模様を詳細に知らせてきたのだ。

その文書によれば、長州は、京都進発論にわいていた。七卿を迎えた長州藩は、ただひたすらに攘夷の実行を叫び、帝をいかにして自らの陣営に引き戻すかを論じていた。もっとも強硬なのは過激派の三条実美で、挙兵上洛の計画をたて、浪士たちと策を練っていた。兵を率いて京都に上り、朝廷をゆさぶり、全国の尊攘派の決起をうながそうというのである。

そして、この決起の鍵を握っていたのが桂小五郎だった。

「桂が京都に向かった。桂を徹底的に追尾せよ」

神戸の文書は、こう結んでいた。

会津藩公用局も薄々、桂入京の情報をキャッチしていた。長州藩は、朝敵として処分され、藩兵は京都を追放されたが、京都藩邸は、封鎖されずに残っている。

唯一の窓口として幕府がこれを認め、数人の長州藩士が登録され、京都留守居役として地下活動をしていた。一種の外交官特権である。この京都藩邸に、桂小五郎が潜伏しているというのである。

桂潜入

桂潜入の目的は何か。会津藩公用局は、色めきたった。

桂上洛の意味は、はっきりしていた。長州藩の失地回復である。

会津藩は、京都町奉行、新選組に厳重な警戒を求めた。数日後、広沢富次郎のもとに、新選組の近藤勇から連絡があった。

広沢が壬生に駆けつけると、

「長州が動きだしましたぞ」

近藤は、憮然とした表情で、顎をなでていた。三条小橋、河原町東入ル北側の旅館、池田屋惣兵衛にうさんくさい浪士たちが、しきりに出入りしている、というのである。

「それでどうされる」

「当方の山崎という探偵方を池田屋に送り込んで調べることにしたい」

「頼みますぞ」

「任せて下さい」

近藤は、にやりと笑った。

探偵方の山崎は、大坂の人間で土地勘がある。薬の行商人に化けて大坂に下り、船宿でしばらく滞在し、この宿から紹介状をもらって、池田屋にもぐり込んだ。

大坂の人間なので、もちろん大坂弁で気さくに喋る。二条の薬問屋に行って、山のように薬を仕入れ、出たり入ったり忙しい。新選組と気づく人間は、誰一人いない。

玄関前には、京都所司代の足軽渡辺幸右衛門が乞食に化けて、寝ころんでいた。

山崎がメモ書きをポンと捨てると、乞食役の渡辺が拾って壬生の屯所に知らせる、という仕組みだった。

山崎は妙なことに気づいた。

四条寺町で古道具と馬具を売っている桝屋喜右衛門《ますやきえもん》という男が、ひんぱんに出入りするのだ。色白の中年男で、ニコニコと愛想がいい。しかし、様子が変だ。いつも浪士風の男たちと、部屋にこもり、何やら相談している。

「ほな、また」

と、帰るのだが、左右を見る眼付きが鋭い。

山崎は、この男の詳細をメモし、乞食に渡した。

メモを見た近藤の眼が光った。

早速、桝屋を洗った。筑前藩御用達という看板を下げている。手代一人に丁稚《でっち》二人、下女一人を使って、結構商売繁盛の様子である。

張り込みを続けると、虚無僧《こむそう》姿の男が盛んに出入りしている。

どう見ても怪しい。

「桝屋を引っ捕らえろ」

近藤が断を下した。

寝込みを襲う

六月五日早暁、沖田総司、永倉新八、原田左之助が二十余人を率いて、寝込みを襲った。

ひどく蒸し暑い夜で、沖田総司は、寝不足で眼をはらしていた。二手に分かれて一斉に押し入った。

ところが、かねて察知していたのか、いたのは喜右衛門一人。丁稚も下女もいない。

浪士の姿などどこにもなく、沖田らは拍子抜けした。

「しかし、くさい。何かあるぞ」

沖由らは、屋内を徹底的に探索すると、押入れが抜け穴になっていて、地下室に通じているではないか。

「あったッ」

沖田が叫んだ。

鎧十領、鉄砲、弾薬、浪士たちの往復の書類まであった。書類の大半は、焼けこげていたが、焼け残った部分に、

「この上は、一刻も早く決行し、機会を失わぬよう」

など不穏の文字があった。

かくて長州の陰謀が発覚した。喜右衛門は、壬生の屯所に引き立てられた。

身元は、すぐにわかった。本名、古高俊太郎《ふるたかしゅんたろう》。出身、近江。肥後熊本藩の流れを汲み、そのせいで肥後藩士を中心とする浪士グループと交際していた。ふとしたことで桝屋を継ぎ、喜右衛門を襲名した。

顔に似合わず、過激な思想の持ち主である。

「会津容保を殺してやる」

肥後の宮部《みやべ》鼎蔵《ていぞう》、松田重助《まつだじゅうすけ》らと一発逆転の挙兵計画を練っていた。

古高俊太郎の取調べは、副長の土方歳三が当たった。土方の調べは、峻烈を極めた。

「俺は新選組の土方だ。お前を吐かせる」

土方が鋭い眼で睨んだ。

古高は、無言のまま睨み返した。

「この野郎！」

古高の顔に数発の鉄拳が飛んだ。唇が裂けた。

古高も決死の覚悟である。絶対に口を割らない。

「生意気な奴だ！」

今度は、竹刀で背中を打ちつけた。たちまち皮が破れて、血が流れる。

土方の眼が血走ってくる。

「古高、お前は何を企んでいたのかあー」

鋭い気合いが吐きだされた。竹刀を振り上げ、続けざまに顔面を殴打する。

古高が初めて口を開いた。

「俺は古高俊太郎だ。それがどうしたというのか」

そういったきり、眼をつむり、再び口をつぐんだ。

土方歳三の頭に血が上った。

「新選組を甘く見るなッ。伏え面かかせてやる。縛りあげろ」

古高は、後ろ手に縛られた。

「吊るせ」

「何をするかあ」

古高は必死に抵抗するが、たちまち押さえつけられ、梁に逆さ吊りにされた。

「やれっ」

土方の命令で、組員が古高の足の甲から裏に五寸釘を突き通した。

「ヒエー」

古高の口から悲鳴がもれた。

「蠟《ろう》をたらせー」

古高の傷口に蠟を流した。地獄の責めである。

「止めてくれ」

古高は、絶叫し、落ちた。

古高の自白は、近藤、土方らを驚愕させた。

「残された手段は、暴力蜂起以外にない」

京都に残った長州派の過激浪士は、こう結論し、六月二十日ごろを期して決行を決めた、というのである。

天皇を拉致

その戦術とは、烈風の夜を選んで御所の風上に火を放ち、驚いて参内する公卿を片っぱしからひっ捕らえる。

抵抗する輩は、斬り殺す。特に中川宮は、確実に捕らえる。京都守護職松平容保も襲って斬殺し、軍神の血祭りとする。反長州派の大名もことごとく暗殺する。

さらに勢いに乗じ、御所に侵入し、孝明天皇を拉致、長州に連れ去り、長州の地に攘夷倒幕の政権を樹立する、という大陰謀である。

「これは、思わぬ拾い物だ」

近藤の眼が輝いた。

次回の集まりは六月五日、場所は池田屋、ということも自白した。場合によっては、四条上ルの四国屋重兵衛に変わることもある、というのだ。

古高の自白と前後して、池田屋に泊まり込んでいる山崎からも連絡が入った。

「六月五日、集合あり」

古高の自白と、山崎の報告がピタリと一致した。

会津藩公用局もことの重大さに息を呑んだ。

公用局重臣の手代木直右衛門《てしろぎすぐえもん》は、金戒光明寺に近藤勇を招いて、詳しく自白の模様を聞き、容保にもこのことを報告した。容保は、黙って報告を聴き、一言、

「慎重に調べよ」

と、言った。

六月五日の夕刻、間違いなく集まりがある、という報告が再び山崎から入った。

「よし、斬り込む」

近藤が立ち上がった。

会津藩公用局にも決行の知らせが入った。

会津藩としては、難しい問題も多々あった。

大陰謀といっても、それほどの軍団が蜂起するとは思えない。仮に間違いであった場合、京都守護職の面子が失われる。

広沢は、慎重論をとなえ、手代木直右衛門は、会津藩兵の出動を主張した。家老の神保内蔵助も苦悶し、病床の容保に決断をあおいだ。

「余は、あまり好まぬ。しかし、街に火を放たれては、いかなる事態になるやも知れぬ。厳重に警戒せ

よ」

　容保は、あえぐように呟いた。

　会津藩の出動が決まった。京都所司代、桑名藩主松平定敬の兵にも出動の命令が下った。

　古高俊太郎が捕らわれたことは、長州側にもすぐ伝わった。

　ただちに潜伏の藩士たちに警戒の指令を出したが、池田屋がマークされていることに気づいた人間はいなかった。集会を延期しては、という声もあったが、古高の逮捕について善後策を講じるということで、予定どおり会合が開かれた。

池田屋

　コンコンチキチキコンチキチン
　この日は、祇園祭りの真っ最中で、蒸し暑い一日が暮れると、祭り囃子が一斉に路地から流れてくる。人の波は次第に増し、その人ごみを縫って長州勢が一人、二人と池田屋に入った。

「古高は新選組に捕らえられている。屯所を襲って奪い返すべきだ」

「ここはいったん退いたほうがよい。われわれに勝ち目はない」

「予定どおり、一気に御所を襲うべきだ」

　激しい討議が続いた。

　このころ新選組は全隊士に非常招集をかけ、討ち入りの準備を進めていた。意外に病人が多かった。大坂出張中の者もいたりして総員三十人にすぎない。全員だんだら染め羽織を着込み、刀、手槍を手に三条先斗町《ぽんと》の町会所に三々五々と集まった。

　戌の刻（午後八時）頃には、会津藩兵の応援が来ることになっている。

「それを待って一斉に踏み込む」

近藤は、じりじりとしながら応援を待った。

会津藩、京都所司代の兵が大幅に遅れ、亥刻（午後十時）になっても姿を見せない。このままでは池田屋の会合が終わってしまう。近藤は、決断した。相手が何人いるかも定かではない。危険な賭けだった。

近藤突入

近藤は、池田屋の潜り戸を押してなかに入った。なかでは会合が終わり、宴会が始まろうとしていた。新選組探偵の山崎が、甲斐甲斐しく手伝っている。

「そろそろ来るころだ」

という予感が山崎にあった。表戸の木錠をこっそりあけ、いまや遅しと待っていた。

「御用改めであるぞ！」

近藤の声がした。

「局長っ」

山崎が躍るように外に逃れた。

「お二階の皆様っ」

主人の惣兵衛が仰天して叫んだ。

近藤は、惣兵衛の顔を殴りつけ、抜刀して二階に駆け上がった。この時、隊員は近藤勇、沖田総司らわずかに六人にすぎない。

「なんだ、なんだ」

土佐の北添佶磨《きたぞえきつま》が階段を降りて来た。

近藤とばったり顔が合った。あわてて駆け上がろうとして、頭から肩にかけて一刀のもとに斬り殺された。

　あとはもう修羅場である。

　凄まじい血戦が始まった。

大乱闘

　この夜、池田屋に集合していたのは肥後の宮部鼎蔵、松田重助、長州の吉田《よしだ》稔麿《としまろ》、杉山松助《すぎやままつすけ》、広岡浪秀《ひろおかなみひで》、佐《さ》伯靭彦《えきゆきひこ》、土佐の野老《ところ》山五《やまご》吉郎《きちろう》、石川潤次郎《いしかわじゅんじろう》、北添佶摩、望月善澄《もちづきよしずみ》、播州の大高忠兵衛《おおたかちゅうべえ》、大高又次《おおたかまたじ》郎《ろう》ら二十名近かった。

　この日のリーダーは、宮部鼎蔵と吉田稔麿だった。

　宮部は久坂玄瑞、真木和泉らと並ぶ過激派で、八・一八の政変で長州に下り、再挙を図って密かに上京していた。吉田は吉田松陰門下の秀才で、江戸から長州に帰る途中、池田屋の会合に出て近藤勇とぶつかった。もう一人、大物が来ることになっていた。長州の代表者桂小五郎である。

　桂は、早い時間に池田屋におもむき、まだ仲間が集まっていないので、近くの対馬《つしま》藩の別邸に行き、難を逃れた。難を逃れたというよりは、この日の襲撃を勘づいていたらしい。もともと桂は、宮部らの暴力革命を軽挙と見ている。

　長州切っての慎重派である桂は、申しわけ程度に顔を出して、さっさと危険を回避したのである。

　一方、会津藩の出動が遅れたのは、出動の直前になって広沢富次郎、外島機兵衛、小野権之丞らが再び慎重論をとなえたためだった。

「会津藩をあげて斬るほどのことはない。新選組にまかせればよい」

広沢らは、強硬に主張した。今後の影響を考慮したのだ。

結局、周囲を警戒するにとどめる、ということで、出動したのは乱闘も終わるころだった。

抜き打ち

浪士たちは、宴会中とあって太刀を手もとにおいていない。

「部屋が狭いので、お腰のものをまとめてこっちの部屋でお預かり致しましょう」

山崎が刀を集め、押入れのなかに放り込んでおいた。

重大な失敗だった。

浪士たちは、あわてふためき、小刀を抜いて立ち向かった。これでは話にならない。

二階から飛び降りて逃げようとするが、表出口には、原田左之助と谷三十郎が、槍を持って構えている。

「それっ」

二人は、襲いかかって突き立てる。

谷は新選組切っての槍の使い手だ。どうにもならない。

そこへ土方歳三が二十数人を率いて駆けつけた。土方は、念のため四国屋重兵衛の旅館に向かったが、そこには誰もおらず、池田屋に合流したのだ。

怒声が入り乱れ、浪士たちは、次々に斬られた。

血の海

近藤は、リーダーの宮部鼎蔵を追いつめた。

二人の一騎打ちとなった。天井が低いので二人とも太刀を横に構えた。

宮部も肥後では有名な剣客だが腕が違う。虎徹《こてつ》の一太刀を顔面に受けて血を噴いてよろけた。

「宮部！　覚悟せいッ」

近藤が気合いを入れたとき、階下で数人を倒した沖田総司らが駆け上がり、宮部を取り囲んだ。

「無念、わが事終わる」

宮部は、血刀を腹に突き立て、自害して果てた。

浪士たちは、ひどい有様だった。

宮部の弟子松田重助は、沖田総司に赤子のように翻弄され、右手を斬り落とされ、捕縛された。間もなく出血多量で死んだ。

吉田稔麿は、肩先を一太刀やられたが、庭先に飛び降り、谷三十郎の槍をうまくかわして、長州藩邸に急を知らせた。援兵を連れて引き返し、沖田総司と一騎打ちになった。

剣の天才、沖田にかかっては、話にならない。たちまち斬り伏せられ、血の海にころがった。逃げまどう浪士たちを、土方らが生け捕った。

狭い部屋での乱闘なので新選組にも損害はあった。

奥沢栄助《おくざわえいすけ》が即死、二人の隊員が重傷後、死亡し、藤堂平助が顔を斬られ、永倉新八が左手親指を切断した。

肺結核に冒されていた沖田総司は、戦いが終わるやばったり倒れ、鮮血を吐いた。

しかし、京の街に火を放ち、御所を襲撃するという長州の陰謀は、新選組の活躍の前に完全に抑え込まれた。

会津、桑名藩兵数百人が見守るなか新選組は、隊列を作って、壬生の屯所《とんしょ》へ引き揚げた。

この騒ぎを知って沿道は、黒山の人である。

近藤、土方は、笑顔で沿道の人に応え、新選組強し、の印象を十二分に与えた。

この夜の決闘は、直ちに孝明天皇にも伝えられた。

天皇は御所襲撃という暴挙に驚かれ、これを未然に防いだ新選組に金子百両を賜わり、褒賞した。

容保も安堵の胸をなで下ろした。

もし新選組が探知しなければ、京の街は大混乱に陥り、市民は恐怖のどん底に追い込まれたに違いない。

「神保、近藤らを褒めてつかわせ」

容保は、家老の神保内蔵助に命じ、金五百両を新選組に贈り、その労苦に報いた。

この池田屋事件に対する会津藩の処置は、やむを得ぬことだった。手をこまねけば、京都の治安は乱れ、孝明天皇の生命にも危険が及ぶ暴挙が予測されたからである。

この日を境に、新選組の名は一気に高まった。

交付された大金は、近藤三十両、土方二十三両、沖田、永倉、藤堂らは二十両、一般隊員は十七両、十五両と配分され、負傷者には五十両が分けられた。

「われらは大尽になったのだ」

隊士たちは狂喜し、これを機に近藤、土方らは、隠然たる勢力を京の街に持つことになる。

この数日後、会津藩に思わぬ事件が持ち上がった。

明保野事件

池田屋事件から五日たった六月十日夜のことである。新選組に、

「明保野《あけぼの》に不逞浪士集合」

という情報が入った。

明保野は、浪士たちがよく使っていた料亭の一つで、伍長の原田左之助が隊士十名を率いて急行した。会津藩からも柴司《しばつかさ》、田原四郎、石塚勇吾らが駆けつけ、表裏から乱入した。ところが客はたった一人、新選組の姿を見て庭にとびだした。

「名を名乗れ」

会津藩士柴司が誰何したが、答えようとせず、なおも逃げようとしたので、槍で腹部を刺し、取り押さえた。

ところがこの男が、土佐藩士麻田時太郎《あさだときたろう》と名乗ったため会津、土佐藩にまたがる大問題になった。土佐藩主山内容堂は、公武合体派の重鎮の一人である。会津藩から手代木直右衛門、小室金吾、広沢富次郎が土佐藩邸に向かい陳謝したが、土佐藩は態度を硬化させ取り合わない。

「何も刺すことはなかったではないか」

という気持ちが土佐藩にはあったに違いない。

結局、麻田は逃げたことを恥として自刃、柴も藩に迷惑をかけた、として自害し、両藩痛み分けとなった。

武士のつらさを物語る事件だった。

一抹の寂しさ

京都の治安は見事に回復したが、黒谷の金戒光明寺は、どこか一抹の寂しさがあった。

容保は病がちで、境内にある大方丈の一室で臥せる日が多かった。

頭、肩、背中に強い痛みがあり、いくら療養しても治らない。食欲もない。顔は蒼ざめ、げっそりと頬がこけた。

颯爽《さっそう》と御所に参内し、女官たちを振り向かせた貴公子の面影は、どこにもない。

病気は、意外に重かった。容保の病は、単なる風邪ではなかった。結核なども併発していた疑いが強く、重大な疾患であることは、確実だった。

胃炎、胃潰瘍、喀血、吐血、肝炎、胆石、胆嚢炎などの薬を多く使い、医師土屋一庵がつきっきりで、治療に当たった。治療には、くずの根とカラスビシャクを材料にした葛根加半夏湯《かっこんかはんげとう》が用いられた。熱さましの漢方薬である。

会津藩重臣たちの心配は、はた目にも痛いほどだった。

攘夷を叫び、テロを繰り返す過激派集団の長州を追放し、これからという矢先の病気である。

横山主税、神保内蔵助ら家老たちの表情は暗い。外交の任に当たる公用局の野村左兵衛《のむらさへえ》、秋月悌次郎、広沢富次郎、外島機兵衛、小野権之丞、大野英馬、柴太一郎らも沈痛だった。

この間、横山は京都と江戸の体制強化に務め、国もとから有為の人材を上らせた。家老一瀬要人《いちのせかなめ》もその一人である。一瀬は後に越後口の軍事総督として、長岡の河井継之助とともに越後の戦いを指揮する。

この時、京都に上ったのは、次の人々だった。

山本覚馬

山本覚馬《かくま》は砲術師範である。

覚馬は、特異な人物だった。

日新館の学生時代、剣術の使い手として知られ、二十五、六歳のころ会津の東山温泉で無礼を働いた侠客を、一刀のもとに斬り斃したことがあった。その後、江戸に出て江川太郎左衛門《えがわたろうざえもん》、佐久間象山、勝海舟に洋式兵学を学び、さらに蘭学を学んで帰国した。

会津は頑固で保守的な土地柄である。

「刀や槍で、夷狄とは戦えん」

覚馬がいうと、重臣たちは一笑に付した。

「宝蔵院《ほうぞういん》流の槍があるではないか」

と、相手にしない。

「井の中の蛙、大海を知らず」

覚馬は、いたるところで上司を批判した。

これが重臣たちの耳に入り、一年間の禁足処分になってしまう。だが、時代が覚馬を求めた。日新館教授に推され、大砲頭取の重任を拝命した。

覚馬は、京都で水を得た魚のように活躍する。会津藩砲兵隊を率いて訓練に励む一方、洋学所を設け、薬学、蘭学を教授した。

秋月悌次郎、広沢富次郎、外島機兵衛につながる人物で、秋月も、

「同志がふえた」

と、手放しの喜びようだった。

惜しむらくは、眼病に冒され、視力を失い、砲術師範を降りざるを得なかった。鳥羽《とば》・伏見《ふしみ》の戦いの際、薩摩藩に捕らえられ、京都に幽閉されてしまう。

覚馬が大活躍するのは明治以降である。

盲目の身にもかかわらず京都府顧問、京都府議会の初代議長に推され、京都の政治、行政、経済、文化、あらゆる面で活躍する。なかでも新島襄《にいじまじょう》とともに同志社英学校を創立した功績は大きい。

覚馬に近かった外島機兵衛は、鳥羽伏見で敗れ、江戸にひきあげて間もなく病が悪化、四十三歳でこの

世を去っている。

立ち会ったのは広沢だった。広沢と外島は非戦論者で、何とか戊辰戦争を止めようとしたが、長州はこれを拒否、実を結ぶことはできなかった。

外島の十七回忌に容保は次の弔歌を寄せている。

春雨のふりにし人の忍ばれて
　なかむる袖もうつしめりつつ

手代木直右衛門

第二陣の中で最も注目された人物は手代木直右衛門である。

長く江戸留守居役を務めた能吏である。

四人兄弟の長男で、三男に幕府講武所剣術師範役から京都見廻組与頭《きょうとみまわりぐみがしら》に転出が決まった佐々木只三郎がいた。手代木は幕府と表裏一体の人物で、慶喜の側近として強い発言力をもつことになる。

秋月、広沢、外島らは手代木を警戒した。手代木は会津・薩摩同盟を十分に理解せず、批判的だったからである。

実弟の只三郎は坂本龍馬を斬った男として、後に有名になる。本当に斬ったのかどうか、疑問もあるが、若くして江戸にでて、剣術一筋に修業してきた。当時、小太刀をとっては日本一といわれたほどの剣客である。

兄弟そろって会津藩武闘派として、睨みを利かすことになる。

佐川官兵衛

佐川官兵衛《さがわかんべえ》の姿もあった。

鬼官兵衛として、後に会津武士の代表的人物の一人となる佐川官兵衛は、学校奉行を命ぜられた。京都在勤の若手藩士の教育に当たるのだ。佐川は気合いが凄い。もたついていると、たちまち鉄拳が飛ぶ。武勇伝も多かった。

ある時、本郷で大火が起こった。

加賀屋敷の近く、というので官兵衛は、数人の部下を率いて駆け付けた。途中、神田明神前で、幕府の火消隊とぶつかった。

江戸の火消は、四十七組あって、組頭は武術練達の旗本である。火事となれば、人間、誰しも殺気立つ。どういういきさつか、

「どけ」

「どかない」

で、喧嘩になった。

「会津藩、佐川官兵衛と知っての振る舞いか！」

まだ二十四、五歳。腕に自信のある官兵衛は、ギラリと刀を抜いて、火消隊の前に立ちふさがった。たちまち大乱闘になった。官兵衛は奇声を発するや組頭目がけて突進し、あっという間に斬り伏せた。返す刀で、もう一人を斬り付け、血の海に這わせた。

事は重大であった。

火事場での刃傷《にんじょう》は御法度である。旗本の場合は、お家断絶と決まっている。

「何分、内分に願いたい」

相手方から会津藩に申し出があり、官兵衛は、国もとでの謹慎処分ですんだ。その後、再び江戸に戻り、京都に赴任したのである。

梶原平馬《かじわらへいま》、倉沢右兵衛、神保《じんぼ》修理《しゅり》ら二十代のエリートたちも続々、上洛した。

「これで、人物はどこにだしてもヒケを取らぬ」

家老の横山主税は、満足そうに見渡した。

しかし、会津藩の体制強化は、藩内に路線の対立を生むことになる。主君容保の病も藩内統治に、微妙な影を落とした。

路線は、明確に二つに分かれた。

二つの道

かくて会津藩公用局は会津、薩摩同盟により公武合体を図る秋月、広沢、外島らの路線と、幕府、会津による政局展開を図る手代木の路線と二つに分かれた。

秋月のハト派に対する手代木のタカ派である。連日、激しい討議が続けられた。

「秋月殿、薩摩の内情は、必ずしも一枚岩ではない。長州と同じ過激派が何人もいる。これをどう見るか」

手代木は、執拗に迫った。

「薩摩の島津公は、わが殿に信頼を寄せておる。高崎佐太郎もしかりだ。薩摩を敵に回して、京都を治めることはできない」

いつも秋月が反論した。

「われわれは、あくまでも幕府とともに生きるのだ。いずれ薩摩とは縁を切らねばならぬ」

「貴殿は京都の情勢を知らぬ。長州、薩摩が手を結べば、どうなるとお考えか。恐ろしい敵となる」

「幕府の力をもってすれば、恐るるに足りぬ」

「幕府を過信されておる」

二人の対立は、いつはてるともなく続いた。

いつもなかに入るのは、家老の横山だった。

「そちたちの話は、それぞれに、一理がある。が、肝心なことは、戦を避けることじゃ。戦をすれば、国が滅ぶ」

横山は、そういって対立を止めさせた。

問題は、手代木の背後にある幕府の考えだった。

天誅組

佐幕《さばく》派が台頭した背景には、油断も隙も無い事件が頻発していることがあった。

公家は理屈ばかりをこね、いざとなれば狼狽《うろた》える種族だが、そうでもない大胆な公家も現れた。

中山忠光《ただみつ》である。

この男、大納言中山忠能《ただやす》の末っ子である。中山家は代々大納言の家柄で、とくに姉の慶子《よしこ》は権典侍《ごんてんじ》一位《いちい》の局《つぼね》と称し、皇太子祐宮《ひろのみや》（後の明治天皇）の生母である。公卿の毛並みからいえば、超一流である。

「公家は嫌いだ」

と広言し、長州藩士森俊斎と称し、長州に出奔していた。

黒紋服に小倉の袴、鉄ごしらえの大小。色白の顔は少々とげとげしいが、目鼻立ちは恐ろしく端正で、目に不敵な光があった。

「いい男だ」

長州でも一目置かれていた。

この人物が京都に潜入したことは、会津藩も摑んでいた。さほどのことはあるまいと高をくっていたら、文久三年（一八六三）八月十三日、孝明天皇大和行幸《やまとぎょうこう》の時、土佐の脱藩士吉村寅太郎《よしむらとらたろう》が、三十八人で「天誅組」の旗を掲げ、堺に上陸し、河内《かわち》に進撃、大和に入った。

忠光は楠木正成《くすのきまさしげ》着用と伝えられる甲冑で、身を固めた。

彼らが姿を現したのは八月十四日夜である。

東山七条の大仏方広寺《ほうこうじ》に、藩士風、浪人風、儒者風、神主、医者、まれには町人風の男たちが参集した。だれを見てもすさまじい眼光である。燃えさかるかがり火にはえて、美しく見える。中央の床几《しょうぎ》に掛け、白扇をつかいながらゆうゆうと皆の拝礼を受けている若者が、だれあろう中山忠光だった。

その右に土佐の吉村寅太郎、左に三河刈谷《みかわかりや》の松本謙三郎《まつもとけんざぶろう》が並び、全員がかねて結束を固めた血盟の同志だ。

そこに大和行幸中止、勤王勢力追放の知らせが届いた。一同ぼう然自失したが、いまとなっては致し方ない。十津川《とつがわ》で郷士をつのってますます軍威を張るべし、と衆議一決した。十津川は南北朝の昔から勤王の地だった。

このあと十津川勢と一緒に高取城《たかとりじょう》を攻撃したが失敗、八月二十日には朝廷から討伐命令が下り、紀州徳川家、伊勢津藤堂家など数藩の兵が動員された。

あわれ、天下にさきがけた聖の義軍も、当の朝廷から賊徒《ぞくと》とみなされ、忠光らは、山にひそみ、野に隠れ逃避行を続けたが、追手の軍勢に追い詰められ、吉村をはじめ次々と悲壮な最期をとげていった。

最後はわずか七人。

忠光は半分ヤケになって河内平野を堂々と行進したが、これがかえってさいわいしてとがめられず、八月二十七日大坂へ入り込んだ。道頓堀の料理屋で腹を満たし、長州の大坂藩邸に入る。藩邸ではすぐ船を用意し、水門から川を下って、そのまま忠光らを長州へ送ってしまった。

「このような手合いが続々出てくると、手がつけられなくなる」

広沢は半ば恐ろしさを感じながらこの事件を見つめた。

忠光のその後だが、元治元年（一八六四）七月禁門の変で長州勢敗退後、第一次長州征伐が起こり、「俗論党《ぞくろんとう》」（恭順派）が主導権を握ると、忠光は邪魔者扱いにされ、不慮の死をとげる。狩りに誘い出されて斬られたというが、毒殺説もある。

慶喜の横やり

一橋慶喜は、会津薩摩同盟に批判的だった。己の地位がおびやかされる。本能的な危機感があった。

慶喜は、薩摩を排除する企みを画策した。

慶喜は、自分の手先に会津藩公用方の手代木直右衛門を使った。

「手代木、薩摩の島津、土佐の山内などは、どうにもならぬボンクラどもだ。奴らに国政など担当できるはずがない。参豫会議など必要なし」

慶喜は、息まいた。

事実、慶喜は独自の行動をとった。

文久四年（一八六四）正月十五日、将軍家茂が入京して二条城に入ったのを期に、対外問題が参豫会議の議題に上った。

京都から長州の尊王攘夷派が追放されても、孝明天皇は、依然として攘夷である。どうあろうとも攘夷を変えようとしない。

幕府は長崎、箱館、横浜の開港を諸外国と約束している。孝明天皇を説得し、認めてもらうしかないのだが、慶喜が妙なことを言い出した。

「この際、横浜の開港を取り消したい」

「何をいうのか」

皆、あきれ顔で慶喜を見つめた。

「横浜鎖港などとてもできぬ相談。天皇を説得するしか手はない」

政事総裁職松平春嶽が反対した。島津久光、山内容堂も反対した。薩摩はイギリス艦隊との戦いで攘夷の無謀を知り、開国に転じている。

「われわれは、もう攘夷などはせぬ」

久光は、はっきりといった。

慶喜は、してやったりと論陣を張った。

「これは異なことをうけたまわる。孝明天皇は、攘夷でござるぞ。幕府は、天皇のご意見に従い、あくまでも横浜鎖港に踏み切る所存である」

会議は、いっぺんに白けた。

「何をいわれるのか」

松平春嶽は、あきれた顔で慶喜を見つめ、島津久光は、にがにがしい表情で席を立った。

秋月と広沢は、憂えた。

「慶喜公の一方的な判断で雄藩連合がご破算になってしまいますぞ」

秋月は声を大にした。

「困った」

横山は当惑した。

それにしても主君容保の病気が、痛かった。慶喜に異論をはさむ人間は、誰もいない。

かつて幕府が開国をとなえ、諸藩が鎖国を主張した。ところが今度は、幕府が鎖国をとなえ、諸藩が開国を主張している。

「せっかく国論統一の機会だというのに、何故なのだ」

秋月は、地団駄踏んだ。

「天下を一人で握りたい。それが通じる時代にあらず」

広沢は嘆いた。

慶喜の戦略は、見事に当たった。

山内容堂、島津久光、伊達宗城は間もなく参豫を辞任し、さっさと帰国してしまう。

京都は、一橋慶喜の天下となった。この時期、一橋慶喜の権力奪取の野望は、すさまじいものがあった。

守護職屋敷

この時期、会津藩は、巨大な守護職屋敷を完成させていた。

釜座《かまんざ》通りの南北二町、東西一町の地に建設した守護職屋敷は、四百以上の部屋を持つ巨大な建物である。下立売通《しもたちうりどお》りの正面から石畳を通って玄関に入ると、そこには大きな鏡天井があり、人を驚かすに十分だった。

工事の総指揮を執ったのは、家老の田中土佐で、実務は公用方の外島機兵衛が担当した。

建築の総元締めは、京都の大垣屋清八で、職人は、丹後、但馬、丹波、若狭、摂津、河内、和泉、山城、近江、播磨と広範囲に集められた。

黒谷の金戒光明寺で不自由な暮らしをしていた藩兵たちは、改めて会津藩の力を認識した。ここだけではない。黒谷に近い聖護院村と岡崎村にも約三万七千坪の用地を買収し、会津藩邸と練兵場を造っていた。会津は、一年にして不動の地位をこの京都に築いた。

「外島、見事な出来栄えじゃ。国の家内に見せたいものじゃ」

家老の横山主税は、そういって担当の外島機兵衛の労苦をたたえた。

「それにしても殿がのう」

横山は、眉を曇らせた。

容保は、孝明天皇の御宸翰を枕もとに置き、虚な眼を天井に向けていた。

「横山、余の身体では、守護職は務まらぬ、江戸に戻りたい」

容保は、しきりに弱音を吐いた。頭痛、肩、背中の痛みは、依然うっとうしく、気分がすぐれなかった。

「容保公をこれ以上、激務に就かせるのは酷だ」

と、内外に噂も広がっている。

そんなおり、家老横山主税に火急の連絡があった。二条城に出頭せよ、との一橋慶喜からの命令である。

養子の話

横山は胸騒ぎを覚えた。慶喜の呼び出しは、いつも何かがあった。黒書院《くろしょいん》に慶喜がいた。

「横山、容保の様子が悪いようだな」

慶喜がいった。

「気候も良くなり、回復に向かっております」

「ならば良いが」

「はい」

「ところで横山、容保には子がいない。どうするつもりだ」

「はっ」

横山は、うろたえた。

主君容保は、まだ二十九歳。

「いずれ奥方をお迎えし、世継ぎをと考えておりまする」

「遅い。遅すぎる。しかも容保は病弱だ。間に合わぬぞ」

「はっ」

「そこで相談だ」

慶喜は、身を乗りだした。

「余の弟を養子にせよ」

ずばりといった。

一橋家には兵がいない。生家の水戸も藩論が分かれ、会津のような一枚岩の家臣団ではない。慶喜の弟が会津に入れば、一橋と会津は兄弟になる。兄である慶喜は、会津という強力な兵団を持つことになる。

横山は、呆然として慶喜を見た。頭が混乱した。額に汗がにじんだ。

主君容保は、どうなるのか。横山は、まずそれを考えた。横山の脳裡に、容保の寂しそうな顔が浮かんだ。

「横山、何か不服でもあるのか」

「いえ、いえ」

横山は、あわてて額の汗をぬぐった。

「上様、どなたをわが藩に」

横山は、恐る恐る尋ねた。

「まだ決めてはおらん。なにせ、大勢いるからのう」

慶喜は、笑った。

「はっ」

横山は、頭を下げた。しばらく沈黙の時があった。

「横山」

「はい」

「実は、もう一つ話がある」

と慶喜が言った。

秋月の左遷

「なんでございましょうか」

「秋月悌次郎のことだ」

「秋月が何か」

「秋月の今回の功績は、極めて大きい。褒めてつかわす。だがな、気になることがある。中川宮や九条関白の顧問と称し、出すぎた真似をしておる。余の考えは、幕府の再興だ。公武合体は、あくまでも偽りの姿だ。秋月は、それがわからぬらしい」

「はっ」

横山は、意外な話に一層混乱した。

藩内にもこのような批判があった。

だが、薩摩と手を組み、長州の過激派を追放した功績は、まぎれもなく秋月なのだ。

「上様までがそのようなことを」

横山は、歯ぎしりした。

「恐れながら秋月には、何の非もございません。すべては主君容保の命によるものでございます」

「横山、容保は病なのだ。そのようなところまで眼が届くはずはあるまい」

慶喜の冷やかな眼に、横山は身が縮む思いがした。

「横山、秋月を国もとに帰すのだ」

もはや反論できない冷徹な響きがあった。

金戒光明寺に戻った横山は、悄然《しょうぜん》と本堂に座り込んだ。横山の眼に涙が光った。この一年、額の皺は一段と深くなり、腰の痛みもひどくなっている。齢六十三歳。もはや身体がいうことをきかない。

「殿ッ」

横山は、すすり泣いた。

すべてが、あまりにも衝撃だった。主君にどのように説明し、秋月にどう申し渡すのか。横山の胸は、痛んだ。横山の報告を聞いた家老の田中土佐、神保内蔵助、一瀬要人も困惑した。無言であった。

「いずれ養子を迎えねばならぬ、そうは思っていたが、秋月のことは、困った」

田中土佐も頭をかかえた。しかし、拒否することはできない。慶喜の命令は絶対だった。

横山は、鴨川のほとりの秋月の住まいに足を運び、慶喜の話を正直に伝えた。

秋月は、顔色一つ変えずに横山を凝視した。やがて無言のまま戸外に眼を移した。身じろぎ一つせず、じっと外を見つめた。耳をすますと、川のせせらぎが聴こえた。空虚な時が流れた。

秋月の脳裡に突然、会津若松に残して来た老母の顔が甦った。

「悌次郎、会津さ、戻れ」

母の声が聴こえた。懐かしい会津の山河があった。

「御家老、私が今日あるのは、御家老のお力添えによるものです。私は御家老の命に従うまでです」

秋月は、平伏して礼を述べた。

「秋月」

横山は、思わず涙ぐんだ。

三月末、秋月悌次郎は、帰国の途に就いた。

秋月を見送る横山主税、広沢富次郎の無念の表情が、この事件のすべてを物語っていた。

会津藩公武合体派の後退である。

秋月は国もとで一年間、無職のまま過ごし、翌慶応元年（一八六五）九月、蝦夷地の代官を命ぜられる。

会津藩には、このような時代逆行の人事があった。

財政ひっ迫

京都守護職屋敷の建設で、会津藩の財政は、火の車だった。

「恐ろしいことじゃ」

家老の横山主税は、帳簿をのぞいて溜息をついた。すべての基盤は、財政にある。

会津藩の石高は、もともと二十三万石である。決して裕福ではない。このころの会津藩の総収入は、年間、わずかに二十一万六千両ほどで、半分の約十万両を京都で使った。

京都守護職でかなり加増され、約三十七万石になったが、会津本領や南会津地方の預かり地は生産性が低く、越後や京都周辺に比べれば、実収入は少ない。

会津藩の財務担当者は、赤岡大輔、服部錠次郎、仁科義八郎らで、

「越後や京都周辺の豊かな土地が欲しい」

と、訴えていた。

幕府は三万両、五万両と、臨時に補助金を支給してくれたが、焼石に水である。結局、借金で賄うしかない。財務担当者の大きな仕事は、借金だった。

幕府勘定奉行と掛け合い、江戸、京都、大坂の豪商から借り入れし、急場をしのぐしかなかった。このままで行けば、会津藩は三年で破算する、という試算も出ていた。

「そこをなんとかせい」

横山は、いつも言った。

服部の財政再建論は二つあった。

一つ目は、薩摩との貿易拡大である。会津藩は、長崎の豪商足立仁十郎を通して人参の輸出を行なっていたが、薩摩と手を結べば、漆器、蠟製品、銅など一層の輸出拡大が考えられた。しかし、これは幕府の政策に反する問題が出てくる。

「それは無理じゃ」

横山は、はなから諦めていた。

二つ目は、徹底的に幕府に依存する方法である。財政面から見ても一層の幕府依存は、避けられないことだった。それだけに一橋慶喜の一言は、会津藩の死命を制した。

十五代将軍慶喜

一橋慶喜の新しい提案、実弟の養子問題は、公用局のなかで真剣に検討された。

「こうなれば、将来、名君となりうる人物をお迎えしたい」

広沢が言った。

公用局の新しいリーダーは、佐幕派の手代木直右衛門である。容保は慶喜に押し切られたのだ。

慶喜には、十人の弟がいた。このうち六人は、大名家に養子に入っていた。残っているのは、水戸藩主徳川慶篤《とくがわよしあつ》の代理として京都に来ている十六歳の昭訓《あきくに》、十一歳の昭徳《あきのり》（後の昭武）、その下の喜徳《のぶのり》らであった。順当にいけば、京都にいる昭訓だったが、昭訓は病に倒れ、前年暮れに短い生涯を終えてしまっていた。

となれば、昭徳しかない。

昭徳は兄昭訓に代わって、この正月に京都に入っており、公用局の面々は、その姿を見ていた。だが、まだ十一歳の少年。仮に養子に迎えても、容保に代わって藩政を仕切ることは、とうてい無理である。いわば、会津のシンボルとして、迎えることになる。それにしても、徳川本流の血を引く慶喜の実弟であり、昭徳を迎えるメリットは十分に考えられた。

話はトントン拍子に進んだ。

「余はこのような身体だ。上様の弟君であれば異存はない」

主君容保も素直に賛同した。

この話には、後日談がある。

結論からいうと、昭徳の養子は、ご破算になった。昭徳がパリ万博に出席することになったためである。

当時フランスは、ナポレオン三世の統治する第二帝政の時代である。文化、経済、軍事に卓越したものがあり、フランスはヨーロッパに君臨していた。

ナポレオン三世は、世界初の万国博をパリで開くことを決め、日本にも出陣を要請していた。

慶応二年（一八六六）七月、将軍家茂の死後、十五代将軍を継いだ慶喜は、昭徳を特使としてパリに派遣することを決め、その時点で、会津藩との養子問題を解消する。

結局、その下の喜徳が養子に入ることで落着するのだが、その後の歴史を見ると、幕府は瓦解し、徳川家は潰れ、会津藩が期待したものは、何も得られない結果に終わる。

幕府は坂道を転がり始めていた。

横山の病

このころ会津藩に重大な問題が持ち上がった。家老横山主税が、病に臥したのだ。

主君容保とともに、黒谷の金戒光明寺に起居していた横山は、全身の疲労を訴えた。

食欲もない。食べてもすぐ吐いた。胃がキリキリと痛んだ。気力だけが横山を支えていた。横山の全身はボロボロになっていた。

江戸、京都と常に第一線で藩政を仕切り、多くの藩士たちから慈父のように慕われた人物である。決して上から物を見ることはせず、いつも家臣たちの声に耳を傾けた。

薩摩との提携も、決断したのは横山だった。主君容保は、横山の提案なら、無条件で同意した。

広沢富次郎、小野権之丞、大野英馬、柴太一郎ら横山につながる藩士たちの落胆は、あまりにも大きかった。

それ以上に、衝撃を受けたのは、ほかならぬ容保である。

「横山、横山ッ」

と、声を掛けながら、自ら看病に当たった。

容保自身、まだ病の身である。フラフラと起き上がり、横山を見舞った。

「横山、痛むのか」

それは、肉親を気づかう愛情にあふれていた。

「殿ッ、申しわけございません」

「何をいうか、ゆっくり養生するのだ」

二人の眼に涙が光った。

容保にとって、横山は父親以上の存在だった。

容保は、いつも横山に感謝していた。

誰よりも主君を思い、誰よりも家臣を愛した男、それが横山主税だった。

「殿、これ以上、おそばにお仕えすることは、無理でございます。私のお役目もそろそろ終わりかと」

横山は、帰郷を望んだ。

涙の別れ

横山が京都を去る日、久しぶりに陽光が射した。

ジャーッ、ジャーッ
キ、キ、キ、キ、キ
カケスやモズが境内を飛び回った。

境内の山門に会津藩重臣が並んだ。

おそらくこれが最後の別れになるであろう。重臣たちの胸に、深い悲しみが宿った。容保も家臣に背負われて、山門に立った。女中たちのすすり泣く声が、一層この場を悲しいものにした。広沢も泣いた。

はたして会津まで持つのだろうか。横山の身体は、痛々しいほど痩せ、眼はくぼみ、腰は曲がっていた。

「殿ッ、横山は幸せでございました」

横山は、そういって駕籠に乗った。

容保はこの夜、大方丈にこもって泣き明かした。人の別れがこれほどつらいとは。容保は、横山と過ごした日々を思いだし、何度も何度も涙を流した。

老職横山主税は、年六十余で、江戸で久しく苦難を重ね、老成忠実、事の理をわきまえ、善に与して己を忘れ、能言を用ゆ。実に一藩の柱石なり。

広沢富次郎は、私記『鞅掌録』のなかで、横山をこのように描いた。

横山家

横山家はかつて七百石とやや小禄ではあったものの、藩祖保科正之公以来の名門であり、主税は長く江戸詰家老を務めた。

特に安政の大地震に際して素早い処置を取って名声を高め、水戸藩の武田《たけだ》耕雲斎《こううんさい》・宇都宮《うつのみや》藩の戸田《とだ》忠至《ただゆき》と併せて「江戸の三家老」と誉めそやされた。

容保が守護職に就任すると、すぐに秋月や広沢を京都に向かわせ、事前の情報収集や宿の確保を行った。

家柄や格式を重んじる会津藩では考えられないほどリベラルな人物だった。

上京後、加増を重ねて家禄千二百石となった。しかし、老齢の身には負担が重く、文久三年頃には病がちになってしまい、元治元年（一八六四）五月に帰国。八月に病死した。

死後、家督は主税常守《つねもり》が継承。主税常守は、正室との間に子供がいなかった常徳の養子であり、彼もまた礼儀正しい理性的な人物であった。

常守は白河《しらかわ》の戦闘で会津藩の指揮を執った。しかし三千人の大軍を擁しながらたった一日の戦闘で敗れた。

責任を感じた常守は、稲荷山で敗走する兵士を叱咤して陣頭指揮を執ったが、薩長軍の銃撃を浴び、戦死している。

会津藩の装備や戦術は薩長軍に比べ、ひどく遅れていた。

政治的な政争に明け暮れ、軍備がおろそかになっていた。

薩賊会奸

薩摩と会津が手を組んだクーデターで京都を追われた長州藩士は、下駄の裏に薩賊会奸《さつぞくかいかん》と書いて歩いた。

会津も憎いが、薩摩も憎い。長州藩は、自らの暴挙を棚にあげて、全藩をあげてテロに燃えていた。冷めているのは桂小五郎ぐらいで、あとは眼を吊り上げて、会津、薩摩を憎んだ。

そこに池田屋の変が起こった。

池田屋事件を真っ先に知ったのは、その日、池田屋を訪ねていた桂小五郎である。

桂は即刻、長州に向け惨状を知らせる使者を送り出した。

山口に第一報が入ったのは六月十二日前後とされている。

長州藩は、会津と薩摩のクーデターに反発、京都に兵を出し、京都に揺さぶりをかける作戦を進めている最中だったので、皆、激しく激昂した。

長州藩は六月四日に出兵を決定、五日には世子毛利定広が小郡《こごおり》に宿陣、六日には、軍事調練を行っていた。

そこに池田屋事件の急報が入ったのだから、人々は悲憤慷慨《ひふんこうがい》、とどまるところをしらなかった。

「会津を倒せ」

火が付いたような興奮である。

来島又兵衛《きじまたべえ》が遊撃隊を率いて山口を出発、久坂玄瑞、真木和泉らも約千五百の兵を率いて直ちに京に上り、伏見、山崎、嵯峨に陣を張った。

京都騒然

京都も、騒然となった。

『会津藩庁記録』は、長州の動きを生々しく伝えている。

六月二十七日
今晩八つ時ころより明け六つ時ころまで、長州屋敷より百人ほどが鉢巻、たすき掛けで銘々抜身の槍を携え、火縄銃などを持ち、三条通りを嵯峨天竜寺に向かった。
七月一日
銃弾　二百四十発
火縄　五十回

雷管　三千発
今般上京致し候長州藩士、武器類商広島屋兵助方で買い求め候由
七月七日
天王山には長州藩二百人が居り候由、大砲二挺仕懸け置き候

入京禁止という朝廷の沙汰を破り、堂々と京都郊外に布陣したのだ。

これを知った孝明天皇は、烈火となって怒り、禁裏守衛総督一橋慶喜と京都守護職松平容保に上洛阻止の権限を与えた。

ところが肝心の慶喜が一向に煮え切らない。会津藩家老の神保内蔵助を呼びだし、

「会津、桑名で処置せよ」

と、自ら事の処理に当たろうとしない。

この人物、肝心なところで尻込みする。

「何だと」

広沢が怒った。会津と桑名で処理できる問題ではない。薩摩を陣営に組み入れなければ、予断を許さぬ情勢となることは、火を見るより明らかだった。

広沢の苦言はもっともだった。

今回のクーデターは、会津藩と薩摩が提携したおかげで、長州を都から追放することが出来た。薩摩を抜きにして京都の防備などできるはずもなかった。

ところが、慶喜は極端に薩摩を嫌っていた。大物ぶって京都に出かけてくる久光が嫌いなのだ。

もはや時間がない。広沢は外島や柴太一郎らと薩摩藩邸に向かった。

広大な薩摩屋敷で、広沢は、西郷吉之助と対面した。身長六尺、体重三十貫、堂々たる体軀である。

「広沢はん、ないごて秋月先生を国もとに帰されもした」

冒頭、西郷は会津藩の痛いところを突いた。

会津藩の公用方秋月悌次郎は、薩摩に絶対の信用があった。それ故にこそ一橋慶喜にうとまれ、左遷させられたのだ。

広沢は、無言のまま目を伏せた。どう答えていいのか、一瞬、言葉がつまった。

「まあよか。それは会津藩の内部のことでごわす。何も聞きもさん」

西郷は言った。

広沢は、西郷の器の大きさに舌を巻いた。すべて肚を割って話すしかない。

「西郷殿、主君容保は、長州と一戦を交える覚悟でござる。薩摩の変わらぬご厚情をいただきたい」

広沢は、頭を下げた。

じっと眼をつむっていた西郷が、眼を開いた。

「広沢はん、今度のことは、会津と長州の私闘でごわす。薩摩は、無名の軍を動かす気はござりもさん」

西郷がズバリと断った。

長州兵の上京を会津、長州の私闘と見た西郷の意見に聴くべきものがあった。

「たしかにそう見える。しかし、そうではない。会津は天皇のご意志にそって動いておるのでござる」

今度は、広沢が応酬した。

「広沢はん、天皇の敵は、薩摩の敵でごわす。勅命があれば、ともに戦いもそ」

西郷は、約束した。

額に汗

広沢は、金戒光明寺に戻る道すがらしきりに汗をふいた。陽差しのせいだけではない。心が震え、冷や汗をかいた。

西郷は、幕府や会津のいうことはきかぬ、と言った。勅命がなければ動かぬ、とはっきり言った。

これからの外交は、一層難しくなる。広沢は思った。

広沢の報告を聴いた容保は、溜息をもらした。もはや政治は、幕府だけでは行なえない。朝廷の同意がなければ、雄藩を動かすことはできない。

容保は、焦りを覚えた。このまま臥せっていては、孝明天皇の信頼が失われる。容保は、一日も早い回復を望まずにはいられなかった。

「広沢、頼むぞ」

容保は、願いを込めて広沢に声をかけた。

「はッ」

広沢はひれ伏した。広沢は、この後もしばしば西郷に会うことになる。

広沢の力量は、抜きんでていた。幅広い知識と経験があり、度胸もあった。弁説も立ち、説得力もあった。だから難問は、いつも広沢が受け持った。

広沢と西郷には、後日談がある。

数年後に歴史が急転回する。

鳥羽・伏見で敗れた会津藩兵は、薩長と決戦を叫ぶが、広沢は、和平を模索し、単身、江戸の大総督府に乗り込み、西郷と和平交渉を試みる。

「広沢はんを帰してはなりもさん」

西郷は、広沢をそのまま幽閉し、釈放したのは、会津戦争終了後のことであった。

広沢を敵に回しては容易でない、という判断と、広沢を助ける気持ちが入り混じっての行為だった。

対長州戦略

西郷吉之助との固い約束をもとに、会津藩は、自信を持って対長州戦の戦略を練った。

正義は会津、非は長州にある。

会津、薩摩、桑名を主力とする約三千の兵が御所の九門を固め、千五百の長州兵と対峙した。

孝明天皇は、しきりに容保の参内を求めた。

朝廷内部には、長州に同情する公卿もおり、三条実美ら七卿も京に向かったと聞くと、しきりに上洛を認めるよう叫ぶ者もいた。

容保は、病を押して参内した。

会津藩士北原雅長《きたはらまさなが》は『七年史』のなかで、この日のことを次のように記している。

肥後守容保は、即時参内せんとするも、病重くして行歩心に任せず、侍臣等に命じ、病床にありて上下を着されけり。

折から老女鳴尾は、三宝に勝栗、昆布を乗せて参らせたるは、いと殊勝の振舞とぞ覚えし。

三宝に勝栗、昆布を乗せるのは、武将出陣の儀式である。

北原は、家老神保内蔵助の二男で、北原家に養子に入った。まだ二十代前半の若者である。後年、長崎市長を務める。

容保が参内すると、孝明天皇は、深く安堵され、

「朕は長州の入京を許さぬ」

と、容保を鼓舞された。このころになって一橋慶喜もようやく重い腰をあげ、御所に姿を見せ、

「なんの、おまかせあれ」

と気炎をあげた。

長州は、すでに決死の構えである。

京都町奉行永井尚志が、京都から引き揚げるよう和平交渉に当たったが、これを断り、御所突入という暴挙に向かって着々、戦闘準備を進めた。長州藩激情である。

京都に一触即発の危機が迫った。

なんとか戦いを回避したい。会津藩首脳は、日夜、協議を重ねた。

佐久間象山と桂小五郎

このころ開国論者として名高い信州松代藩士、佐久間象山《しょうざん》が上京してきた。

象山は、蘭学および西洋流砲術の大家として知れ渡っており、門下生のなかには、長州の吉田松陰、会津の山本覚馬、長岡《ながおか》の河井《かわい》継之助《つぎのすけ》らがいた。

象山は、公武合体、開国こそ日本の進むべき道だ、として関白二条斉敬《にじょうなりゆき》、山階宮《やましなのみや》、中川宮などの邸に伺い、彦根遷幸を提言していた。

「政情騒然たる京都から天険の要害彦根城に皇居を移し、幕兵をもってこれを守るのが安全第一の策である。かくすることによって、公武合体の実があがり、開国の国是も自ら定まる」

象山は、説いた。

長身で、眼は炯々《けいけい》と光り輝き、頭髪は漆黒、髭を長く垂らし、言葉に迫力があった。

会津藩公用局の広沢は、鴨川べりの象山の住まいに日参した。

山本覚馬も一緒だった。

談論風発《だんろんふうはつ》であった。

「先生、彦根への遷都、会津としても大賛成にござる」

広沢が言うと、

「ありがたい。会津が賛成すれば、事は成ったも同然、ゆくゆくは、江戸に皇居を移すことになるのだ」

象山は、鋭く言った。

江戸遷都。

これは卓越した名言であった。

江戸ならば、日本の中央に公武合体の新しい都を造ることができる。国論を統一し、象山の描く世界に羽ばたく国家ができる。

広沢も山本も感動して象山の言葉を聴いた。

象山の住まいには、広く諸藩の公用方が訪れた。

薩摩の西郷吉之助、長州の桂小五郎も姿を見せた。

会津の広沢と長州の桂が出食わすこともあった。

「桂君、なぜ長州と会津はいがみ合うのだ。過激な倒幕論、古くさい攘夷論で、国が救えると思うのか」

象山は、二人を並べて説諭した。

「長州の過激思想は、日本を誤らせる」

とも言った。

桂小五郎は、象山の話を素直に聴いた。この時期、桂は、長州の数少ない中道派である。師吉田松陰の恩師である佐久間象山を尊敬していた。

「広沢さん、お互いに生まれ育った国が違う。それを乗り越えねばならぬのだが、今は無理だ。血を流さねば到達できない道かも知れぬ」

広沢は、桂の意外な言葉に胸を打たれた。

誰も好んで血を流しているわけではない。

得体の知れぬ大きなうねりが日本を襲い、人々の心に狂気を植えつけている。

その狂気がなにを目指し、なにを達成しようとしているのかは、まだ誰も知らない。

「桂さん、お互いに異なる立場のなかで、最善を尽くすしかありませんな」

広沢は、桂を凝視した。しばらく沈黙が続いた。やがて、桂が本音を語った。

「先生、彦根遷幸が外にもれれば、長州は火の玉となって会津と戦うでしょう。私の力では抑えられません。先生の身にも危険が迫ります」

「構わぬ」

象山は、きっぱり言った。

薩摩藩からも象山に忠告があった。しかし、象山は意に介さなかった。ピストルを懐中にして万一に備え、洋風の鞍をつけた馬に乗って洛中、洛外を奔走した。

象山の妻は、あの勝海舟の妹順子である。象山四十二歳の時、芳紀《ほうき》まさに十七歳の夫人を迎えた。勝海舟もまた象山を深く敬愛し、自ら妹を象山に差し出していた。

このころ妻の順子は、江戸の勝海舟のもとにおり、勝海舟と象山の間に、何通かの手紙のやりとりがあった。勝からの手紙には、アメリカの南北戦争のことが詳細に書かれていた。

北軍がガットリング砲という速射砲を発明し、武器の発達は怖るべきものがある、というのである。

いまや攘夷、開国と内輪もめしている時ではない。象山は、ますます確信を深めた。象山は、一死報国の決意を示し、公卿たちの洗脳に当たった。己の命にも自信があった。

長州の吉田松陰が世界に知識を求めようと、アメリカに密航を企てた時、その挙を助けたのは自分である。そのために投獄され、長い蟄居生活を送ってきた。

長州は俺を殺すまい。

そう信じていた。

だが、それは大きな誤りだった。

象山、テロに死す

七月十一日、象山は、朝から出かけた。

若党の塚田五左衛門、坂口義次郎、馬丁の半平、草履取りの音吉の四人を引き連れ、愛馬にまたがった象山は、山階宮邸に向かった。

懐中には執筆したばかりの開港に関する草案をしのばせている。

山階宮邸に行くと、宮は折り悪しく参内していて不在だった。そこで、松代藩の宿陣本覚寺に行って夕刻、家路に就いた。

三条通りを東進して、木屋町に曲がった所に二人の男が立っている。

「うっ」

象山の口から吐息がもれた。

殺気が漂っている。

象山は、不吉な予感に襲われ、身構えた。

その時、二人の男がツツッと歩み寄って来る。

「いやあ」

いきなり刀を抜いて、左右から斬り掛かった。

「無礼者ッ」

象山は、馬に鞭を当てた。

馬は二人の男をふり払って、一気に駆け抜けた。

すると、道の両側から八、九人の男がバラバラと飛びだした。

象山の眼がカッと開いた。

刀を抜いて、激しく馬の胴をけった。

だが、男たちは、馬前に立ちふさがり、象山を包囲した。

「馬鹿者があ」

象山は刀を振り回した。しかし多勢に無勢、左の膝を深く斬り込まれて落馬した。

必死に立ち上がろうとするところを、背後から突かれた。

象山は、空をつかんで前のめりに倒れた。

「先生ッ」

若党らが駆けつけた時、賊の姿はなく、象山は、朱に染まって息絶えていた。

全身十三か所を斬られ、かろうじて手足がつながっている。

オランダ、フランスの文献を原書で読みこなし、海の時代の到来をいちはやく予見、勝麟太郎に海舟の号を贈った先覚者、佐久間象山の無残な死であった。

斬ったのは、人斬り彦斎《げんさい》こと、肥後の河上《かわかみ》彦斎と隠岐の松浦虎太郎ら名うてのテロリストである。背後に長州の過激派がいた。

翌朝、象山殺害の理由を書いた張り紙が八坂神社の西門にあった。

この者、元来西洋学を唱え、交易開港の説を主張し、枢機の御方へ立ち入り、御国是を誤り候大罪捨ておき難きのところ、あまつさえ、奸賊会津、彦根の二藩に与し、中川宮へ事を謀り、恐れ多くも九重御動座、彦根の城へ移し奉り候儀を企て、昨今しきりにその機会をうかがい候。

大逆無道、天地に容るべからざる国賊につき、即ち今日、三条木屋町において天誅を加うるものなり。

第七章　長州の京都焦土作戦

蛤御門の変

急を聞いて駆けつけた広沢富次郎は、半狂乱になってテロに走る長州の恐るべき姿に戦慄した。

象山の暗殺は、長州藩の宣戦布告だった。

七月十八日夜、長州兵は御所に向かって進撃を開始した。天竜寺、伏見の三地区に集結していた千六百の長州兵は、白鉢巻に甲冑姿、抜身の槍を携え、提灯、松明《たいまつ》をかかげて攻めて来る。

京都守護職、会津藩主松平容保は、

「各自勉励従事せよ」

と、家老神保内蔵助に慰問書を送り、敵の来襲に備えた。

戦闘は、深夜から始まった。

伏見では、福原越後の兵六百を大垣藩兵が迎え討った。大垣藩の後方に会津兵、新選組隊が布陣した。

来島が罵倒

十七日、男山八幡の本営で最後の大会議が開かれた。

各方面の幹部二十人ほどが集った。

口火を切ったのは、天竜寺駐屯軍の大将来島又兵衛である。

「諸君はもう進軍の用意が整っているか」

しかし誰も黙々として答える者がなかった。来島は怒気を含んで怒鳴った。

「今まさに宮門へ迫って君側の奸を除こうというのに、諸君の進軍を躊躇するのは何たる事だッ」

久坂玄瑞が反論した。

「勿論我々は武力を以て君側を清めることは覚悟の上だが、時機がまだ到達せぬように思う。元来、冤罪《えんざい》をすすぐために、嘆願を重ねて見ようということではなかったか。我が方から手を出して戦闘を開始するのは、われわれの本位にあらず。それに世子君の来着も近日に迫っているのだから、来着を待って進撃すべきかどうかを決するがよい」

と述べるや来島がまた言った。

「世子君の来着を待って、その上で進むか止るかを決するなど、我々臣子の義として忍ぶべからざることだ。世子君の来着以前に断然進撃すべきだ」

と周囲を睨んだ。

久坂も黙ってはいない。

「今軍を進めて宮門に迫って見たところで、後援はなく、わが軍の準備も十分ではない。必勝の見込みの立つまで待つことが肝心」

これを聞いて来島は、

「卑怯者」

と怒鳴った。

「医者、坊主などに戦争のことが分かるか。命が惜しければ、ここにとどまるがよかろう。余は一手を以って君側の奸をのぞく」

と怒気《どき》、天を衝く勢いだった。(武田勘治『久坂玄瑞』)

久坂には不本意な突撃だった。

かくて、益田《ますだ》(右衛門介《うえもんのすけ》)、福原《ふくはら》(越後《えちご》)、国司《くにし》(信濃《しなの》)の三総将の名で、「会賊討伐」の旨を朝廷に奏上せんと突撃を開始した。

福原越後《ふくはらえちご》の隊は大垣《おおがき》兵と激突した。

長州兵の明かりが眼の前に迫った時、大垣藩隊長小原仁兵衛が、銃撃を命じた。

敵の提灯が吹き飛び、いたるところで断末魔の悲鳴が起こった。

飛んで火に入る夏の虫。

流れ弾が隊長の福原越後に当たったからたまらない。

長州兵は、たちまち戦闘意欲を失い、われ先に逃げだした。

手負い、死者を置き去りにし、顔を引きつらせて伏見に敗走した。

「勝った、勝ったあ」

大垣藩兵は、狂喜した。

だが、肝心の京都市街で、思わぬ苦戦となった。

孝明天皇激怒

国司信濃を大将とする天竜寺勢が、市街に潜伏するゲリラ兵に先導され、一気に御所に迫って来た。

勝手知った公卿の屋敷にもぐり込み、大砲を据え、ピタリと照準を御所に合わせた。

夜も白々と明けかかったころ、

「撃てッ」

国司が叫んだ。

砲弾が御所に落ちた。

砂塵が上がり、守備兵を吹き飛ばした。尊王など微塵《みじん》もなかった。

長州藩発狂である。

砲撃は中立売門《なかたちうりもん》に集中した。守備兵は混乱した。

大砲に続いて小銃弾が降り注ぐ。

会津藩は、内藤介《ないとうすけ》右《え》衛門《もん》を陣将とする一瀬隆智《たかとも》、山内蔵人《くらと》、生駒直道《なおみち》の三隊を配置している。

「朝敵奴ッ」

会津藩兵は、絶叫して突進した。

門前の邸宅に潜んでいる銃隊がガンガン撃ってくる。

「あああ」

篠田岩五郎、中沢鉄之助、有賀権左衛門ら会津の士官たちが、次々に撃ち抜かれた。

「退け、退けッ」

内藤介右衛門は、銃撃の激しさに仰天した。

若い兵士たちは、顔面蒼白となって、地べたにはいつくばった。

長州の狂気の前に、さすがの会津藩も攻めあぐんだ。

この時、薩摩藩兵が喚声をあげて、応援に駆けつけた。西郷吉之助の率いる精鋭である。

川路《かわじ》利良《としよし》が長州兵の先頭に立つ隊長の来島又兵衛を狙撃した。

来島は胸を撃ち抜かれ、馬からどっと落ちた。即死だった。

戦いは逆転し、会津は立ち直った。中立売門の敵兵を撃退し、この門を確保した。

薩摩のお陰だった。

蛤門

今度は、蛤門《はまぐりもん》が危なくなった。

益田右衛門介、真木和泉、久坂玄瑞、寺島忠三郎《てらしまちゅうざぶろう》ら長州のリーダーたちが門前の鷹司邸に入り込み、大小砲を撃ってきたのだ。

皇太子、後の明治天皇が、驚きのあまり気絶したのはこの時である。

「逆賊奴が」

孝明天皇は、身体を震わせて長州藩に対し激怒した。

公卿たちは泣きわめき、女官たちは腰を抜かして、口も利けない。

「ご心配召さるな。我らがお守りいたす」

一橋慶喜、松平容保、松平定敬の三人は、孝明天皇の日常のお住まいである御常御殿《おつねごてん》に詰めていた。

容保の病は、まだ治ってはいない。

髪は乱れ、髭はのび、肉は落ち、足がふらつき、歩くのもおぼつかない。

眼は空を睨み、

「帝をお守りするのだ。帝をお守りするのだ」

呪文のように呟きながら御常御殿の階段に身体を寄せた。

長州兵が侵入して来た時は、刺し違えて見せる。容保は、死を決していた。

突然、轟音が響いた。

前方に火の手が上がった。

「キャーッ」

女官たちは、柱に抱きついて狂乱状態である。

火はどんどん燃え広がっている。

「殿ッ」

神保内蔵助が、飛び込んで来た。

「わが大砲が長州を撃ちまくっております」

「おおー」

容保は、かすかに笑みを浮かべた。

ドエム砲

蛤門を救ったのは、御所内のお花畑に据えつけた会津藩の巨砲、十五ドエム砲の威力だった。

山本覚馬、林権助《はやしごんすけ》ら会津の大砲方が狙いをさだめて、鷹司邸に砲弾を撃ち込んだのだ。

命中するたびに大きな火柱が上がり、広大な御殿の一角が崩れ落ちた。

長州兵は、先を競って逃げた。益田右衛門介、真木和泉も逃走した。

「斬り込めッ」

林権助が先頭を切って鷹司邸に踏み込んだ。

逃げ遅れた久坂玄瑞、寺島忠三郎は、取り巻かれるや、邸内に戻って割腹した。

長州藩過激派の完全敗北である。

戦いは終わった。

大火災

すべての人々は疲労し、地面に座り込んだ。腹に力が入らない。喉がかわいた。そういえば、朝からなにも食べていない。飢えが襲ってきた。人々は奪い合ってわずかの握り飯を食べた。

御所の周辺に怪我人が累々と横たわり、重傷者が真っ黒になってうめいている。

まさに地獄の光景だった。

容保のもとに、会津の重臣たちが集まって来た。

皆、押し黙って声もない。肩で息をし、涙する者もいた。

「皆の者、よく戦ってくれた。礼をいうぞ」

容保は、あえぐようにいった。

広沢富次郎は、薩摩藩の陣所にいた。

「広沢はん、これで長州も終わりでごわす」

西郷吉之助は、胸を張った。

足を怪我し、血がにじんでいる。薩摩にも犠牲者が出ていた。

しかし、官軍として朝敵長州を討ち破った功績は大きい。誰がどういおうが薩摩の参戦がなければ、この日の勝利はなかった。広沢は、西郷に礼を述べると、御所の外に足を向けた。

火の手は次第に強くなり、もはや消す術はない。風が北から吹いている。そのせいで御所や公卿屋敷は無事だが、鷹司邸の風下は、次々に燃え移り、街は逃げまどう市民でごったがえしている。

そのうちに河原町の長州屋敷からも、火の手が上がった。戦いの大勢が決したのを見た長州勢が、藩邸に火を放ったのだ。長州勢はバラバラになって大坂方面へ落ちのびて行った。

記録によると、焼失家屋は、
世帯数　二万七千五百十三軒
町数　八百十一町
土蔵　千二百七棟
橋梁　四十一
宮門跡　三
芝居小屋　二
公卿屋敷　十八
武家屋敷　五十一
社寺　二百五十三
という大惨事だった。焼死者の数も膨大である。
生まれたばかりの赤子と産婦を長持ちに入れて、安全地帯まで運び、自分は引き返して、先祖の位牌を取ってくると、母子は黒こげになっていた、という悲劇もあった。
広沢は、陰鬱になっていた。市民感情の悪化である。
長州の狂気が発端とはいえ、会津を批難する声がないわけではない。もっと早く、彦根に遷幸すべきだった。広沢は、茫然として火柱を見つめた。
このころ予期せぬことが起こっていた。
戦禍の焰が六角通りの六角牢にも迫っていた。ここには四十人近い政治犯が収容されていた。

国事犯処刑

「開けろ、開けろッ」

「天下の志士を焼き殺すつもりか」

獄舎に怒声が渦巻いた。

火の勢いは次第に増し、火の粉が牢内に舞い込み、類焼は避けられない。

当時六角牢は、東町奉行小栗下総守《おぐりしもふさのかみ》、西町奉行滝川播磨守《たきがわはりまのかみ》の共同管理下にあり、生野事件の平野国臣《ひらのくにおみ》、池田屋事件の古高俊太郎らテロリストが多数入っていた。

これらの囚人をどうするか。

普通、火災の場合は、「切り放し」という非常手段が取られた。三日以内に帰って来れば、罪一等を減ずるという条件で釈放するのである。明暦《めいれき》三年（一六五七）の江戸大火以来、江戸伝馬町の牢では十五回もの切り放しがあり、囚人の八割は帰牢していた。

しかし、この場合は、戦闘のさなかである。

「長州の残党が六角牢を襲い、囚人を奪ったらどうなる。京の街は再び手のつけられない混乱を招こうぞ」

滝川播磨守は、国事犯の処分を決断した。

二十日の正午ごろから火はいよいよ近づいた。熱気と黒煙が獄舎を包んだ。

「やれーッ」

滝川が眼を吊り上げて叫んだ。

長州兵が六角牢の外を逃げ去って行く。破獄の気力もないのだろうか。国事犯たちは、取り残されたまま、次々と処刑の場に引きだされた。真木和泉と並ぶ狂信的なテロリスト、平野国臣は真っ先に斬られた。

平野は福岡藩士で、長崎で異国船を見て以来、日本至上主義に取りつかれた。独自の烏帽子、直垂を考案し、横笛を吹いて市中を徘徊する、という奇行の持ち主だった。

一貫して倒幕を主張し、京都、大坂での武装蜂起を画策し、捕らえられた。

後日、容保はこの処刑を知って激怒、滝川播磨守を罵倒したが、長州狂乱は各所に深い傷跡を残した。

翌二十一日、同志数十人と天王山に逃れた真木和泉も会津藩兵、新選組隊に包囲され、自刃して果てた。

長州藩の大反乱は、会津、薩摩の奮戦で退けられた。

会津も多数の犠牲者を出し、二十二名が戦死した。戦死者のなかには、敵に捕らえられ、滅多刺しにされた兵士もいた。戦いは、殺すか殺されるかである。

傷だらけの屍体は、眼をそむけさせる残忍さがあった。このほか、三名の行方不明者がでていた。

今回の事件、よもや御所に攻め入るとは、夢想だにしない出来事だった。怖れていたことが、現実となったのだ。

会津若松から赴任している藩兵たちにとって、遠い京都での死は、無念の一語に尽きた。郷里には、両親や妻子がいる。会津若松で帰国を待つ家族たちの悲しみは、いかばかりであろうか。

もし、戦火が御所に及び、炎上し、孝明天皇の命にかかわるようなことがあれば、一人容保の自決ですむはずはない。会津藩は、永遠にその責任を問われ、人々に糾弾されるに違いない。

容保は長州の暴挙に戦慄した。

焼野原

京都の街は、いたるところに焼け跡が広がっていた。

京都は十年前の嘉永七年（一八五四）にも焼失家屋五千戸を超える大火があった。この時は御所や公卿の屋敷も焼けた。復興は遅々として進まず、一般庶民は長い間、草舎《くさや》に仮り住まいする始末で、二、三年前にようやく都らしいたたずまいになった。

人生は、時として悲しい出来事が連続して起こるものである。

数日後、容保は、国もとから衝撃の知らせを受け、棒立ちになった。

家老横山主税の死である。国に帰った横山は、一時、小康状態を保ったが、蛤御門の変（禁門の変）を聞くや、にわかに病状が悪化、八月七日に息を引き取ったというのである。

容保は、一人、部屋にこもって泣いた。横山こそ抜きんでた忠臣であり、容保をここまで育て上げた慈父でもあった。

容保の悲しみは、想像を絶するものがあった。会津藩が京都で今日の地位を築いたのは、すべて横山の功績といってよかった。能力ある人間を見抜く力、相手の話を聞く度量、決断力、あらゆる面で横山は、会津の柱石だった。

人間は、いつまでも生きてはいない。いつかは必ず死ぬ。わかってはいたが、耐え難い悲しさだった。

容保は、何度もむせび泣いた。

容保は、はるか淀川を見下ろす西翁院に足を運んだ。川面がキラキラと光っている。数艘の舟が見えた。陽は次第に傾き、暮色がただよった。黄金の光が周りを照らした。幻想の世界が広がった。その輪のなかに横山が微笑んでいた。

深い悲しみ

このころ鴨川べりの広沢富次郎の宿舎を訪ねた一人の侍がいた。

全身、汗とほこりで汚れ、双眸《そうぼう》に深い悲しみがあった。

広沢は、一瞬、狐につままれたような表情をした。

「先生ッ」

広沢は、声をあげて抱きついた。

秋月悌次郎であった。

文久三年八月十八日のクーデターを成功させた、あの秋月が戻って来たのだ。会津、薩摩同盟という一大ドラマを演出したにもかかわらず、一橋慶喜に嫌われ、会津に帰されていたのである。何故、秋月を役職から外さねばならなかったのか。広沢は、悶々として過ごしてきた。

秋月は会津若松から昼夜兼行で、歩きに歩いて、ようやく京都にたどり着いたというのであった。会津若松に蛤御門の変の知らせが届いたのは、事変八日後の七月二十六日だった。秋月は、矢も楯もたまらず上洛を決意した。出かける朝、病床の横山主税を見舞った。

「秋月、殿の身が心配じゃ。お前は京都にのぼれ」

横山は、そういって秋月に上洛を許可した。秋月は、横山の変わらぬ厚情に涙した。

秋月は必死に歩いた。あの柔和な秋月の顔が、痩せおとろえて見る影もない。なんという変わりようだ。

広沢は、涙がこみ上げるのを必死に抑えた。

寛容の精神

二人は、夜を徹して語り合った。

「広沢、敵を深追いするな」

秋月が言った。

「長州の罪を許せといわれるのですか」

「いや、そうではない。御所に発砲し、京の都を灰燼《かいじん》に帰した長州の罪は、重い。重大な罪じゃ。しかし、長州も人の子、いずれ罪を認め、謝罪するであろう。その時のことじゃ」

「しかし、長州は信じ難い暴徒でござる」

「それはそうであろう。だが、窮鼠《きゅうそ》猫を嚙む、という諺がある。相手を殺してはならぬ」

広沢は、秋月の顔を凝視した。

真剣な眼差しだった。いまの会津藩のなかで、このような意見を述べる者は誰もいない。

手代木直右衛門を代表とする公用方の意見は、強硬な長州追討論であり、長州藩主毛利父子の蟄居謹慎、蛤御門の変の責任者益田右衛門介、福原越後、国司信濃の斬首、山口城破壊など長州を根こそぎ叩くことであった。

佐幕派として至極当然の主張だった。広沢も事、長州に関しては、まったく許す余地はない、と思っていた。しかし、秋月は、許せというのだ。

「何か、お気に掛かることでも」

「そうだ。薩摩のことじゃ」

秋月が言った。

広沢は、この言葉にギクリとした。薩摩は会津と同じように長州を憎んでいる。よもや長州に味方することはありえない。

なぜ薩摩か

それが何故、薩摩なのだろうか。広沢は思った。

「考えてもみよ。薩摩も長州も同じ外様だ。海峡をはさんではいるが、距離も近い。会津と薩摩ではまるで異国だが、薩摩と長州は眼と鼻の先だ。この二つの国が手を結んだらどうなる」

「まさか」

「あり得るのだ。薩摩の西郷は義に厚い男と聞いている。策士でもあるという。いつどうなるか世の中はわからぬ」

秋月の強い言葉に、広沢は、黙った。

幕府のなかにも、薩長同盟を予測する人間がいた。だれあろう。一橋慶喜である。だからこそ薩摩もいつかは叩かねばならぬ。慶喜の心の奥には、幕府絶対主導の確立があった。

中道派と佐幕派の根本的な違いである。天皇に対する考えも異なっていた。

慶喜は、孝明天皇の極端な攘夷に辟易《へきへき》している。世の中はすべて流動的だ。

二人は、疲れて、ゴロリと横になった。

突然、広沢が声をあげた。

「先生、ご家老の横山殿が亡くなられました」

「えッ」

秋月が絶句した。やがて秋月の口から、悲鳴に似たうめき声がもれた。

「う、う、う」

秋月はむせび泣いた。

蝦夷地

秋月は近々、蝦夷地《えぞち》に赴任が決まっていた。

蝦夷地の奥に会津藩の預かり地があった。誰かが蝦夷地に行かなければならない。しかし、これほど貢献のあった秋月悌次郎が何故、蝦夷地に行かなければならないのか。

広沢は、無性に腹が立った。

翌日、二人は、鴨川の川べりを歩いた。

京都に来たころ、秋月と広沢は、よく川の土手に腰を下ろして、握り飯を食べた。寸暇を惜しんで、主君上洛の準備に当たった。夢のような日々だった。

「いつか先生が必要になる日が必ず来ます。くれぐれもお身体を大切に」

「うむ」

秋月の眼は、以前の柔和さを取り戻していた。

秋月は、わずか二日、京都にいただけで、再び帰国の途についた。

広沢は、次第に遠ざかる秋月の後ろ姿を見つめながら、はるか最果ての蝦夷地を想った。

先斗町

広沢は久しぶりに先斗町《ぽんとちょう》に足を運んだ。

この世界は、単なるお世辞や色気だけで、渡世はできない。口の固さが、店の信用であった。

広沢は、二階の一室でくつろいだ。しばらくすると、うぐいす色の着物を着た、小粋な芸妓が姿を見せた。小雪である。広沢は何度か酒席をともにしていた。

広沢は、若過ぎる女は苦手だった。黙っていても、気楽に呑ませてくれる年増の女が好きだった。

「しばらくどしたなあ」

小雪は、そういって酒を注いだ。

「ひどい火事どした。私、死ぬかと思いましたあ」

小雪は、広沢を睨むような眼をした。

「あれは長州の仕業だ」

「そうどすけどなあ」

何か腑に落ちぬ表情である。

どうも分が悪い。広沢は、黙々と酒を呑んだ。

広沢の武骨な接し方に比べれば、長州藩公用方、桂小五郎の腕は、数段上だった。桂は、なかなかの男前で、剣の腕も立ち、祇園や先斗町界隈で、大いにもてた。

会津と違って、長州の軍資金は、豊富だった。

長州藩兵が戦いに敗れて帰国するなか、桂は再起を目指して、焼け野原に潜伏した。

幾松

桂には、幾松《いくまつ》という愛人がいた。三本木の売れっ子芸者である。

知り合った時、桂二十八歳、幾松十八歳で、二人の関係は、会津藩にも知れ渡っていた。

幾松は、若狭《わかさ》小浜《おばま》藩士の娘で、父が病死したため芸妓になった。美貌、芸事、頭と三拍子そろった名妓で、男たちの垂涎《すいぜん》の的だった。

どこの男を恋人に持つか、若い女たちも競い合った。概して権力者サイドに立つ幕府や会津、新選組よりも、常に生命の危険にさらされている西南諸藩の志士がもてた。

京都とのつながりも彼らのほうが強かった。いたるところに薩摩、長州、土佐御用達の旅籠、船宿、妓楼があり、そこの女将はいずれも義理堅かった。幾松の場合も、何人もの男たちが通いつめたが、いつの間にか桂の女になっていた。

桂潜伏の情報は、会津藩にも入っていた。

「一人も逃がすな」

新選組は、夜の街にも眼を光らせた。

幾松の周囲にも密偵が張りついていた。桂が姿を見せれば、たちまち御用ということになる。勘がひらめく桂は、乞食に化けて、三条大橋の近くに潜んだりしていた。長州に潜入した会津藩の隠密・神戸岩蔵も、乞食だった。このころは、いたるところに乞食がいて、もぐり込むと、なかなか見つからなかったためだった。

幾松は桂が身を隠した時期、必死に桂を捜し歩いた。大津のほうにいる、というので、わらじをはいて大津まででかけると、人相の悪い乞食が焚火をしている。何気なく見ると惚れている桂ではないか。

幾松は、跳びあがらんばかりに驚いた。走り寄ると、桂がしきりに眼で合図をしている。後ろを振り向くと、密偵につけられているではないか。

幾松は、怪しまれないように、そっと逃げだし、通行人に四百文を握らせて、桂への伝言を頼んだ。

伝言を読んだ桂は、按摩に変装して三本木に入り込み、料亭吉田屋で幾松と逢引した。

新選組もまんまと裏をかかれたことになる。そのうちに吉田屋に見慣れぬ按摩が出入りする、という情報が入った。

桂は、もっとも警戒すべき政治犯である。知らせを受けた新選組が襖を蹴破って奥の間に踏み込んだ。そこにいたのは女ばかりで、四人の芸妓が三味線で歌を唄い、幾松が金屏風の前で、京の四季を舞っている。

桂は床下の穴蔵からいちはやく逃走していた。さすがの新選組も幾松の毒気に当てられ、なすところなく引き下がった。

「煮ても焼いても食えぬ男だ」

広沢も兜を脱いだ。

三千世界

長州に戻っている高杉晋作の遊興も、会津藩から見れば、信じ難い大胆さだった。

京都に来たころの高杉は、坊主頭に法衣姿、ズダ袋を首に掛け、腰に短刀を差していた。なんとも奇妙なスタイルである。芸妓を集めては浴びるように酒を呑み、酔いが回ると、坊主頭をペコペコ叩きながら、

「坊主頭を叩いて見れば、安いスイカの音がする」

と、唄い、踊った。

祇園では、井筒の芸妓小梨花を情婦にし、

三千世界の鴉を殺し、主と朝寝がしてみたい
わしとお前は焼け山かずら、末は切れても根は切れぬ

と、自作の小唄や都々逸《どどいつ》を唄った。

高杉の性は、天衣無縫であった。

高杉の女小梨花は、色白で肉づきの豊かな美人だった。大胆に振る舞う高杉が好きと見え、躰をくねらせて、高杉を喜ばせた。高杉は、小梨花をすぐ抱こうとはしなかった。裸の小梨花をはべらせて、自ら三味線をひき、都々逸を唄った。

高杉には、下関にもおうのという妾がいた。国もとの萩には、正妻雅子がいたが、おうののほうが妻の

ような存在だった。おうのも下関の色里の女で、格別才女でもなかったが、高杉のいうことは、なんでもきいた。三味線と歌がうまく、高杉の踊りはすべておうのの振りつけだった。

高杉の死後、おうのは、髪をおろして色里を離れる。

志道聞多《しじもんた》（井上馨《いのうえかおる》）にも愛人がいた。

祇園島村屋の君尾である。

「聞多、女子の一人や二人いなくてどうする」

高杉にたきつけられて、つき合いを始めた。

志道の方が熱をあげ、君尾からもらった懐中鏡をいつも肌身離さず持っていた。

山県狂介《やまがたきょうすけ》（山縣有朋《やまがたありとも》）も竹屋というお茶屋の舞妓、小菊に夢中になっていた。

長州が派手に遊び回った背景には、公卿を巻き込もうとする戦略もあった。

若い公卿は、金がなくて遊べない。誘って女を与え、ドンチャン騒ぎをすれば、いちころだった。

公卿と遊ぶ、という名目があれば、藩の公金を使うことができる。金離れがいいので、花柳界の人気も高かった。真面目だけでは律し切れない一面があった。

土佐では、後藤象二郎《ごとうしょうじろう》がもてた。後藤の根城は、先斗町の近喜で、丸梅の芸妓小仲を愛し、後に妻にしている。

薩摩では西郷が結構遊んでいた。躰の大きな女が好きで、芸妓は、比較的小柄なのでもっぱら仲居や下働きの女を相手にしていた。

大久保一蔵（利通）も万亭のお勇をなじみにしていた。後年、東京にでてから妾として呼び寄せ、七人もの子を生ませている。

英雄色を好むである。会津は真面目過ぎた。

幕府側の代表者は、なんといっても一橋慶喜だが、京都の女性には、不思議に手をつけなかった。母が京都の公卿の出なので、それほど珍しくはなかったのかも知れない。もっぱら江戸の侠客・新門辰五郎の養女お芳に満足していた。

慶喜に代わって、京都の女性を愛したのは、新選組の面々だった。

新選組の縄張り

島原、祇園、先斗町が隊士たちの縄張りで、長州追放後は、新選組の独壇場だった。

新選組の屯所は、六年間に三度変わったが、このころは、壬生の前川家が屯所だった。ここは、部屋が十二室あり、畳数にして百四十六畳もあった。隊士たちは、ここに雑魚寝をしていた。

普段の生活は、勤務、訓練、休養の三交代制で、勤務というのは、市中の巡察、不逞浪士の取り締まり、将軍や京都守護職、京都所司代等幕府要人の警護である。

いわば警視庁の機動隊のような役目である。

巡回区域は、京都御所、二条城を中心に市街の中心部に及ぶ広範囲なもので、「誠」と染め抜いた隊旗を立てて、高下駄をはいて巡察した。おなじみのそろいの制服に、抜身の槍を持ち、二十数人編制で、あたりを睥睨《へいげい》した。髪のスタイルも独特で、大髻《おおたぶさ》に結い、風が吹くとぱっと毛先が広がった。

「しびれますわあ」

若い女性の人気も抜群で、壬生の屯所には食べ物を差し入れする女性もいた。

非番の者は、屯所でゴロゴロしていても仕方がないので、皆、遊びにでかけた。斬り合いがあれば、金が入ったので懐は暖かい。金に不自由はしなかった。幹部たちは、妾宅を構え、女のもとへ通った。

組長の近藤勇には、五指に余る女性がいた。近藤の好みは、背のすらりとした細面の美人である。

常に一流を好んだ。

身なりも浪士風を嫌って、大身武家風に装った。黒紋付きに白い襦袢《じゅばん》のえりをだし、細縞の仙台平の袴をはいた。外出する時は、馬に乗り、若党二人、槍持ち、草履取りを従え、大藩の重臣のように見えた。浪士や足軽、農民、町民といった身分の低い階層からのし上がった当時の志士たちの、見栄でもあった。

近藤は二十二歳の深雪《みゆき》に惚れた。初めて深雪を抱いた時、吸いつくような白い肢体に己を忘れた。なめらかな肌、妖しいほどの美しさに心を奪われた。

「俺の女にしたい」

近藤は、大枚五百両をだして身請けし、妾宅を構えた。しかし、女に対する欲望に際限はない。深雪の妹のお孝に手をつけ、一女を生ませている。深雪が病気になり、手伝いに来ていたお孝とできてしまったというのだが、これが原因で、近藤と深雪は別れてしまう。お孝も眼のさめるような美貌だった。さらに三本木の芸妓駒野、深雪と同じ木津屋の金太夫、祇園山絹の養女お芳、大垣屋の女などがいた。駒野との間にも男の子が生まれている。

土方歳三も女が嫌いではなかった。

なにせあの二枚目である。どこへ行っても、女たちが群がった。新選組の男には、明日死ぬかもしれない、という荒々しい息づかいがあった。脂粉にむせぶ女体に、生きている証を求めた。女たちもまた、男たちの非情な世界に惹かれた。新選組狂い、という女性が何人もいたことが、それを裏づけている。

土方は、独身だった。その気楽さのせいか、数は近藤より多かった。島原の東雲太夫、北野の君菊、小楽、大坂の若鶴太夫、そのほか祇園にも二、三人の芸妓がいて、浮名を流していた。

ただし、近藤のように身請けはしていない。それだけドライだった。

剣の天才

新選組といえば、残るのは沖田総司である。沖田の剣は、天才といってよかった。

太刀さばきに独特の癖があり、太刀先が下がり気味で、前のめりの構えをとった。

そして、

「やっ！」

と、電光のように突いて、石火のような早業で手元に引き、また突く、引く、また突く、という三つの技を連続して繰り出した。状況に応じた機敏さがあり、沖田に狙われたら生命はなかった。

しかし、女性に関してはウブだった。

京都の医者の娘と恋仲になったが、素人の女との恋は御法度である。

ある時、近藤がしみじみと訓戒して、手を切らせ、商家に嫁がせた。

「手を切れ」

沖田は眼に涙を浮かべ、じっと耐えていたという。

総じて若い隊士たちの恋は、純粋だった。

山野《やまの》八十八《やそはち》という色白の隊士がいた。二十一歳の若者である。色里にでかけるという趣味はない。壬生寺裏の茶屋の娘が山野を見染め、付け文が来た。

何度か逢瀬を重ね、たちまち深い仲になった。周囲からひやかされたが、似合いのカップルである。邪魔する人もなく、つき合いをしているうちに、娘が身ごもった。そのうちに鳥羽・伏見の戦いが始まり、二人は別れ別れになってしまう。その後、明治の中ごろになって山野が京都に現れ、祇園の芸妓になっていた娘と対面した、という話が伝わっている。

また、馬詰柳太郎という美男の剣士がいた。

壬生では、男色、性的行為もあったらしく、若い隊士にはハンサムな男が多かった。この男は同性愛者だったという証拠はない。ただ、不思議に女にもてず、首をかしげる向きも多かった。

そのうちに、近所の子守り娘が身ごもった。馬詰が通いつめていた、というのである。

「子守の腹がふくれた。馬詰に聞いてみろ」

という唄がはやり、いたたまれずに脱走した。

脱走は、局中法度である。見つかれば即、切腹だ。しかし、馬詰の場合は、誰からも追跡されず無事に逃げおおせている。

会津藩にも恋がなかったわけではない。

後に首席家老となる梶原平馬は、会津切っての好男子で、島原、祇園、先斗町で大いにもてた。若年寄、家老とまたたく間に出世し、交際の幅も広く、好意を寄せる女性もいた。

時代の変革期には、激しい恋に生きる女性が何人も生まれている。男たちの欲望のはけ口になっている、というだけではなかった。男とともに人生を語り、必死に男を盛り立てた。尽くす男がいる、ということが女の喜びでもあった。

その意味で、幕末維新の原動力は、色里の女たちにあった、といえなくもない。殺し合いの世の中でも、祇園や先斗町の灯は、一日として消えることはなかった。男たちは、新しい恋と華やかな嬌声を求めて、今宵も街に繰りだして行った。

関門海峡

会津藩と新選組の天敵である長州藩は、すべての面で激しい。徹底的に幕府に刃向った。

文久三年（一八六三）五月から元治元年（一八六四）八月に至る一年三か月の間に、長州藩は英、仏、蘭、米の各国海軍と関門海峡で、砲撃戦を演じた。攘夷戦争である。最期の決戦は元治元年八月の決戦だった。

イギリス海軍のキューパー提督が率いる四か国連合艦隊は、七月の下旬に横浜を出航し、八月二日に周防灘の姫島に集結した。主力のイギリスは、ユーリアラス号、ターター号など九隻、総員二千八百五十人。フランスはセミラミス号など三隻、総員千百五十五人、オランダ海軍は四隻、九百五十一人、アメリカ海軍一隻、五十八人の陣容だった。

世界に冠たる連合艦隊の出撃である。

八月五日、太陽暦九月五日、大艦隊は、馬関海峡に入り、長州の砲台と対峙した。前回、フランス、アメリカの汽船がかなりの被害を受け、アメリカの軍艦ワイオミング号も苦戦しており、その復讐戦だった。

「撃てッ」

キューパー提督の号令一下、一列に投錨した軍艦から一斉砲撃が始まった。十七隻の軍艦が撃ちだす艦砲射撃は、下関の町をゆるがせた。砲門が一斉に火を噴くと、物凄い衝撃が艦上を伝わる。

水兵たちは、火薬庫から弾丸を運びあげ、汗だくになって装塡した。一発ごとに着弾地点が計測され、照準を合わせた。

長州藩の砲台も応戦したが、飛距離が短く、はるか手前に砲弾が落下した。やがて長州藩の砲台は次々に粉砕された。

水兵たちは、嬉々として、艦上を跳びはねた。

突然、対岸に火柱があがった。火薬庫に砲弾が命中したのだ。黒い物体が空中に舞いあがり、二回、三回と轟音を発して爆発した。周りの樹木も飛び散り、砲車や人体が空を飛んだ。

四時間の戦闘で長州藩の七十門の大砲がほとんど破壊された。

翌日には、二千余の陸戦隊が上陸、大砲を残らず破壊し、弾丸を海中に投げ捨てた。火薬には火を放ち、焼却した。

戦いは終わった。長州の完敗であった。

しかし、すぐにどんでん返しの作戦に出た。

講和使節

八月十日、長州藩は三名の講和全権大使を旗艦ユーリアラス号に送った。

家老宍戸刑部、参政杉徳輔、渡辺内蔵太である。

キューパー提督は、家老たちの服装に驚いた。黒の烏帽子、黄色の地に大きな浅黄の紋章を描いた陣羽織、手に采配を握り、毛靴をはいている。水兵たちは皆、仰天した。異様というほかはなかった。

この刑部こそ、何を隠そうあの高杉晋作だった。テロリスト、高杉晋作の見事な変身であった。

キューパー提督の前で、高杉は精一杯の演技をした。海峡通行の外国船の優遇、砲台の撤去は認めたが、交渉は三日間に及んだ。通訳は日本通の一等書記官アーネスト・サトウである。

大げさな身ぶりでまくしたてられると、キューパー提督も困惑した。損害賠償が最後までもめた議題だった。

「われわれは、戦いに負けてはいない。領内には、主君への忠義のために身命を捨てることなどなんとも思わぬ兵士が大勢いる。なんならまた戦ってもよいのだ」

高杉は、どこまでも人を食った言い方だった。

キューパー提督が、

「それならば、さっそく砲撃を再開する」

と、激怒すると、高杉は、ニヤリと笑って、頭を叩いた。

「外国船の砲撃を命じたのは、幕府である。われわれは将軍の命令によって攘夷に踏み切ったまでだ。賠償の意任は幕府にある。幕府から受け取ってくれ」

すべての人々は、顔を見合わせて啞然とした。

長州は外交交渉で、互角に戦った。高杉晋作は恐るべき男だ。アーネスト・サトウは、ひそかに舌を巻いた。

この日を境に、長州藩の歓待が始まった。イギリスに密航していた伊藤俊輔《いとうしゅんすけ》（博文《ひろぶみ》）、志道聞多がつきっ切りで案内し、酒をふるまい、鰻、鮑、鶏肉などを並べてご馳走した。

「長州ハ、シタタカダ」

サトウはキューパー提督に感想を述べた。キューパー提督も苦笑するしかなかった。連合艦隊の長州攻撃の一報が入った時、京都の幕閣たちは、

「してやったり」

と内心の喜びを隠し切れなかった。これで狂暴な長州も牙を抜かれるだろうと見ていたが、とんでもない。幕府にすべての責任を擦り付け、イギリスに大接近し、軍備の近代化に着手した。なんという変わり身の早さだろうか。

京都で刃傷、喧嘩、盗みを働き、日夜、幕府に反発する不逞の輩が、イギリスと手を結び、倒幕運動に乗り出してきたのである。

「長州討つべし」

会津の手代木が叫んだ。

幕府が長州攻撃に踏み切ったのは、慶応二年（一八六六）の夏である。幕府は巨額な征長費をひねりだすために、大坂の商人に二百五十万両の御用金を課した。商人たちは、これを市民に転嫁した。このため物価がたちまち上がった。

特に米の値上がりが、庶民の怒りを買った。大坂に近い西宮で一揆が起こった。一揆は、兵庫、灘、池田などに波及し、ついには江戸にも広がった。

征長軍総督、尾張藩主徳川慶勝（容保実兄）、副将、越前藩主松平茂昭《まつだいらもちあき》も一向に動こうとしない。しかし今さら長州征伐の旗を下ろすことはできない。苦し紛れの戦争だった。

薩摩が参戦を拒否した段階で、幕府は、いったん立ち止まって様子を見るべきだった。薩摩は坂本龍馬《さかもとりょうま》の斡旋で、薩長同盟を結成していたのである。

薩長同盟

その内容は、

一、幕府と長州が戦争になった場合、薩摩藩は、すぐさま二千の兵を京に上らせ、現在ある兵と合わせ、別に千人ほどの兵を大坂にも置く。これによって京、大坂の守りを固める。

一、戦いに長州が勝利した時、薩摩は、直ちに朝廷にその旨を告げて、長州藩の冤罪《えんざい》の解消に尽力する。

一、万一、長州が敗れることがあっても、一年や二年で長州が潰滅することは決してない。その間、薩摩が長州を支援する。

一、幕府が戦端を開かずに、そのまま軍を引き揚げた時は、強く朝廷に働きかけ、すぐさま長州の冤罪が解けるように尽力する。

一、幕府がさらに兵を上洛させ、一橋慶喜、松平容保、松平定敬の一会桑が朝廷を擁して正義を拒み、周旋尽力の道を遮っている時は、薩摩も幕府と決戦に及ぶ。
一、冤罪が解けた場合は、薩長双方が、誠意をもって相合し、皇国のために砕身尽力する。今日より双方は、皇国のために皇威を輝かせるために誠意を尽くし尽力する。

というものだった。

知らぬが仏、慶喜は西国二十藩に長州征伐の朝命を下していたのである。

「幕府にそんな力はございません」

勝は最初から白けていた。命令を受けた諸藩も同様である。作戦も長州がはるかに巧妙だった。

小倉口を指揮した高杉は、幕府軍を、

「数多くの民家を劫掠し、無辜《むこ》の人民を斬殺し、暴悪いたらざるなし。これ官軍の所業にあらずして、姦吏の陰謀なる事疑いなし」

と檄文を随所に配り、民衆の支持を得て勝利していった。

幕府は随所で戦いに敗れた。

狂気の長州と、権力奪取の野望に燃える薩摩が手を握ったのだ。背後に武器密売の黒い商人が暗躍し、坂本龍馬が、信じ難い離れ技をやってのけたのだ。

六月七日、幕府の軍艦が長州領大島郡に砲火を浴びせ、幕長戦争の火ぶたが切って落とされた。この戦いは幕府側の勝利だったが、その他は痛い敗北を喫した。

長州の生命線は、下関の馬関海峡である。

ここを封鎖すれば、長州には、武器、弾薬は入って来ない。武器、弾薬を絶たれれば、戦争はできない。

こうしたわかり切ったことに、誰も着目していない。さほど軍事的に重要でもない大島に兵を上陸させ、無駄な戦争をしてしまったのだ。

装備も異なっていた。大半の幕府軍は、鎧を着て、陣羽織をつけ、法螺貝を吹いて出陣した。長州軍は、大村益次郎の指揮のもと、ゲベル銃で武装し、洋式の訓練を受けている。これでは戦争にならない。

芸州口では、幕府兵、紀州藩の主力軍が志道聞多の率いる諸隊にぶつかった。石州口では、大村益次郎の指揮する諸隊が浜田藩領に攻め入り、浜田城を占領した。小倉口には、老中小笠原長行が自ら兵を率いて布陣した。

この方面の長州軍は、高杉晋作、山県狂介の奇兵隊で、海を渡って小倉に攻め入り、たちまち占領した。小笠原は、命からがら長崎に逃げる始末で、長州領内に兵を進めることができなかった。

厭戦気分

会津藩からは、公用局の手代木直右衛門と新選組の近藤勇が現地に入り、戦い前夜の模様をつぶさに見て回った。近藤勇は広島まで行き、長州の様子を探り、帰って来て幕府苦戦をはっきり予言した。

「残念ながら幕府軍の士気はまったく振るわず、誰もが土産品などを買い込んで、帰ることばかり考えておる」

この報告に、容保は、顔色を失った。幕府の力は、そこまで落ちていた。

戦いが始まって間もなく、容保のもとに一通の手紙が届いた。

老中本庄宗秀《ほんじょうむねひで》からの手紙である。

「幕府軍は、米、金にも事欠く始末で、兵勢がはなはだ振るわない。銃砲等も官軍（幕府軍）はゲベル銃がはなはだ少なく、火縄付きの和筒のみだ。これに対して、長州は、農夫に至るまでゲベル銃を用い、必勝の英気鋭く、また薩人も長州に心を寄せ、イギリスも長州を応援している様子である。この分では、とても成功はおぼつかない」

容保は愕然とした。

会津藩首脳は、困惑した。

家老の梶原平馬は、薩摩をやり玉にあげた。

「薩摩の裏切りが許せん。薩摩が参戦を拒み、長州に味方したことが幕府苦戦の最大原因だ。われわれは、薩摩と一戦を交える覚悟が必要だ」

「薩摩藩邸を包囲し、砲撃すべきだ」

平馬の兄、内藤介右衛門も強硬意見だ。

「もはや、わが会津藩の取るべき道は、はっきりしている。敵がイギリスと手を組むのであれば、われわれは、フランスに頼り、軍艦、大砲を求め、薩長と対決しなければならぬ」

倉沢右兵衛も眼を吊りあげた。

会津藩兵の間に、これまでにない危機感があった。こうなれば、先陣を切って長州に乗り込みたい、という欲求が全身を貫いた。

だが、会津藩兵が京都を離れれば、薩摩がたちまち京都を制圧し、朝廷を己の物にするに違いない。

京都情勢は一段と困惑の度を深めた。

希代の奸物

「容易ならざる事態がまた増えた」

公用局の面々が、頭を抱えた。奸物の異名でしられる宮廷政治家、岩倉具視《いわくらともみ》が、会津藩の前面に立ちはだかったのだ。

岩倉は、文政《ぶんせい》八年（一八二五）京都の公卿堀河家に生まれ、十四歳で岩倉家の養子に入った人物である。岩倉家は百五十石、中の下の家格で、生活は決して楽ではなかったが、政治活動は自由だった。公卿の家には、京都町奉行の捕吏の手が入らない特権があった。

つまり治外法権なのだ。

岩倉はこの特権を大いに利用して、自分の家を博徒に貸して、賭博を開帳させ、寺銭をかせいで生活のたしにしていた。悪辣な男である。

その手腕が注目されたのは、孝明天皇の妹君和宮の降嫁である。幕府と手を結び、朝威を挙げようと、すでに内定していた有栖川宮との婚約を破棄し、降嫁を成立させた。

これが攘夷派の憎悪を深め、奸物として命が狙われると、地下に潜って隠遁していた。この岩倉に薩摩藩が眼をつけた。頭の切れる岩倉を抱き込み、反長州を唱える孝明天皇を内部から牽制し、あわよくば、孝明天皇の口を封じようとする謀略が秘められていた。

「ううむ」

会津藩の若き武将梶原平馬も、腕を組んだ。皆、一様に押し黙った。

将軍家茂危篤

七月十九日の夜、金戒光明寺に火急の知らせがあった。

「将軍危篤《きとく》」

と、いうのである。

正室は孝明天皇の妹ぎみである。

容保の脳裡に悲しみにくれる天皇の姿が映った。

「これは然し、容易ならざる事態」

会津藩の重臣たちも問題の深刻さに青ざめた。

将軍家茂は生来、病弱で、四月頃、胸に痛みがあった。六月に入ると、咽喉が爛《ただ》れ、胃腸に障害がでた。

家茂は額に脂汗を浮かべ、胸をかきむしって苦しみだした。

「すわ一大事」

と、医師団が集められ、典医たちが必死に治療に当たり、いったん苦悶は治まった。しかし夜半になって、七転八倒の苦しみに襲われ、胸に紫の斑点が現れた。

人々は、ただおろおろし、神仏に祈るだけで、なす術もない。

「ああー」

家茂は、断末魔の叫びをあげ、やがて意識の混濁が始まり、眠るように眼を閉じた。

「上様」

近臣たちが、半狂乱になって家茂の身体をゆすり、息絶えたことを知るや男泣きに泣いた。

数え年二十一歳、貴公子の不運な死であった。死因は「脚気衝心《かっけしょうしん》」と発表された。

容保は、家茂に特別の親近感を持っていた。公武合体のために、将軍の上洛を積極的に働きかけ、何度も江戸に使いをだし、上洛が実現したのだった。

将軍は初め京都二条城に入り、長州との戦いが始まると大坂城に居を移し、督戦に当たられていた。汚れを知らぬ少年の魂を持ったお方で、容保に深い信頼を寄せていた。容保は、京都に馬を飛ばした。

天皇悲痛

御所では、孝明天皇が沈痛な表情でいた。

孝明天皇は、和宮の降嫁に最後まで反対した。それを降嫁に踏み切らせたのが岩倉具視だった。

岩倉が立てた戦略は、妹の堀河紀子《もとこ》を通じて天皇を口説く方法だった。

宮廷の女官の制度は、大別すると、典侍、内侍、命婦、女蔵人、御差に分かれ、典侍は奥向きの御用を務め、内侍は外部との連絡に当たる。具視の妹紀子は、この内侍の一人で、いつのころからか孝明天皇の寵愛を受け、二人の皇女を生んでいた。

男は睦言《むつごと》に弱い。天皇は紀子に説得されて、しぶしぶ和宮の降嫁に同意した。

義弟の死に、孝明天皇は今さらのように和宮降嫁を後悔した。

「容保、和宮が不憫でならぬ」

天皇は、眼を真っ赤にはらし、言葉を詰まらせた。

「あまりのことに言葉もございません」

容保も号泣した。

家茂と和宮の結婚生活は、わずかに四年有余の短いものだった。この間、家茂の上洛は三回に及び、京都、大坂に滞在した期間が前後二年余に及んだ。二人で暮らしたのは二年六か月に過ぎなかった。

「容保、朕は会津を頼りにしておるぞ。薩摩は油断がならぬ」

孝明天皇がはっきりといった。

「ははッ」

容保は、御簾《みす》の奥を凝視し、感動のあまり、大粒の涙をとめどなく流した。会津藩がこの世にある限り、会津の名誉と尊厳にかけて、不正、不義と戦い、朝廷を死守するのだ。容保は、心に誓った。

西郷の眼

このころ薩摩の西郷は、幕府と会津藩の動きをじっと見ていた。西郷の本心は討幕である。

将軍の死で、長州戦争は、長州勝利のまま休戦になろう。次期将軍は慶喜であろうが、頭はいいが、優柔不断、すぐぶれる。長くはもつまい。幕府瓦解も夢ではない。西郷は、一人、瞑想していた。

まず、軍備の拡張が急務と西郷は考えた。

西郷が幕府瓦解を確信したのは、大坂の正法寺でアーネスト・サトウに出会った時だった。西郷はイギリス公使のハリー・パークスに会いに行ったが、パークスに用事があって会えなかった。そこでサトウと世間話になった。

「サトウさん、イギリス人はフランス人の使われものでごわす」

西郷は刺激的なことをいった。

「そんなことはない。イギリスは決してフランスには屈しない」

サトウは不快な顔をした。

「まあ聞いてくだされ。兵庫開港も道筋は誰がつけたか、イギリスではござらぬか。しかるに兵庫開港で儲けているのがフランスです。大坂の豪商と手を組み、貿易を独占して利益を上げ、幕府に還元しておる。兵庫での貿易は幕府とフランスが独占しておりますぞ」

西郷が、イギリスの痛いところをつくと、サトウが怒り出した。

「いや、まったくそのとおりだ。フランスはじつにけしからん。横浜でもフランスばかり利益を上げている。まったくイギリスをばかにしている」

サトウの声がうわずってきた。

「いかにも」

西郷はあいづちを打った。

サトウはもう止まらない。

「このあいだ、さるところでフランス人に会った。彼は日本の形勢をどう思うかと聞いてきた。フランス人がいうには、いずれ日本も西洋諸国のように中央政府に権限が統一される。いまのように大名の権力が強くて、幕府の命令を聞かないようではどうにもならない。第一に長州と薩摩を討ち滅ぼさなければならない。ついてはイギリスもフランスにならって幕府を助けるべきだと思うが、とフランス人がいった」

「それで」

西郷が問い返した。

薩摩にとって重大な話である。

「それはいかんといっておいた。この前の長州征伐をどう思うか。幕府はすぐ敗れてしまい、幕府の権威はまったく地に墜ち、どうにもならん。わずか長州一国さえ幕府は討つことができない。これではどうしてほかの大名をおさえることができようか。それなのに、フランスはどうして弱い幕府を助けるのか、といってやった」

「驚きもした」

西郷は穴が開くほどサトウを見つめた。

「するとどうだ。フランス人はすこぶる閉口して、それっきり黙ってしまった。フランスはこれからも幕府を助けるだろう。幕府もまたフランスを頼みに金を集め、機械を揃え、諸藩を討つ策をこうじるだろう。してみれば諸藩のほうでもこれは対抗してイギリスの支援を受けて天皇をお守りすると、フランスに知らせる必要がある」

サトウは明確に、

「幕府は見限ったよ」

と言った。

イギリスは長州

イギリスは日本の情勢をよく見ていると、西郷は感心した。

もはや幕府を倒すことなどさほど困難ではない、そのことも実感した。

フランスを変えてしまえば、幕府はたちどころにひっくり返る。西郷はこのとき、はっきりと思った。

「イギリスは薩摩の強い味方です」

西郷がいうと、サトウはうなずきながら、さらに続けた。

「イギリスがはっきり勤王諸藩につくとわかれば、フランスも幕府に援兵は出せないだろう。そうなればイギリスが天皇に政権を握らせることになる。天下の諸侯はその下について、日本はイギリスと同じ組織の国体になるであろう。したがって我々はもう幕府にはなんの同情も抱いてはいない」

サトウは断言した。

西郷は正直、仰天した。事態がここまで来た以上、もう幕府に妥協する必要はないと実感した。会津藩の弱点。それは国際情勢の分析だった。アーネスト・サトウの用人棒は会津人野口富蔵《のぐちとみぞう》である。会津藩が富蔵を使いこなしているとは、とても思えなかった。

海舟と龍馬

幕府軍艦奉行の勝海舟は、以前、神戸で海軍操練所の建設を進めていた時期があった。

全国から身分を問わず生徒を集め、海軍士官を養成せんとしたのである。

神戸といっても、当時は何もない辺鄙《へんぴ》な漁村であった。こんなところに何ができるのだろうか。漁師たちは半信半疑だった。

塾頭は、土佐の郷士坂本龍馬だった。龍馬は、黒船には黒船で対抗する、という富国強兵理論を持っていた。このため勝海舟に近づき、弟子入りしたのだった。

全国から続々と、血気盛んな若者が集まった。黒船を造って夷狄を討つ、という裏返しの攘夷でもある。

龍馬らは肩で風を切って海辺を歩いた。酒を呑み、口論し、何をするかわからない連中もいた。

龍馬が姉にあてた手紙が残っている。

「天下無二の大軍学者勝麟太郎という大先生の門人となり、ことのほか可愛いがられ候て、まず客分のような者になり申し候。近きうちには、大坂より十里あまりの地にて兵庫という処にて、おおきに海軍を教え候処をこしらえ、また四十間、五十間もある船をこしらえ、弟子どもも四、五百人も諸方より集まり候事」

勝海舟、坂本龍馬ともに誇大な宣伝では定評のある人物なので、若干、割り引いて聞かなければならないが、神戸海軍操練所は、なかなかいい雰囲気だった。

会津藩も生徒を送った。井深常五郎、両角大三、池上岩次郎の三人である。将来、新潟に港を開かんとしていた。

ところが、海軍操練所は閉鎖されてしまった。池田屋事件に海軍塾の学生が連座したためである。

勝は西郷に頼んで、学生を引き取ってもらった。その時、勝は、西郷に言いたい放題の幕府批判をして見せた。

「西郷さん、幕府は、もう駄目ですな。朝廷に手こずり、長州にいいようにされ、諸外国にもすっかり馬鹿にされている」

西郷は、目を丸くして勝を見た。仮にも幕府の軍艦奉行である。にもかかわらず、勝が投げやりな言葉を吐いて、他人事のように現状を批判したのだ。

「勝先生、されば、日本の将来は、どのように致せばよいのでごわすか」

「それよ」

勝は、身を乗り出した。

「明賢の諸公四、五人で雄藩連合の共和政治をつくり、異人を打ち破る兵力を作るしか手がないですなあ」

「なるほど。明賢の諸公というと、どのあたりが入りもす」

「越前、土佐、薩摩、それに一橋でしょうな」

「会津は、どうなりもす」

「会津ねえー。容保公は、よくわかっているが、病弱でねえー。家来どもの頭が硬い。どうでしょうなあ」

話は、留まるところを知らなかった。

西郷は、勝の大胆不敵な発言に仰天し、感服し、やがて黙った。幕府が駄目なら薩摩にも道はある。越前、土佐、こいつらはいらない。薩摩と長州で作って見せるか。西郷は、不敵に笑った。

妬み嫉み

勝は傍若無人のところもあって、多分に一匹狼で、敵も多かった。

長崎で一緒に学んだ小野《おの》友五郎《ともごろう》、肥田《ひだ》浜五郎《はまごろう》ら江戸の海軍首脳は、

「あいつはホラばかり吹いている」

と陰口を叩いた。

勝にも弱みはあった。幕府が日米修好通商条約の批准書の交換のため遣米使節を派遣した時、警固に当たったのは、勝を艦長とする幕府軍艦咸臨丸だった。勝は、この航海を指揮したのは自分だ、と大いに自慢したが、実際は出港してすぐ船酔いにかかり、アメリカに着くまで甲板に姿を見せなかった。

小野友五郎は測量方、肥田浜五郎は蒸気方として乗り組んでおり、勝の失態をつぶさに見ていた。

勝のような男には、好き放題にやらせれば、薩長と幕府を上手につないだかもしれなかった。

幕府も見る眼がなかった。薩摩に対する見方も甘かった。

会津はどうだろうか。

秋月は依然蝦夷地の極寒のなかで苦しみにあえいでいた。なんとひどいことをしたものか。容保も、罪の意識にさいなまれていた。しかし、藩内の大勢は、必ずしも秋月に同情的ではない。手代木の佐幕理論に人気が集中していた。広沢もうるさがられ、公用局をはずされ、御用所密事役に回された。御用所密事役というのは、京都藩庁の書記で、内勤のポストである。

広沢は憮然とし、小野権之丞、柴太一郎ら広沢派の藩士たちは、

「納得できない」

と騒いだが、どうにもならない。会津藩は、右旋回を始めていた。

死の商人

薩摩、長州の背後には長崎の武器商人、トーマス・グラバーがついていた。

龍馬のやり方は、薩摩藩の名目で、トーマス・グラバーから最新式のミニエー銃、ゲベル銃などを大量

に買い込み、薩摩の船で長崎、下関間を往復し、その利ザヤを稼ぐことだった。

運転資金を提供したのは、長崎の商人小曾根乾堂と薩摩藩重臣小松帯刀《こまつたてわき》だった。巧妙なビジネスともいえた。長州にとって、武器、弾薬は、喉から手がでるほど欲しい。桂小五郎も高杉晋作も龍馬のいうことは、なんでも聞いた。

会津が立ち向かう相手は、もはや長州藩だけではなかった。薩摩、土佐、それにイギリスである。

「いずれ龍馬を斬る」

手代木直右衛門が言った。本気だなと、広沢は思った。

坂本龍馬は後に、手代木の実弟で京都見廻組組頭佐々木只三郎に暗殺される。龍馬はある段階から薩摩離れを起こして、西郷に刺されたという見方もある。

幕末維新史は、闇の部分が多かった。

第八章　密謀と謀殺

鼻ぐすり

朝廷勢力が政治の表舞台にでてきたことが、この時代の大きな特徴だった。

幕府だけではない。各地の大名も積極的に朝廷勢力に接近した。

毒舌を売りにした評論家の大宅《おおや》壮一《そういち》は、こう皮肉った。（『大宅壮一全集第二十三巻』）

安政六年（一八五九）十月、幕府は全公卿に対し、将軍家茂の名で一万両をおくった。

これが〝安政の大獄〟に対する融和策であることは、その少し前に、この事件に際し幕府に協力した九条尚忠に五千石の加増を行っているのを見てもわかる。

思いきってこっぴどくぶんなぐった後で、少しばかり飴をしゃぶらせようというのである。

さらに文久元年（一八六一）、かねて幕府の望んでいた皇妹和宮の将軍家茂への降嫁が勅許されると同時に、またも幕府は全公卿に対して一万五千両献金した。

これを機会に公武合体反対の気運を緩和するための鼻ぐすりである。

だが、こんなふうに急に皇室株を買いはじめたのは、なにも幕府だけではない。

文久二年十月、薩摩の島津藩は、皇室に一万石の米を献上している。

琉球との間だけに通用させるという条件で、同藩は貨幣を鋳造する特権を獲得し、そのお礼の意味も兼ねて行われたのであるが、これで薩摩藩はしこたまもうけて、維新の変革に際し大きな発言権を確保するための政治資金や軍事費をひねり出した。

　こうなると長州も黙って見てはいない。翌三年六月、朝廷に金一万両を献じた。目的は薩摩との宮廷内におけるヘゲモニー争奪戦を有利に導くことにあるのはいうまでもない。

　さらに一か月おくれて七月には、幕府が十五万俵を献上して薩長との間に大きな開きを見せた。これによって下級公卿たちの収入がたちまち三倍ぐらいにハネ上ったという。

　それからちょうど一か月後の八月十八日に起ったクーデターに際し、会津と薩摩の右派連合が、左派の公卿とこれをバックアップする長州派を駆逐したのを見ても、この十五万俵がどんなにきいたかがわかる。

　このころは、まさに勤皇競争ともいうべき時代で、幕府までがこれに参加した、というよりもこれをリードした形である。

　こういうことになったのは、この面でも幕府が他の雄藩をおさえようとしたからであるが、また一つには、孝明天皇がどちらかというと右派で、これならうまく話合いがつくと、幕府の方でタカをくっていたためだ。

　天皇を取り巻く公家たちは、幕府・会津と薩長を手玉に取って、稼ぎまくっていたのである。

　その天皇が幕府・会津と表裏一体の関係になった時、薩長の幹部は、大いに慌てた。孝明天皇は決して金では動かない。堅物というか信念の人だったからである。

二枚舌

　朝廷周辺は戦々恐々となり、疑心暗鬼《ぎしんあんき》に包まれた。

「岩倉具視が密謀を企てている」

会津藩公用局にただならぬ情報が寄せられた。

「十分にある話だ」

広沢富次郎がつぶやいた。

長州の過激派にとって、天皇は道具に過ぎない。公家の一部もそう考えていた。

その代表的人物が岩倉具視だった。

大宅壮一は、岩倉についても、大要、次のようなコメントを残していた。痛烈な文章である。


この時代の公家きっての実力派で、しかも最大のクセモノは、何といっても岩倉具視であろう。

百五十石とりの平公卿で、家を賭場にしてテラ銭をかせいだこともあるといわれるくらい困っていた。

そういう環境に育っただけに、かれは徹底した現実主義者で、機会主義者で、そして謀略家でもあった。

具視は堀河家から養子にきて岩倉家をついだ。養祖父の具集《ともあい》は竹内武部や高山彦九郎と肝胆相照らす間柄だったので、具視もその影響をうけた。

具視ははじめ、関白鷹司政通《たかつかさまさみち》のところへ歌を習いに通ったが、目的は別なところにあった。

政通にその才を認められて、その推薦で侍従の職につき、天皇に直接接することのできる身分になったのが出世の緒である。それにかれの実妹紀子は掌侍《ないしのじょう》をつとめ、天皇の子を二人も生んでいる。

そんな関係で、かれは宮中で大きな発言権をもつようになった。


宮廷は魔物が住む世界であり、一夜にしてすべてが変わり、味方が敵に変わるなど日常茶飯事だった。

天皇を消すことだって、十分にありえた。

会津の広沢は、天皇の身の安全をはかるために一時期、彦根に遷都すべしと主張した。佐久間象山も同じ意見だった。暗殺を恐れてのことだった。

ところが慶喜も容保も賛成しなかった。

孝明天皇も当然、拒否であろうが、命には代えがたい。天皇の意志に逆らっても安全な場所に移ってもらう。広沢はそう考えたが、実現はしなかった。

その直後、恐るべき事件が起こった。

孝明天皇の奇怪な死である。

紫の斑点

慶応二年、孝明天皇は十二月に入って、体調を崩された。

十一日に内侍所でお神事があり、天皇は風邪をおして出御された。ご神事は酉《とり》の半刻（午後七時ごろ）から亥の半刻（同十一時ごろ）まで続いた。こうした無理が重なって十二日から発熱した。

医師の診察では軽い風邪だった。しかしその後も発熱が続き、十六日になって全身に発疹が現れ、疱瘡《ほうそう》の兆候が明らかになった。

禁裏には容保の養子余九麿（喜徳）が詰めており、疱瘡が確実と容保に急報した。容保はすぐ馬にまたがって御所に駆け付け、お見舞いを申し上げたところ、病名は疱瘡に決定したとのことであった。

容保は御所の警備に万全を期すよう家臣たちに申し付け、その日から毎日、参内しご様子を伺った。

熱も下がり庖瘡は丘疹期に入り、峠を越したと思われた。

ところが二十四日夜半になって容体が悪化、吐き気を催され、痰に血が混じるようになった。

医師団が必死の看護に当たったが、次第に疲労の色が濃くなり、脈も弱くなり、顔に紫の斑点が現れ、手足が冷たくなってきた。

その知らせに容保は愕然とした。まさかという思いだった。

天皇は、護浄院の湛海僧正の加持祈禱《かじきとう》もむなしく、二十五日亥の半刻（午後十一時ごろ）三十六歳をもって崩御された。

側近の中山忠能の『中山忠能日記』には、

「何たるご災難にあらせられ候事やと、悲泣のほかなく、前後を忘れ候」

とあり、容保も、

「暗涙千行《あんるいせんこう》、満腔の遺憾はどこにも訴えるところがない」

と泣き崩れた。

これで公武合体は大頓挫した。容保は頼るべきところを失い、京都守護職の役目はこれですべてが水泡に帰した。会津藩主従は呆然自失、言葉を失い、断腸の思いだった。

「やられた」

広沢も号泣した。

毒殺説

孝明天皇は毒殺されたのではないか。それは信憑性《しんぴょうせい》に富むものだった。

この時期、岩倉具視らの倒幕運動は苛烈を極めていた。

公武合体派の暗殺の噂を流し、岩倉に同調する大原重徳、中御門経之ら公家二十二人が参内し、孝明天皇に「王政復古策」を建議した。

その内容は諸侯会議の開催や長州に下った公家たちの赦免、征長軍の解兵、さらには朝廷の改革など多岐にわたった。

孝明天皇は激怒し、

「徒党を組んで濫訴するとは、甚だ不敬の至り」

としかりつけ、天皇と公家集団が激しく対立した。

薩摩の西郷と大久保は、これに乗じて一挙に幕府を廃止し、王政復古を実現しようと画策した。

孝明天皇は断固、これを阻止した。これが天皇毒殺に結びついた可能性があった。

公武合体に荷担する孝明天皇は、王政復古派の大きな壁になっていたからである。

石井孝

天皇の毒殺を強く主張した歴史家に石井孝《いしいたかし》がいる。

石井は当時、東北大学教授だった。私は石井教授の幕末国際関係論の特別講義を受講したが、実に厳しい先生であった。

石井の大作『明治維新の国際的環境』を手にすると、いまでも全身が震える。

石井は典医の一人伊良子光順《いらこみつおさ》の日記をもとに「石見銀山《いわみぎんざん》」による毒殺説をとり、下手人は女官に出ていた岩倉具視の姪の疑いが濃いと主張した。

これに対して歴史家原口清《はらぐちきよし》は病死説をとり、二人は平成二年から三年にかけて『歴史学研究月報』で激しい論争を繰りひろげた。

もともと、この問題に火をつけたのは、歴史家ねずまさしであった。

ねずは顔面に紫の斑点が出て、「御九穴より御脱血」（『中山忠能日記』）や湛海僧正の日記などを使用し、毒殺の決め手だと述べた。（『天皇家の歴史』）

孝明天皇の亡霊が、明治天皇の枕元に夜な夜な現れ、天皇を責めるという噂も立った。

これについて歴史家吉田常吉《よしだつねきち》は、

「急進派がデマを飛ばして二条関白らの保守派を陥れんとしたものとも考えられる。しかし想像の埒外に出ない」（『幕末乱世の群像』）

として含みを持たせ、

「後宮の女官たちは身の振り方をめぐって混乱し、噂が乱れ飛んだこともあったろう」

と分析した。

歴史家奈良本辰也《ならもとたつや》は、

「常にお側に誰かいたので、こっそり近づいて一服盛るという隙はなさそうだ。ただ、近侍の女官だけは、そこに近づくことが出来たようだ。だが、それも衆人環視のなかで一服盛るということが出来るかどうか。しかし、病状の経過からいって、疑えばいくらでも疑えるナゾが残っている」（『維新の群像』）

と謎を含ませた。

孝明天皇の死の前には三条大橋に、こんな檄文も張り出されていた。

「公武合体派の中川宮朝彦親王、関白二条斉敬殿下、議奏広橋光成《みつしげ》、武家伝奏野宮定功の四人は四奸であり、慶喜と容保は二賊である。六人は勤王の志士を陥れ、奸曲《かんきょく》の輩を用い、宮廷の大計を誤らせるものだ。悔悟せずば天誅を加える」

この種の煽動は効果があり、京都市民の感情は急進派になびき、容保の政治力にも陰りが出た。

腰砕け

将軍家茂と天皇の死で長州征伐も中止となった。

衝撃のあまり、容保は病床に臥したまま、起き上がれずにいた。

慶応三年（一八六七）正月二十七日、孝明天皇の大葬の日、容保は病をおして参列したが、頬はこけ、歩くのもやっとで、心身ともに疲労困憊だった。

北原雅長の『七年史』に、この日の模様が記されている。

北原の記述は次のようなものだった。

「中川宮及び二条摂政殿、徳川大将軍慶喜公以下文武の百官、在京の諸侯、ことごとく衣冠を着け、纓《えい》を巻き、青竹を杖に徒歩で供奉された。この夜、天候暗黒にして、細雨が袂を濡らし、松明が涙を照らし、天子の行列は粛然として進み、ただ車輪の軋《きし》む音だけが聞こえた。

道路屋内、皆拝送を許されたので、御道筋は立錐の余地なく、数万の人民が粛寂として一語もなく、合掌し鳴咽して拝送し奉った。大将軍は俄かに病ありとて供奉の列を避け、ご休憩された。

大葬の夜を待って変を謀る者があるとの流言を伝える者があり、戒心せられたという。

会津藩士は白丁を着け、松明をとって列に加わり、または変装して奉送し、数千の兵がことごとく出て、路に満ちあふれた」


大葬の模様が目に浮かぶ文章である。

この日、過激派が慶喜や容保を襲うという噂が流れており、慶喜は得意の逃げの手を打った。

腹が痛くなったと姿を消した。

幕府の前途は危ういと誰しもが思った。それをカバーするのは、何時も会津藩だった。

容保は最後まで列に加わり、会津藩兵は全員出動の態勢で警戒に当たった。

虚脱状態

大葬が終わって、容保は虚脱状態に陥った。

孝明天皇の死は会津藩にとって、まさしく青天の霹靂、驚天動地の出来事だった。

これで京都の苦難に満ちた職務から解放される。皆、そう思った。在京の会津藩士たちは、一様に会津を思い、家族のことを脳裏に浮かべ、会津での落ち着いた暮らしを夢見た。

だがそれは、はかない夢でしかなかった。

広沢の親友、山本覚馬は、眼病が悪化し、一切の公務から離れていた。

「会津はドロ沼の京都からぬけだせなくなる」

訪ねた広沢にそういった。

政局は一気に激動の嵐に向かって突進を始めた。

「風評では、崩御の原因は天然痘だといわれたけれども、幾年か後に、私はその内幕に精通する日本人から、帝はたしかに毒殺されたのだと教えられた。帝は断固として、外国人に対して譲歩することには、絶対反対を唱えられた。そのため、やがて幕府が没落すれば、やむなく朝廷が西洋諸国と直接に関係交渉しなければならないようになると予見した人々の手にかかったのであった」

アーネスト・サトウはこのように語り、

「倒幕派が十五あるいは十六歳の新帝を懐に抱き、政治を動かすことになりうる」

と予言した。

新しい玉

幕末の政局は、孝明天皇の不可解な死で、薩長有利に展開した。

幕府よりの関白二条殿下、中川宮は辞意をもらし、薩長派の新しい天皇が宮廷を支配した。新しい天皇はまだ十五歳の少年である。政治的な判断などつくはずはない。

新しい天皇の生母は権大納言、中山忠能《ただやす》の娘、中山慶子《よしこ》である。

討幕派にとってこれは実にラッキーだった。

父忠能は、長州藩の強烈な支持者、蛤御門の変で長州藩を支持し、孝明天皇の怒りを買い、謹慎を命ぜられていた。

孝明天皇はもうこの世にいない。忠能は、たちまち復帰し、いまや押すに押されぬ新帝の祖父である。がっちりガードをかため、新帝は討幕派の玉になった。

この時点で勝負は決まったと言ってよかった。

帰国を決意

容保は、金戒光明寺にこもり、終日、喪に服した。

頬はこけ、何をする気力もない。まるで夢遊病者のように見えた。

病状は悪化するばかりである。修羅場の連続で体は疲れ、気力が萎えた。ついに容保も辞意を固めた。

ここはいったん帰国して立て直す。広沢も外島も同感だった。

「京大坂は中央枢要の地であり、今日の状況においては、天朝をお守りするほかに重職を設けてしかるべきである。よって私の職は御免下さり、相応の御用を仰せつけくだされば、大変ありがたく、微力を尽くしご奉公仕る。なにとぞご推察下されるようお願い奉る」（『京都守護職始末』）

容保は慶喜に辞意を伝えた。だが、慶喜がこれを拒否した。

「容保公は朝廷より厚い信頼があり、その進退は幕府のみでは決められない。加えて長州の問題もまだ終局していない。従来通り職にあって公武合体に努力してほしい」

朝廷も示し合わせたように、容保の帰国を拒んだ。

しかし今度という今度は容保も帰国にこだわった。会津藩は薩長から親の敵のように見られ、京都市民の反発も強まっている。もはや会津藩には何の利益もない。

容保は江戸に重臣を派遣して訴え続けた。

蛤御門の変で、持ち場を離れたとして譴責《けんせき》された内藤介右衛門も謹慎が解けて表舞台に復帰、東奔西走、帰国に向けて運動を操り広げた。

幕府の奥の手は、皇室を使っての引き止めだった。

容保はまたしても腰砕けに終わる。

孝明天皇から絶対の信頼を得ていた立場からすればやむを得ないことでもあった。政治とは毀誉《きよ》褒貶《ほうへん》、コロコロ変わるものだった。それに断固として対応できない容保には、京都守護職などそもそも、無理な話だった。

国もとは疲弊

会津若松から帰った内藤介右衛門の報告も衝撃だった。

「国もとの疲弊は、われわれの予想を超えている。このところ天候も不順で食料にも事欠いている。藩校日新館も教授方が少なく、旧態依然たる勉強ぶりで、洋式兵学、仏語、英語などの講座がない。これでは会津の行く末が思いやられる。われわれは国もとに帰り、出直さなければ滅びてしまう」

全員、介右衛門の報告に顔色がなかった。

国事、国事と目先のことに追いまくられ、もっとも大事な会津を忘れていたのではないか、誰も二の句をつげず黙りこくった。

「皆の者、殿をお連れして会津に帰ろう」

神保内蔵助が叫んだ。

「賛成でござる」

梶原平馬が叫んだ。田中土佐も賛成した。

会津藩校日新館は、全国屈指の藩校と褒め称える人も多いが、基本は道徳教育であり、内藤介右衛門の報告通り、外国語教育、地理、歴史、理科、数学などの授業は皆無に近かった。剣道、柔道など武術は盛んだったが、軍事学、戦闘術などの授業もなかった。

会津藩の欠点は藩祖保科正之の呪縛《じゅばく》から抜けきれないところにあった。

独自の道

この時の帰国決意は、まさに脱保科正之であり、徳川幕府と心中するのではなく、独自の道を選択する初めての決断だった。

これが二千名の会津藩兵に伝わると、どっと歓声が上がった。

妻に会える、子供に会える、率直な喜びがあった。

容保は床に臥したまま重臣会議の報告を聞き、

「よく決めてくれた。礼をいうぞ。会津に帰ることが皆の幸せなのだ」

とポロポロ涙を流した。

「不肖容保、守護職を奉じて以来、天恩の優渥《ゆうあく》、実に海山にも比べられない。すでに大葬も終わった。顧みるに方今の情勢から見て、容保の帰国は、かえって宗家のために益となるかも知れない。よって守護職を辞め、国に帰ることにしたい」

容保は改めて将軍慶喜に辞表を提出した。

しかし、今回も慶喜が頑として受けつけなかった。

慶喜は二条城に家老田中土佐、梶原平馬を毎日のように呼んで説得した。

「最悪の場合、容保は帰国しても構わぬ。しかし、喜徳は残るのだ。喜徳が京都の警護に当たるのだ。したがって家臣たちは残るのだ」

慶喜が頑として譲らない。

慶喜の実弟を養子に迎えた以上、慶喜の発言には重さがあった。容保の実弟、京都所司代の松平定敬も強硬に反対した。

金戒光明寺に足を運んだ定敬は、

「会津の国情はよくわかる。しかし会津が帰国すれば京の治安はどうなるのだ」

声を荒だて、辞表の撤回を容保に求めた。

会津藩重臣は苦しい立場に追い込まれた。容保は失意のあまり、人との面会を拒絶し、部屋にこもったまま姿を見せない。

「会津は奥州に僻在して不便である。豊かな駿府に領国を移しても構わぬ」

慶喜は、手を替え品を替え、会津を慰留した。

会津人の純朴さが、この時の対応にも出ていた。薩摩、長州、土佐、越前、彼らは都合が悪くなれば、さっさと帰国した。兵士たちは、家族との生活で辛い京都生活を忘れ、新しいエネルギーを充電した。

会津はそれができない。

「あーあ、困った」

会津藩の重臣たちは、日々、苦悩の連続だった。

薩長に背を向けて逃げだすことにためらいもあった。帰るに帰れない。それが会津藩の実情だった。

容保が病弱で、決断力が乏しいことが災いした。

梶原平馬も江戸詰めが長いため、幕府の命令を拒否することは難しかった。

割れる藩論

藩内はここに来て二つに割れた。

武闘派の佐川官兵衛は、

「おめおめと逃げ帰ることが出来ぬ」

と薩長と一戦を交えることを主張した。

しかし勝てるのかとなれば、見通しは立たない。薩摩との連携を取り戻すことも真剣に討議された。

広沢は蝦夷地から秋月悌次郎を戻すよう強く求め、外島機兵衛も同意した。しかし薩長同盟を結んだ薩摩が、その路線を変えることはあり得ない。

会津藩は未曾有の危機に立たされた。

梶原平馬は頻繁に二条城に呼び出された。

「平馬、近う寄れ、余は会津をもっとも信頼している」

慶喜はいつも同じことを言った。

「西郷や大久保、桂小五郎、坂本龍馬、彼らの頭の良さ、器量も十分に承知している。幕府には見当たらぬ人物だ。だが、幕府は神君家康公以来、三百年にわたる偉大な力がある。フランス帝国もついておる」

慶喜は、雄弁に語った。

「平馬、聞け。外国には官僚がいて、国の行政、財政、外交、軍事を司っている。幕府もその制度に改める。それを取り仕切るのが老中首座、首相だ。余はその上に立つ。すべてに自信を持って当たれ。容保の病が治るまでは、喜徳を主君として拝ぎ、京に留まるのだ。幕府は必ず勝つ。自信を持って新生日本を造る。刃向かう奴は斬れ、斬り捨てて構わぬ」

慶喜は、激しく檄を飛ばした。

慶喜の戦略

「はい」

梶原平馬は、慶喜を見つめた。

「いいか、最新式の武器、艦船、軍需品、兵員をフランスから導入し、長州軍をぶち破るのだ。その費用三千五百万フランは、フランスの会社ソシエテ・ジェネラールとイギリスの銀行オリエンタルバンクが、都合するといっておる」

梶原は半信半疑で、慶喜の話を聞いた。

問題は慶喜の構想は、いつも半ば夢物語だったことである。長州攻めの時もそうだった。自分が最高司令官として戦うと意気込んでいたが、戦争が始まると、しり込みし、幕府の長州攻めは連戦連敗だった。小倉口で老中小笠原長行率いる幕府軍が早々に敗れ、小笠原は遁走した。

その連中で、幕府を再建できるのか。出来るはずがない。

梶原はそう思いながらも、慶喜の魔術からは抜け出せない。何せ相手は雲の上の人物、徳川将軍である。

公用局の面々の表情も暗かった。

この五年の間に、薩長は階級の上下が崩れ、世襲制度の主君や重臣たちは、おおむね無能で、下級武士のほとばしるエネルギーによって、藩が支えられ変動が起こっていた。

社会のワクにこだわる意識が薄れ、人々は地域を越えて交流し、徳川幕府に戦いを挑んだ。

尊王は、政権奪取の隠れ蓑、都合が悪くなれば天皇をも毒殺する冷酷無残な政争が展開された。

ロッシュの梃入れ

これに梃《てこ》入れしたのは、フランス公使ロッシュである。

ロッシュの指導で、慶喜は、親仏派の小栗忠順、栗本鋤雲、永井尚志らをブレインに抜擢、行政改革を断行した。

老中首座（首相）には板倉勝静、国内事務総裁に稲葉正邦、会計総裁に松平康英、外国事務総裁に小笠原長行、海軍総裁には稲葉正巳、陸軍総裁に松平乗謨を任命した。

陸海軍の指導者は、フランスからはシャノアン、ブリューネ以下十八名の教官を招き、歩兵、騎兵、砲兵から成る一万数千人の洋式軍隊を編制した。

幕府の中核をなす旗本も困った存在で、未来永劫に幕藩体制が続くと信じている。彼らは京都の騒ぎなど無関心で、軍事訓練に取り組む意欲などはゼロだった。同じ体制が二百年も続くと思考能力も停止、幕府は新しい時代についていけない内部崩壊寸前の組織になっていた。

国際的視野に富んだ官僚群が育っているはずもなく、老中首座が、国内事務総裁に名前が変わったところで、中身は同じだった。

会津藩は、幕府という日本最大の権力機構の最も有能な下部組織、いうなれば子会社である。危ないと分かっていても親会社の社長に反論は出来ない。黙って、言うことを聞くしかなかった。

会津藩重臣は、守護職屋敷に家臣団を集めて、苦しい胸の内を披瀝した。

正面に若殿の喜徳が座った。

「残念ながら帰国はかなわぬ。皆に苦労をかけ断腸の思いである。帰国については、引き続きお願いするが実現は困難である」

家老の神保内蔵助が重苦しい表情で語った。

続いて梶原平馬が幕府の改革を説明し、

「京の都を守れるのは会津をおいて他にない。これは将軍の命令でもあり、新しい帝もそれを望んでおられる」

と、挨拶した。

「それはわかる。しかし、幕府の長州対策は生ぬるい。奴らは京の都にもぐり込み、朝廷内部をおさえ、日夜、陰謀を画策している。幕府は断固たる処置も取らずに会津に責任を押しつけようとしている。納得できない」

佐川官兵衛が大声をあげた。

誰もが幕府の政治に危惧の念を抱いた。幕府が新生日本を造ろうというのなら、京都を自らの軍隊で守り、宮廷から薩長派を一掃し、強い態度で国政に当たるべきだ、と会津藩兵は思っていた。

「われわれも辛いのだ。殿の気持ちを察し、辛抱してもらいたい。こらえてくれ」

田中土佐も藩兵をなだめた。

会津藩とは一体何か。

若い藩兵たちの間に、改めて藩の存在を問う声が起こった。この夜、藩兵たちは、黙々と酒を呑んだ。

いま、幕府、会津に求められるのは、断固たる信念と強さであった。

将軍慶喜に優柔不断な弱さがあることを、会津藩兵は知っている。

「慶喜を信じることが出来るのか」

守護職屋敷のいたるところで公然と幕府批判が飛び出した。藩兵たちの心の傷を知り、梶原平馬は、深い苦悩に襲われた。

薩摩拒絶

蝦夷地から戻った秋月悌次郎も戦列に加わった。だが、薩摩藩邸を訪れた秋月は、門前払いを食わされて、今さらのように時代の変化を知った。

「このままでは、いずれ戦いになる。幕府は瓦解し、会津藩も滅びる。中道の道を探すべきだ」

秋月は説いた。

「戦いになれば、利するのはフランスであり、イギリスなのだ。清国の二の舞いをくり返してはならぬ。徳川家が永久に日本の統治者であるはずはない。アメリカを見よ、イギリスを見よ。入れ札によって、大統領を選び、首相を選んでいる。議会があって、ここで国事を決めている。日本もいずれはそうなる。なんとしても戦争は避けたい」

秋月は皆に訴えた。

「天皇のもとに政事を奉還するのだ。そうすれば、倒幕という薩長の大義名分はなくなる」

広沢はじっと秋月を見つめた。

秋月の意見は、会津藩公用局に衝撃を与えた。

政事を天皇に奉還し、改めて国家を造るという大胆な発想に驚愕した。幕府内部でもオランダから帰った西周《にしあまね》らがこの構想を持っていた。

江戸から戻った梶原平馬は、イギリス公使館にいる会津の野口富蔵に意見を求めた。

富蔵も賛同した。

「それしかあるまい」

慶喜の懐刀原市之進も賛同した。

期せずして同じ行動にでた藩があった。土佐藩である。

大政奉還

暑い夏が過ぎ、秋も深まった十月四日、土佐藩士後藤象二郎が守護職屋敷を訪れた。

外島機兵衛、手代木直右衛門、上田伝治が応接した。

「いま天下の形勢は、外患が日に日に迫り、人心和せず、混迷している。一大改革を図らねば手のつけられぬ事態になろう。いまや政権を万世一系の皇室に返し奉り、国威を日々に拡張し、皇室を泰山の安きにおくしか策はござらん。幕府にもそう建議した。貴藩とは日ごろ昵懇の間柄である。腹心を吐露して申し上げる」

三人は、大政奉還という後藤の考えに大いに興味を抱いた。

問題は薩摩だった。

「しかし、薩摩はあくまで倒幕を唱えている。長州も兵を挙げようとしている。貴藩は、それを抑えることができるのか」

手代木直右衛門がただした。

すると、後藤が、

「土佐の名誉にかけて薩長に手だしはさせぬ」

と明快に答えた。

「大政奉還が成った暁には、上下議政局を設け、議員をおいて国事を議決させる。有為の公卿、諸侯に官位を贈り、顧問として国政に当たってもらう。外国との交際も公議にのっとって行い、新たな条約を結んで世界に窓を開く。国の定めである憲法も制定し、国民はこれに従う」

後藤の建白書は、秋月悌次郎の考えをより具体化したものだった。

容保は、依然、金戒光明寺にこもっていた。

「殿、本日は重大事をご相談に参りました。大政奉還でござる」

重臣たちのただならぬ気配に、容保は緊張した。

「大政奉還とな」

容保はこの言葉に驚き、「それはしかし」と疑問を呈した。

「余は二条城に参る」

容保が言った。

慶喜は、容保の久しぶりの訪問に相好をくずした。

「土佐の建白書、余は賛成だ。大政を奉還しても国事に当たれるのは幕府しかない。薩長の暴発を抑え、わが国の国体を保持するにはこれしかない。昭武（昭徳）をフランスに派遣したのもいずれこうなると踏んだからだ」

「薩摩がおとなしく従うはずは、ございません」

容保がただした。

「心配はいらぬ。江戸から兵を呼び、京を固める。いざとなれば武力もある」

「拙者、すべて争いがなくなるのであれば、異存ありません。幸い身体もよくなりました。上様のためにご奉公致す所存でございます」

「頼むぞ、容保。必ずや、よきように致す。土佐がすべて保証しておる」

慶喜の自信に満ちた表情に、容保は安堵した。

不審な動き

慶喜は大政奉還したところで、朝廷に日本を統治する能力はない。結局は従来通り、幕府が統治することになる。そう信じた。

十月十四日、将軍慶喜は参内して、大政奉還の上表を提出した。

信じられない早さで、一つの時代が終わった。

ところが京都町奉行や新選組から、不穏な情報も入っていた。長州兵が国もとをでて、大挙大坂に向かっているというのだ。

宮廷内部の動きも不審だった。幼帝を岩倉らが抱き込み、薩長の参謀たちと公然と密議をこらしているというのだ。

「怪しい」

手代木直右衛門が鋭い眼を向けた。

新選組の近藤勇も駆けつけ、「陰謀の匂いがする」と、告げた。

「早まったかっ」

会津藩重臣たちに戦慄が走った。

どんでん返し

このころ薩摩の大久保と奸物岩倉具視との間で、討幕の密書なる怪文書が作り上げられていた。

慶喜と容保の断罪の偽勅である。

「朕、この賊をして討たずんば、何をもって上は先帝の霊に謝し、下は万民の深讐に報いんや。賊臣慶喜を殄戮し、もって速やかに回天の偉勲を奏して、生霊を山嶽の安きにおくべし。これ朕の願いなり」

同時に、京都守護職松平容保、京都所司代松平定敬の誅罰も発せられた。十五歳の幼帝が、このような勅書をつくるはずはない。

これが前権大納言中山忠能、同正親町三条実愛《さねなる》、権中納言中御門経之《なかのみかどつねゆき》の三人が偽造した密勅であった。

摂関家、親王家、議奏、武家伝奏など朝廷の重要事項に関係するものは誰も知らなかった。

幼帝は薩長派の傀儡《かいらい》である。

孝明天皇が存命であれば、決して手に入れることができない密勅が、偽造されたのだ。

岩倉具視は陰惨な笑みを浮かべ、大久保一蔵、西郷吉之助、山県狂介らは、国もとへ大軍の出兵を要請した。武力で京都を制圧する魂胆である。

薩摩兵進駐

十一月八日、薩摩藩兵が大挙入京し、長州兵が西宮まで進駐した。

「土佐に謀られた」

金戒光明寺に急報が入った。

容保は、倒れそうになる己を必死にこらえた。

「討幕の密勅、信じられん、信じられん」

容保は、騙された己を自嘲した。

「殿ッ、御所を薩摩藩兵に奪われました！」

「殿ッ、出陣の下知を」

重臣たちの悲痛な叫びを容保は、呆然として聞いた。

「ああー」

容保は、次第に意識が薄れ、脳裡に岩倉具視、大久保一蔵、西郷吉之助らの魔物たちの乱舞が映った。

この直前、京都見廻組は激怒し、土佐の坂本龍馬、中岡慎太《なかおかしんた》郎《ろう》らを斬った。

これには異論もある。

龍馬は武力による幕府顚覆には反対だった。とすれば黒幕は薩摩か長州になる。

陰謀の連続である。

小御所の会議

西郷や大久保は、小御所の会議を招集した。

慶喜と容保は会議から外された。

ここに来て岩倉が動揺した。

幕府が本気で武力攻撃に転じたら勝ち目はあるまい、そう思った。

それを見た大久保は、西郷に相談した。西郷は、

「最後はこれですぞ」

と皆に短刀をちらつかせた。反対するものは刺すという意味である。

異議を唱えていた土佐の山内容堂は口を封じられ、岩倉も覚悟を決めた。

西郷には数々のエピソードがあるが、大久保には、あまりない。『大久保利通日記』を読んでも、自分の考えは表に出ていないし、物事に対する感想も書いていない。酒も飲まない。

趣味は囲碁、相撲を見ることぐらいで、西郷や龍馬に比べると、国民の人気も低く、幕府と会津に賊軍の汚名を着せ、薩長独裁政権を作りあげた男にしては、面白味のない男だった。

成案なし

一方の当事者、慶喜と容保は二条城に籠っていた。

慶喜が小御所の模様を聞いて激怒し、大暴れしたという記録はない。

「旧体制の復活はあり得ないとの諦観、ないしは徳川方に対する絶望観が深かったということだろう」

(家近良樹『徳川慶喜』)という見方もあるが、そうなのだろうか。

慶喜という人物は躁と鬱が激しかった。時として徹底抗戦を叫ぶこともある。この時は躁の状態だったのか。

大政奉還後の日本の政治をどこまで真剣に考えていたのか。これが極めて怪しかった。

相談役が板倉勝静では、いい知恵も浮かばない。勝も小栗もいないのだから初めから如何ともしがたかった。

慶喜は回想録『昔夢《せきむ》会筆記《かいひっき》』で、このときの心境を、次のように語っていた。

「政権返上の意を決したのは早かったが、いかにして王政復古の実を挙げるかについての成案はなかった。公卿、堂上の力では無理であり、諸大名とても同じだった。さりとて諸藩士でも治まりそうもない。

朝廷、幕府ともに有力者は下にあって上にない。

その下にある有力者の説によって、百事公論に決せばよいとは思うが、その方法に至っては何等の定見がない。

松平容堂が建白を出し、上院・下院の制を設けるべしとあった。

これはいかにも良き考えであり、上院に公卿・諸大名、下院に諸藩士を選考して、公論によって政治を行えば、王政復古の実を挙げることが出来る。

これに勇気と自信とを得て、遂に大政奉還を断行したまでである」


公家には何ら定見がないので、結局は自分のところに転がり込む。そういうことであった。

幕府には西周の幕府改造計画があったし、ロッシュも具体案を示していた。

慶喜がこれらをどこまで真剣に受け止めていたのか。この回想を読むかぎり、うわの空で聞いていたとしか思えない。

これでは日本のリーダーにはなれない。

この時、東北はどうだったのか。残念ながら二歩も三歩も遅れていた。

薩摩が兵を率いて江戸にくだり、帰路、生麦事件を起こした段階で、仙台藩も軍勢を率いて上洛、天下に仙台藩の存在を示すべきだった。万事、消極的な仙台を見て、勝海舟は、「東北には人物がいない」と言った。海舟にいわれたくないと思うのだが、越後の河井継之助のような人材が、もっとほしかった。

松平容保も権謀術数に長けた政治家ではなかった。家臣団も正直を旨とした。

生まれ育った風土、地域にも関連するのだが、会津をはじめ、東北の人々は、概して正直で、だますことは不得意だった。

二条城

場面は二条城に変わる。

江戸は大政奉還に大反対である。

老中格兼陸軍総裁松平乗謨、老中格兼海軍総裁稲葉正巳《まさみ》、大目付滝川具挙《ともたか》、若年寄兼陸軍奉行石川総管《ふさかね》らが、歩兵、騎兵、砲兵を率いて、軍艦富士山や順動丸で、京都に駆け付けていた。

慶喜は別として幕閣の方針が大政奉還反対であれば、会津藩、桑名藩、新選組、京都見廻組を結集すれば、京都を制圧することは可能だった。

岩倉具視も西郷も、それをもっとも恐れた。

会津藩、新選組が御所を奪い取り、薩摩、長州邸を粉砕することは、たやすいことだった。

慶応三年（一八六七）十二月十一日、二条城で軍議が開かれた。幕府閣僚、会津藩、桑名藩の幹部が集まった。

会津藩からは家老田中土佐、若年寄諏訪伊助、倉沢右兵衛、桑名藩から小寺新吾左衛門らが出席した。

戦うべしという声があるなかで、会津の田中は腰が引けていた。

「何ゆえ」

と、陸軍総裁の松平が問うた。

「わが公、既に京都守護職にあらず」

と答えた。

「前将軍は軍職を失ったが、なお八百万石を有する諸公の棟梁なり。奸邪を討って君側を清めるのに何の不可があらん」

松平は叫んだ。

「万一、皇室を汚す事なきや」

と慶喜がいった。慶喜は朝敵の影におびえている。完全に逃げの姿勢だった。

慶喜はつい先日まで日本国の大君だった。人間としての誇りはないのか。これほどこけにされ、怒りがないのか。皆、あきれた。

慶喜の内面には、勝利間違いなしと言って出掛けた幕府兵が長州に敗れ、以来、幕府の軍部への強い不信感があったことは事実である。

確かに意気消沈していた。しかし京都には幕府歩兵、会津、桑名藩兵、新選組、その他あわせると幕府軍は一万五千、薩摩、長州、土佐などの戦力は、勝敗は悪くても五分五分だった。

佐川官兵衛は別選組と書生隊を二条城の玄関脇に配備していた。

美麗な輿

気がつくと玄関に美麗な輿《こし》が準備された。聞くと慶喜は大坂城に落ち延びる算段だという。

同士の高津忠三郎からこのことを知った佐川は、

「馬鹿な」

と顔色を変えた。

朝敵と名指しされただけで京都を捨てれば、自ら朝敵の汚名を認めたことになる。

高津は幕府重臣に強く抗議した。しかし慶喜は一刻も早く逃げる算段で、輿を裏口に運び、それに乗って逃げようとした。

「逃がしてはならぬ」

佐川は裏門に兵を回し慶喜の逃亡を阻止した。慶喜は身動きがつかなくなった。

既に市街では争いが起こっていた。

薩長の兵が我が物顔で市中を歩き回り、会津藩の守護職屋敷にも入り込まんとしていた。佐川は弟の又四郎と常盤次郎に兵をつけ、見回りに出した。二人とも剣の達人である。

斬り合い

又四郎らは守護職屋敷の前で、薩摩兵八人と斬り合いになった。

又四郎らは薩摩兵二人を斬り伏せ、四人にも重傷を負わせたが、又四郎と次郎も斬り付けられ、又四郎は守護職屋敷に入って絶命した。

この知らせはすぐに二条城に入った。佐川は即座に高津ら数人を率いて飛び出し、守護職屋敷に駆けつけ、又四郎の頬に手を当て、泣き叫んだ。もはや戦いだと佐川は二条城に駆け戻って皆に叫んだ。

会津兵は激怒し、直ちに薩摩藩邸に向かい、焼き討ちせんとした。これを容保が止めた。

「かくのごとき行為は、慶喜公に累を及ぼすものなり、よろしくわが命を待つべし」

と叫んだ。

「そのようなことは出来ぬ」

佐川は公然と反論した。

戦うのはいまだと佐川は強く感じていた。兵力は完全に幕府軍が優勢であり、加えて薩摩兵の多くは京都の地理を知らなかった。我が方は、どこに御所があり、どこに二条城が有るかすべて熟知している。

何故戦わないのだ。

官兵衛は怒りで顔が真っ赤だった。

官兵衛激怒

容保は、慶喜の忠実な下部《しもべ》である。慶喜に反論することはない。ただ黙っている。

それが田中土佐の発言にも表れていた。主君が消極的であれば、補佐する家老もそうなる。兵は薩摩を討つと大騒ぎである。慶喜が止める。容保は無言。そういう空気だった。

「戦うべし」

たまりかねて官兵衛は大喝した。皆の眼が慶喜にそそがれた。

「余に策がある。ここは一旦、大坂にひくべし」

と言った。

「ばかな」

官兵衛は慶喜を睨んだ。

官兵衛は、薩摩が御所を乗っ取った日、別選隊と書生隊を率いて御所の警備に当たっていた。

突然、薩摩兵が乗り込み、御所を包囲した。佐川は薩摩兵をにらみつけた。しかし突然のことである。

為す術がなかった。御所でなければ、戦さも辞さなかったが、御所で発砲はできない。

薩摩の兵は銃口を会津兵に向け、威嚇した。以来、それを見ながら手をこまねいている慶喜と容保に我慢がならなかった。

第九章　徳川慶喜の罪

落ち武者

慶喜が大阪に落ちる姿をイギリスの外交官アーネスト・サトウが見ていた。

イギリスは、スタンスが定まらない幕府を見限り、薩摩を支持している。はじめは勿論、幕府だった。それが修好通商条約を結んだにもかかわらず、突然、開港を延ばすなど外交方針が、定まらない。軍事力もあってなきがごとし。四境戦争（第二次長州征伐における大島口、芸州口、石州口、小倉口での戦い）で長州に敗れた。

フランスが支援しているが、改革は一向に進まず、薩長の天下は近いと見ていた。

サトウは大坂城近くで、慶喜の一行を待ち受けていた。その時の印象は次のようなものだった。


私たちが、ちょうど城の壕に沿っている往来の端まできたとき、進軍ラッパが鳴りひびいて、洋式訓練部隊が長い列をつくって行進して来るのに会った。

部隊が通過するまで、私たちは華美な赤い陣羽織を着た男の立っている反対側の一隅にたたずんでいた。

この部隊が去ったあとから、異様な服装をした兵士の一隊（遊撃隊、すなわち「勇敢な戦士」）がつづいた。

この兵士の中には、背中の半分までたれた長い黒髪や白髪の仮髪《かつら》のついた陣笠をかぶった者もあれば、水盤型の軍帽や平たい帽子をかぶった者もいた。

武器も長槍、あるいは短槍、スペンサー銃、スウィス銃、旧式銃、あるいは普通の両刀など、さまざまだった。

その時、あたりが静かになった。

騎馬の一隊が近づいて来たのだ。日本人はみなひざまずいた。

それは慶喜と、その供奉の人々であった。私たちは、この転落の偉人に向かって脱帽した。

慶喜は黒い頭巾をかぶり、普通の軍帽をかぶっていた。見たところ、顔はやつれて、物悲しげであった。

彼は、私たちに気づかなかった様子だ。これに引きかえ、その後に従った老中の伊賀守と豊前守（若年寄大河内正質）は、私たちの敬礼に答えて快活に会釈した。

会津公や桑名公もその中にいた。そのあとからまた遊撃隊がつづいた。そして行列のしんがりには、さらに多数の洋式訓練部隊がつづいたのである。

私たちは最後の部隊を見送ってから、今度は城へ入る光景を見ようと、その方向へ急いだ。

その途中、大君を一目見ようとやって来た長官、力の及ぶかぎり大君の没落に貢献してきたところの、私たちの長官に出会った。壕にかかっている橋の上を通って行く縦列は、見事な色彩の配合を見せながら、大きな門（大手）から入城して行った。

大君のほかは、みんな馬からおりた。おりから、その場にふさわしく、雨が降ってきた。（『一外交官の見た明治維新』）

サトウは、完全に幕府と慶喜に見切りをつけていた。

安堵の息

慶喜が大坂に下ったことで、安堵の息を漏らしたのは、岩倉と西郷だった。

「これで勝てる」

と薩摩の西郷は確信した。しかしこのまま慶喜を江戸に帰しては、討幕は出来ない。大坂で幕府軍を徹底的に打ち破ることがカギだった。

薩摩藩は、この日のために軍事の近代化を進め、これまでに数千挺のライフル銃を購入した。大砲もアームストロング砲四門を購入したほか、自前でフランス式の施条砲を鋳造した。総兵力は約一万一千。士気も旺盛で、対会津戦の準備を進めてきた。しかし鹿児島から十分な兵力がまだ上京していなかったので、開戦が遅れたことは、薩摩や長州にとって大助かりだった。

如何にして慶喜を戦場に引きずり出すか。

西郷は秘策を練った。

「どうするつもりだ」

岩倉が問うた。

「細工は流々《りゅうりゅう》でごわす」

西郷はうそぶいた。西郷は江戸藩邸に指令を出し、無頼の徒を集めさせ、江戸市中で、強盗、放火、陣屋の襲撃など悪の限りを行なわせた。その役を担ったのは旧幕臣酒井某の家来、相楽総三《さがらそうぞう》とその一派だった。相楽は薩摩藩邸を根拠とし、夜な夜な火付けや強盗を働いた。

潤沢な軍資金

薩摩は琉球貿易で、財政は豊かだった。

琉球、薩摩を経由する唐物が全国に流通し、潤沢な軍資金を所有していた。薩摩の事情にくわしい歴史家毛利《もうり》敏彦《としひこ》は、「薩摩を敵に回したとき、幕府の運命は決まった」（『明治維新の再発見』）と言った。

そうかもしれなかった。

潤沢な資金を手にした相楽総三の江戸破壊活動は、半端なものではなかった。

相楽の下に集まった浪士は、ある時は四、五百人、ある時は三百人という大規模なもので、江戸を中心に、野州（下野）、甲州、相模の三方から幕府を脅かそうという作戦だった。江戸城にも三度、忍び込み火をつけた。

指揮したのは薩摩の伊牟《いむ》田尚平《たしょうへい》と益満休之助《ますみつきゅうのすけ》である。

江戸城の警備もいい加減なものだった。たまりかねた幕府は、江戸市中取締、庄内藩主の酒井左衛門尉と幕府の新徴組に薩摩藩邸の攻撃を命じた。

幕府が自ら乗り出さないで、何でもいうことを聞く地方の藩に任せるというのも、京都守護職と同じだった。益満は捕縛されたが、伊牟田や相楽は用意していた船で江戸を脱出、兵庫に逃げ帰った。

この報に、大坂城中はたちまち討薩論一色となった。

「西郷め、はかりおったな」

慶喜は、西郷の謀略に青ざめた。

西郷は謀略にかけて、天才的才能の持ち主だった。慶喜と容保は翻弄《ほんろう》され続ける。容保は生真面目一本の男だった。

佐川官兵衛ほどでなくても少しは、しぶとさ、負けじ魂があれば、逆に慶喜をリードすることも可能だったが、そういうものは微塵もなく、慶喜に従うだけが、自分の使命と考える人物だった。

西郷から見れば、二人とも与《くみ》しやすい人物だった。

腹に針金

容保は一本気な官兵衛が好きで、長崎で勉強させたいと考え、舎密《せいみ》学（化学）を学ばせようとしたが、京都の情勢が悪化、実現しなかった。

もっと早く官兵衛を長崎に出し、坂本龍馬や薩長の志士とも交流し見聞を広げれば、もっと違った会津軍を創設できたはずであった。

鳥羽伏見に出陣のとき、官兵衛は、袴をはき、冑《かぶと》をかぶり、腹に針金を巻き、采配を手に出陣した。腹の針金は、銃弾除けであったろう。

率いる兵は別選隊四十人、江戸から駆け付けた書生隊三十人のわずかに七十人、銃はほとんどなく、武器は槍だった。

会津藩最強部隊の実像は、こういうものだった。会津藩は近代化が大きく遅れており、残念無念の一語に尽きた。

両軍の配備

大坂城は「薩摩を討て」と熱狂の渦に包まれていた。

大坂城には薩摩の密偵も入り込んでおり、城内の空気は西郷に筒抜けだった。

幕府兵の激昂を聞いて、鳥羽伏見で幕府軍を叩けば勝てると、ほくそえんだ。

西郷は十二月中旬から準備に入り、西宮や守口、住吉口に姫路や紀州の兵を配置していた。

京都に侵入されると、ゲリラ戦となり苦戦は免れないが、鳥羽伏見の街道筋であれば、小銃、大砲で幕府軍を圧倒することはやさしいことだった。

このため、なんとしても大坂の慶喜に、戦争を起こさせる必要があった。

弱気の虫

しかし慶喜の表情は、どこかさえなかった。もともと戦争はしたくないのだ。長州攻めで大敗を喫し、軍事に自信が持てなかった。

戦えば勝てると周囲は言うが、信用は出来なかった。慶喜は頻《しき》りに咳をした。風邪だという。得意の仮病に違いなかった。陸軍の上層部と会津に押されて、

「戦う」

と言ってはみたものの、確信が持てず、弱気の虫が頭をもたげ、風邪にかこつけて、布団をかぶって寝た振りをしていた。

見かねて老中の板倉が、

「将士の激昂大方ならず、兵を率いて御上京あるより外、術《すべ》はございません」

と言った。

すると慶喜は、読みかけていた孫子の兵法を示し、

「彼を知り、おのれを知らば、百戦あやうからず。これは今日においても緊要なる格言だ。一体、譜代、旗本の中に、西郷に匹敵すべき人材がおるか」

この期に及んで、敵の大将の名を挙げるとは、不可解だった。板倉はしばらく考えて、

「そのような人物はおりません」

「では大久保に匹敵するものはおるか」

「これも」

板倉は言葉に詰まった。

「薩摩と開戦しても、勝てるのか。結局はいたずらに朝敵の汚名を被るのみではないか。決して戦をすべきではない」

慶喜は、負けると考えている様子だった。しかし、ここまで来た以上、板倉も下がれない。

「会津は上様が拒めば、上様を刺しても脱走せんとする勢いですぞ」

と慶喜に迫った。

慶喜は初めてガバッと跳ね起きた。会津が自分を殺すという板倉の言葉に恐怖を覚えた。慶喜は殺されると聞いただけで身震いした。逃げるしかない。

戦いが始まる前から慶喜の脳裏をよぎるのは、江戸に逃げ帰ることだった。

長州兵上京

幕府と会津がもたついている間に、長州兵も続々上京してきた。

長州の総兵力は、農商隊千六百を含めて一万一千余だった。

鳥羽伏見への出兵は第二奇兵隊、奇兵隊、遊撃隊、整武隊、振武隊、鋭武隊など兵員は約七百だった。

全員に最新式の小銃が配備されていた。長崎のグラバー商会から購入した元込め銃である。

長州藩は武器の輸入は禁じられていたが、土佐藩や薩摩藩がなかに入って密輸入し、第二次長州征伐のときは、実にミニエー銃四千三百挺、ゲベル銃三千挺を保有していた。軍事大国であった。

ゲベル銃の有効射程距離は百メートル以内だが、ミニエー銃は三百から五百メートルもあり、槍隊など皆殺しも可能な部隊だった。

いくら会津の官兵衛が勇猛果敢でも、奇襲か夜襲でもない限り、打つ手はなかった。

軍配

幕府軍は首脳会議で、正月二日出陣、三日入京と決め、慶喜は、

「京都を奪還せよ」

と珍しく気合を入れ、軍配書にも目を通した。軍配書は、次の様なものだった。（大山柏『戊辰役戦史』）

黒谷《くろだに》＝歩兵奉行並佐久間近江守（信久）を将として、歩兵頭河野佐渡守の歩兵二大隊、砲兵頭並安藤璆太郎の砲兵四門、築造兵四十人、会津藩の兵四百人と砲四門、松平讃岐《さぬき》守（高松藩主）の兵八小隊これに属し、攻撃の前日に出張。

大仏《おさらぎ》＝陸軍奉行並高力主計頭《かずえのかみ》を将として、歩兵奉行並横田伊豆守の歩兵二大隊、砲兵二門、騎兵三騎、築造兵四十人、会津藩の兵四百人と砲三門、稲垣平右衛門（志摩鳥羽藩主）の兵二小隊これに属し、攻撃の前日出張する。

二条城＝陸軍奉行並大久保主膳正を将として、歩兵奉行並徳山出羽守の歩兵二大隊、砲兵四門、騎兵三騎、佐々木只三郎の京都見廻組四百人、本国寺組二百人、築造兵四十人が所属し、攻撃の前々日に出張する。

伏見＝歩兵奉行並城和泉守を将として、歩兵頭窪田備前守の歩兵一大隊、同並大沢顕一郎の歩兵一大隊、砲兵頭並間宮鉄太郎の砲兵四門、及新選組百五十人、騎兵三騎、築造兵四十人が所属。

鳥羽街道＝陸軍奉行竹中丹後守（重固）を将として、歩兵頭秋山下総守の歩兵一大隊、歩兵頭並小笠原石見《いわみ》守の歩兵一大隊、砲兵頭谷土佐守の砲兵二門、及び桑名藩の兵四小隊と砲二門、松平右近将監（石見浜田藩主）の兵三十人、騎馬三騎、築造兵四十人がこれに属し、攻撃の当朝より鳥羽へ出張して東寺へ向

う。

淀本営＝老中格松平豊前守（大河内正質、上総大多喜藩主）が出張、副総督、若年寄並塚原但馬守昌義。これに属するは、豊前守の手兵一小隊（四十人）、御側御用取次室賀伊斐予守（正容）の手兵二小隊、命令を待って京都へ繰込む。

橋本関門＝酒井若狭守（小浜藩）松平下総守（忍藩）の兵若干。

西宮＝酒井雅楽（姫路藩）、蜂須賀阿波（徳島）人数半大隊、撒兵一中隊、頭取一人、撒兵頭取並須田雙一の撒兵半大隊、及砲兵一門、会津藩の兵二百人。

兵庫＝撒兵頭須田敬一郎の撒兵半大隊、大砲二門。会津藩の兵二百人、徳島藩兵若干。

大坂蔵屋敷＝撒兵頭天野加賀守、撒兵頭並塙健次郎の撒兵九小隊、砲兵頭並吉田直次郎の砲兵二門、会津藩の兵四百人が駐屯。

大坂城御警備＝陸軍奉行並大久保能登守（教寛）の奥詰銃隊八小隊、同戸田肥後守の奥詰銃隊八小隊、銃隊頭並杉浦八郎五郎の銃隊四小隊、撒兵頭並三浦新十郎の撒兵四小隊。

城外廻り関門十四ケ所＝歩兵頭並小林端一の歩兵一大隊、ほかに外国人旅宿回りの巡邏のこと。

ほかに紀州藩兵、彦根藩兵もいて市中警備を担当、形の上では、負けるはずのない陣容に見えた。

根本的欠陥

ただし、この軍配には、根本的な欠陥があった。軍事史家大山柏《おおやまかしわ》は、

「途中の行軍や不慮の戦闘については全く考慮されていない。ゆえに、いったん途中で、まだ戦闘予定配置ができぬうちに戦闘が起こるや、狭隘《きょうあい》の地域に徒らに多数の軍隊を密集せしめた結果、かえって混雑を

惹起し、全く統一指揮が出来ないのみか、広く展開して兵力に応じ、軍隊配置を適切に指導し得なかった」

と指摘した。

加えて兵も玉石混交《ぎょくせきこんこう》、有能な下士官がいなかった。

人手不足が激しかった。伝習隊と称して、幕府陸軍を創設したが、旗本は誰も応募しない。

「鉄砲など馬鹿らしく担げるか。あれは足軽のやることだ」

と全くやる気がない。旗本に軍事知識は皆無だった。組織がつぶれるときは、こんなものだった。

旧態依然、幕府はいたるところで手遅れだった。応募してきたのは、博徒や駕籠かきの人夫、馬丁などだった。

これではだめだと、神奈川や八王子、藤沢あたりの農家の次、三男をかき集めた。しかし応募者は体が細く、見るからに弱々しい。実戦にはとても使えない軍隊だった。

慶喜が弱気になるのも、むべなるかなだった。

万全の策

対する岩倉や西郷も決して楽観視してはいなかった。

負ける場合があることも計算に入れていた。この違いが勝敗を決めた。

鳥羽伏見で敗れたときは、天皇は婦人を装い、女官の輿に身を隠し、御所を出ることにしていた。西郷、大久保、桂小五郎の三傑と中山忠能が従い、薩長の兵士が護衛し、山陰道を取り、芸州、備州（広島、岡山）の間に出て、潜伏し、西南諸藩に使いを出し援軍を仰ぐことにしていた。

京都に残るのは岩倉で、尾張、越前の諸藩に命じ、比叡山に天皇を匿ったと見せかけ、この間に仁和寺《にんなじの》宮《みや》が関東に下向して勤王の士を集め、江戸城を攻撃するという作戦だった。

天皇さえ奉戴していれば、自分たちは官軍であり、絶対優位の立場にある。

西郷らの強みは、幼帝を懐に抱いていることだった。

幕府軍が勝利するためには、いち早く京都を制圧し、天皇が脱出する前に御所を包囲し、天皇を奪還することだった。そのためには会津兵を主体にしたゲリラ兵をいち早く京都に潜入させることだった。

しかし軍配書に、そのことがなかった。

四塚関門

三日朝、淀にいた幕府大目付滝川具知は、京都見廻組を護衛につけて、大坂から京都を目指した。総勢四百人ほどである。

鳥羽街道の基点である四塚関門に着くと、薩摩兵が通行を差し止めた。

京都見廻組の兵装は和式で、甲をつけ、鎖帷子に刀、槍を携え、小銃は所持していなかった。

背後に幕府の歩兵部隊を潜ませなければ、太刀打ちできない。

戦争だというのに、

「朝廷に陳情の議あり、通せ」

「いや通さない」

と押し問答である。これで相手が通すと考えたこと自体、大きな誤解だった。

四塚関門を守る薩摩兵は完全武装の小銃五番隊、六番隊、外城一番、二番、三番隊、私領二番隊と一番砲隊、砲四門が配備されていた。

映画『戦国自衛隊』が脳裡をよぎる。あの映画では、騎馬武者が戦車に向かっていった。それと同じような光景が展開された。

騎馬武者が、関門を突破しようとしたその瞬間、ラッパが鳴った。

時刻は日没に近かった。藪に潜んでいた薩摩の銃隊が、小銃を乱射、路上と街道東の田畑に備えた四門の大砲が火を噴いた。

一瞬にして街道は修羅場になった。

滝川は馬にまたがっていたが、近くに砲弾がさく裂、馬は仰天して疾走した。

幕府兵はバラバラになって逃げた。即死者多数、怪我人数知れず。死体が周辺に転がった。

見廻組は、捨てられた小銃を拾い集め、反撃を試みたが、関門を突破出来なかった。

伏見街道

伏見街道には、陸軍歩兵奉行竹中丹後守率いる歩兵第七連隊、第十二大隊、伝習第一大隊が、旧伏見奉行所に布陣していた。

会津藩はこの周辺に槍隊と砲隊、佐川官兵衛の別選隊を出していた。

鳥羽の砲声と同時に戦闘が始まった。

官兵衛の部隊は会津兵と新選組が、刀槍を手に突進した。

会津兵は死に物狂いだった。

林権助、白井五郎太夫の大砲隊も大奮戦、弾丸が切れるや、槍で敵陣に突進、薩摩兵を驚嘆させた。

薩摩兵は、会津藩兵の突撃に恐怖して退却を始め、会津兵は下鳥羽まで進撃した。

しかし現地司令官の竹中丹後守が淀への退却を命じたため、後ろを見たら誰もいない。

「馬鹿野郎、ここで一気に京都に攻め入らずしてどうする」

官兵衛がどなった。新選組も竹中の腰抜けにあきれた。

永倉新八

大正四年まで生きた新選組隊士永倉新八の回想記『新撰組顚末記』は、鳥羽伏見の戦いを、大要、このように書き記している。

鳥羽伏見の合戦はじつに徳川幕府が天下を制するか、勤王党が天下を制するかという分け目の関であった。

新選組は勤王党にはちがいないが、幕府の恩顧を食《は》んでいたので、いつしか佐幕勤王党という当時の大勢に適合しない位置に立った。

五日には長州兵が、鳥羽街道を大挙して南下してきた。新選組は会津兵と合して防戦につとめ、さらに東寺入口まで攻めこんだが、長州兵は民家に火を放ったので追撃をやめ、ふたたび淀小橋まで引き上げた。

この合戦で会津の老将林権助は七十歳の老軀をひっさげて奮戦したのち、八発の弾丸をうけて討死をとげ、長子の又三郎がかわって大砲隊長となり、猛烈に長州兵を追いちらして敵の胆を寒からしめた。

翌六日の朝、幕府兵三百をひきいて佐々木只三郎がやってきたので、鳥羽口の防備はこれにまかせ、新選組は淀堤の千本松に陣を張った。

すると薩摩の一隊がたちまち二門の砲を曳いて千本松に押し寄せ、銃火を雨霰のように浴びせかける。こちらは鉄砲が不足なので、永倉新八をはじめ隊士の面々みな身がるとなり、刀をふりまわして薩摩へ無二無三に斬りこんだ。

両軍とも血気の壮士ばかりとて、二時《ふたとき》あまりも血戦し、おのおの多数の死傷者をだし、とうとう薩摩兵を追いまくったが、長追いをすれば、連絡をたたれる恐れありと、途中から引き返すと、薩摩兵は盛り返して追撃を始める。

新選組は小橋のあたりで、遺棄されてある大砲一門を発見し、しつこく追いすがる薩摩軍の頭上に砲火をみまい、たじろぐすきをみて、淀の城下に向かい、会津の兵に合することができた。

しかるに薩長の兵は、このとき対岸から小舟をあやつって淀川を渡り、ぞくぞく淀城内へくり込むように、会津兵が城内さして大手門へかかると、城主稲葉長門守は勅命と称して、かたくその入城をこばんだ。

とかくするうちに幕臣の松平豊後守、竹中図書頭、新選組副長土方歳三らは、大坂へ退却を決したので、永倉は薩長の追撃を妨げようと、民間の建具畳の類を淀小橋の上に積み重ね、火をつけたが、容易に燃えうつらなかった。

そうする間に、全軍無事に大坂に入り、橋本宿の入口に歩兵隊五十名と新選組隊士五十名を配し、さらに永倉新八、斎藤一に二十名を付して八幡山の中腹に拠らしめ、緩急あい応ずる備えをたてた。

淀の城下は、まもなく兵火につつまれた。幕府方の兵は総退却をはじめた。

砲銃の音や喊声《かんせい》が随所に起こり、幕府軍の死傷者が退路に累々《るいるい》として横たわった。

八幡山の麓でも激しい戦闘が行われ、橋本宿も薩摩軍の手に帰した。

橋本宿が敵手に落ちると聞き、山を下り、かつ戦い、かつ走って大坂にたどり着いた。

薩長の間者

幕府、会津軍は劣勢に立たされた。

将軍慶喜の護衛だった遊撃隊の桃井春蔵《もものいしゅんぞう》は、薩長の志士に通じ、隙を狙って慶喜の居間に近い柳の間に火をかけた。

「この野郎ッ」

新選組が桃井を追いかけると、桃井は城を飛び出して、蔵屋敷の土佐の藩邸に逃げ込んだ。

錦の御旗《みはた》も上がり、もはや幕府、会津軍は負け戦だった。

この日、仁和寺宮が出陣し、錦旗《きんき》を高々と掲げたため、徳川・会津は賊軍となり、官軍となった薩長軍の士気が大いに上がった。

岩倉安堵

西郷は京都にいたが、我慢が出来なくなり、伏見の戦場に姿を見せた。戦況は薩長軍に有利であり、西郷は三日の夜、御所に詰める大久保に、

「初戦の勝利、驚き入り候」

と勝利を伝えた。これを聞いて岩倉も安堵した。

幕府軍がいち早く京都に侵入し、制圧すれば、この作戦は一気に崩れることは必至だった。

虎の子の歩兵二大隊も伏見で惨敗。二人の大隊長が狙撃されて戦死、幕府軍は挽回不能に陥った。

二人はフランス陸軍のシャノワンやブリューネから近代戦の戦法を学んだ上級指揮官だったが、何もできないままに憤死した。

そこに錦旗が現れた。この知らせに慶喜が仰天した。慶喜の生母は有栖川宮織仁親王の王女である。

つまり慶喜は、徳川と京都の皇族の混血だった。他人よりは遥かに皇室に敏感だった。西郷や岩倉、大久保らは、天皇を玉と呼んでいた。

ときには絶対的な意味を持つ「ギョク」と呼び、ときには「タマ」と呼び捨てにした。彼らにとって、

天皇は道具に過ぎなかった。

慶喜の演説

五日、大坂城では、慶喜を中心に最後の評定が開かれた。

大広間には首席老中板倉勝静、老中酒井《さかい》忠惇《ただとし》、老中格大河内《おおこうち》正質《まさただ》、松平容保、松平定敬ら幕府、会津の首脳が徹底抗戦を誓った。

『会津戊辰戦史』によると、この日の慶喜は人が変わったように雄弁だった。

風邪で臥せっていた人間とはとても思えなかった。

「事、すでにここに至った。しかし、千騎戦没して高となるといえども退くべからず」

その姿に人々は、慶喜もようやく本気になったと錯覚した。

容保は信じがたい表情で、慶喜を見た。これまで何度も、慶喜に裏切られている。今度こそ本当かも知れない。そう思った。慶喜はなおも、言葉を続けた。

「汝らよろしく奮発して、力を尽くすべし。もし、この地敗れても関東があり、関東が敗れても水戸あり」

慶喜のテンションは高かった。

重臣たちは慶喜の言葉に歓喜した。しかし、慶喜の詭弁には定評があった。

「一騎となるとも退くな」

と言いながら慶喜の脳裏をよぎるのは、大坂城からの脱出だった。

濡れ衣

し付けた。

慶喜はこともあろうに、会津藩士神保修理の報告で、大坂脱出を決めたと語り、後日、責任を会津に押
慶喜が大演説をする直前、会津藩家老神保内蔵助の嫡男、修理が前線を視察して城に戻り、慶喜に率直に戦況を報告した。

「いまや、慶喜公は、前将軍であらせられる。すでに政権なく、また責任なし。したがって、薩長を暴臣だとして、直ちに君側の奸を除こうと、大兵を送るのは正しくございません。江戸で兵を建て直し、再起を期すべきかと」

と修理は、述べた。これも、いささか不用意な発言ではあった。官兵衛が聞いたら激怒する発言だった。

この時、「しめた」と慶喜は思った。慶喜はずる賢い男である。修理のこの言葉に飛びついた。会津の神保にいわれたので江戸に戻ったと、責任をなすりつける策に出た。

それにしても、慶喜、容保がこっそり逃げ出すなど修理は、夢にも考えていなかった。慶喜はこの夜、逃亡した。

兵士たちが戦場に出払ったあと、慶喜は容保を呼んで、

「江戸に軍艦で戻る。余についてまいれ」

といった。容保はショックのあまり、呆然と慶喜を見つめた。それに反論を唱える気力は、失せていた。

それを知った容保の近侍、浅羽忠之助は悲痛な叫びを発した。

「我が将士、苦戦利あらず、死傷甚だ多し。これを棄てて公独り、東下せらるるは不義なり。他日、何の顔ありて、将士を見んや」

と、全身に震えを感じ、大切な主君に不義をさせてはならない。どんなことがあっても阻止しようと拝謁を求めた。

しかし、容保は慶喜の御前に出ているといって、どうしても会えなかった。

側近の幕閣たちも慶喜と一緒に城を抜けだした。

慶喜が同行させた幕臣は、老中酒井忠惇、同板倉勝静、外国総奉行山口直毅《やまぐちなおたけ》のほかに、大目付戸川伊豆守忠愛《ただなる》、目付榎本対馬守、医師戸塚文海《とつかぶんかい》、外国奉行支配組頭高畠五郎《たかばたけごろう》らだった。その上、さらに容保と桑名藩主定敬も伴っていた。

これを知った修理は、家老の内藤介右衛門に知らせ、天保山に馬を飛ばした。しかし浜辺に慶喜の姿も容保の姿もなかった。

あまりのことに初めは誰も信じなかった。しかし、恐る恐る慶喜の居室に入り、書類・器具が散乱しているのを見て、皆、茫然自失して顔を見合わせるばかりだった。

罵声、怒声が城内を飛び交い、城内の置物、書画骨董、すべてが破壊された。

会津の将兵は、

「天下の名城を捨てるのは武門の恥辱だ。後世の人々は、我々をなんと評するか」

「たとえ刀折れ、城を枕に討ち死にするも愉快ではないか」

「守城数日に及べば、諸藩の応援も来よう。戦うべきだ」

と、抗戦の続行を叫んだが、主君が逃亡した以上、何が出来ようか。怪我人を救出、天保山の軍艦富士山に収容し、紀州に向け落ち延びるのがやっとだった。

天魔の行為

定敬を連れ去られた桑名藩士のショックも大きかった。藩士の中村武雄は、

「戦いを叫び、舌の根いまだ乾かざるに人にも告げず関東へ逃げ下り給いしはいかなる事にや。天魔の行

為なり。大坂は天下の堅城なり。城中には数万の精兵あり。兵糧、器械、弾薬に至るまでことごとく備われり。力を尽くして籠城せば、京方いかほど猛しとも、にわかに抜くこと叶うまじ」

と泣き伏した。

大坂城は、深い濠、高い石垣、堅固な大砲陣地で守られた天下の名城だった。総力を挙げて戦ったら、数か月はゆうに持ちこたえることができたはずだった。

慶喜一人ならともかく主君の容保、定敬が家臣を置き去りに逃亡したことは、会津兵と桑名兵に深い絶望と悲しみを与えた。

戦国時代を見てもこうした主君は皆無だった。

慶喜に言われたからといって、家臣を捨てておめおめ逃走したことは、武士道に照らしてみても、説明のつかないことだった。

「くくく」

会津藩将兵は皆泣いた。修理は後日、責任を負って自決するが、激昂した会津藩士に斬殺されたとも伝えられ、心の中で最も苦しんだのは、容保かも知れなかった。


天保山には幕府の最新鋭軍艦、開陽が停泊していた。

艦長榎本武揚は、作戦会議のために上陸していた。

「艦長の命令がなければ、船は出せない」

と副長の沢太郎左衛門は断ったが、

「余は将軍であるぞ」

慶喜の命令に沢も折れた。船の中で容保が、

「あの勇壮な出撃命令の後で、なぜこんなに急に東下する決心をなさったのですか」
と慶喜に聞いた。あまりの変心が信じられなかった。
すると慶喜は、
「あの調子でやらなければ衆兵が奮い立たないからだ。方便だよ」
と返答した。容保は、言葉を失った。

顔色土のごとし

『徳川慶喜公伝』は、慶喜の東帰航をこう描いていた。

公は正月八日の夜、開陽艦にて摂海を解纜《かいらん》し給へるに、紀州大島を距ること五六里の頃、西北の風俄に起りて、刻一刻猛烈を加へしかは、艦は風のまにまに流れて、十日暁には八丈島の北五六里の沖に漂へり。人々安き心もなかりしが、夜明け離れてより風少しく静まりしかば、艦首を転じて、其日の夕、事なく浦賀港に入ることを得たり。公は金二百両を賜ひて船員をねぎらい給へり。

十一日艦品川沖に入る（戊辰の夢）、公は十二日の未明を待ちて浜御殿に上陸せられ、巳の半刻（午前十一時頃）騎馬にて江戸城の西丸に入らせらる（七年史。続徳川実紀）。

勝安房守（義邦）の日記を按ずるに、

「十一日、開陽艦品海に錨を投ず、使ありて払暁、浜の海軍所に至る、御東帰によりてなり、始めて伏見の顚末を聞く、会津侯・桑名侯・共に御供中にあり、その詳説を問はんとすれども、顔色土の如く、互に目を以てするのみにて、口を開く者なし。

僅かに板倉閣老に就いてその概略を聞くことを得たり」とあり、以て当時の情況を察すべし。

この時、勝海舟は、

「あんたがた、何をしでかしたのか」

と怒鳴った。

これで幕府の崩壊は決定的となった。

慶喜は上野の寛永寺に籠り、謹慎した。幕府の主導権を握ったのは勝海舟だった。


容保は後日、全将兵の前で詫びた。

『会津戊辰戦史』はこう伝えた。


二月十五日、我が公、京師、伏見、鳥羽、淀、八幡に戦いたる兵士及び佛蘭西兵式練習を命ぜられたる隊士を和田倉邸内馬場に召見す。

申《さる》の下刻（午後五時）より集合す。

首座は戦争に従い、且つ練習を命ぜられたる者、次座は戦争に従い練習を命ぜられざる者、三座は戦争に従わずして練習を命ぜられたる者なり。

時に日巳に闇《くら》く、大提灯数個を点じ、我が公自ら臨みて慰労して曰く。

曩日、汝等の奮戦感称するに堪えず。然るに内府公（慶喜）俄に東下せらる、予は其の前途を憂い公に従って東下したり。

これを全隊に告げざりしは、予大にこれを慚《は》づ。家を喜徳に譲り、必ず回復せざるべからず。

汝ら皆一致勉励し、能くこれを輔けよ、予篤く汝等に依頼すと、隊士皆叩頭感泣す、既にして酒を賜って曰く、時春寒に属す、よろしく鯨飲すべしと、隊士感喜す。

とあった。

容保が皆に頭を下げ、謝罪したことで、皆の心からわだかまりが消えた。

しかし会津藩を待ち受けていたのは、薩長との全面戦争だった。

それは、血で血を洗う壮絶な戦闘だった。

会津城下は焦土と化し、三千人以上の戦死者をだし、敗れた会津人は下北半島の不毛の地に追われた。

飢えと寒さに苦しみ、多くの人が餓死した。

明治という国家をどうとらえるか。

会津藩とは一体何だったのか。

幕末維新の解明はまだまだ不十分といえよう。

あとがき

会津藩の悲劇は続く。

徳川幕府が瓦解した以上、会津藩もこれ以上、戦いを続けることは望まなかった。

不本意ではあるが、朝廷と戦火を交えたことに深く反省し、謝罪する。このような嘆願書を朝廷に提出した。

しかし薩長政権の答えは、厳しいものだった。

藩主松平容保の斬首である。

それは戦いで来いというサインだった。

会津を支援し、奥羽、越後の各地で、戊辰戦争は始まった。

なかでも会津城下の戦いは、苛烈を極めた。婦女子や少年も戦闘に加わり、飯盛山で自決した白虎隊の悲劇はあまりにも有名だった。

従来、会津戦争は、白虎隊や婦女子の壮絶な殉国が賛美され、会津武士道の精華を遺憾なく発揮したものと称えられた。

会津側の見方で書く会津戦争は、これでもか、これでもかと会津藩を悲劇のヒーローに仕立て上げた。

城下の開戦初日、大勢の婦女子が殉難したが、それは婦人の鑑と称えられた。

しかし、私はかならずしも婦人の鑑ととらえることはしなかった。それは避難態勢の不徹底であり、会津藩軍事局の手落ちが存在したからである。むしろ人災の部分が濃厚だった。

会津藩の見事さは、若き政務担当家老梶原平馬の努力によって、奥羽越列藩同盟が結成され、仙台藩が白河に兵を出し、越後の長岡藩が参戦したときに示された。

しかし戦闘に入ると、どこの戦場でも敗れ、同盟は瓦解した。その責任のいくつかは会津藩にあった。

それは長州の大村益次郎に匹敵するような戦略家の不在だった。

かつて京都守護職の時代、会津藩には公用局があり、情勢分析に大きな成果を上げたが、会津戦争では冷静に戦争を見つめ、勝利の方程式を立案、実施する参謀が不在だった。

会津藩は同盟が成った時点で、勝てると判断し、戦争に対する取り組み方に、革命的な発想が見られなかった。

開戦当初、軍事総督が不在だった。

軍事局もあるにはあったが、俗吏が詰めているにすぎなかった。

信じ難いほど情報管理は不十分だった。

会津国境も母成峠が破られても、どこからも連絡が入らず、たまたま猪苗代に出かけた藩士が急報し、やっと分かる始末だった。

会津の国境は広大である。

天下の会津藩としては信じがたいことだった。

情報伝達のうえで、騎兵は絶対に欠かせないものだったが、その編制はなく、連絡体制の不備は、その後の戦いに決定的な影響を与えた。

白河をはじめ、勝てる戦をみすみす失った場面があまりにも多く、人々は下北半島で塗炭の苦しみを味わう結果となった。

会津は残念ながら文武両道に欠けていた。武が欠落していた。

平石弁蔵の『会津戊辰戦争』に板垣退助の序文が寄せられている。

板垣退助は『自由党史』で、

「会津は天下屈指の雄藩である。もし上下心を一にし、藩国に尽くせば、わずか五千未満のわが官兵、容易に会津を降伏させることは出来なかったであろう。

庶民は難を避け、逃散し、累世の君恩に報いる気概はなく、その滅亡を目の前にして、風馬牛の感をなすゆえんはなんであったか。一般人民に愛国心がなかったのは、上下離隔して、士族がすべてを独占していた結果にほかならない」

と断じた。

会津の農民すべてが、傍観者であったとはいえず、只見や田島の戦闘では郷兵隊や農兵隊が大活躍し、敵をきりきり舞いさせた。

この地区は以前、幕府の天領であり、自分たちの土地や財産を守る意味のほうが濃厚だった。

会津藩の京都駐在の参謀たちは、薩摩や長州をそれなりに評価しており、槍や火縄銃では薩摩や長州に勝てないことも承知していた。

だが軍備の近代化の稟議を何度書いても会津本庁から却下された。

「武士の魂は槍だ」

というのが表むきの理由だった。

だが本当は財政難だった。京都の暮らしを支えるだけで精一杯であり、最後は幕府が助けてくれると信じていた。

幕府は当時の日本政府である。

フランスの支援で洋式陸軍を持ち、東洋一の大艦隊を品川の海に浮かべていた。

たとえ会津藩兵が槍であっても、幕府がこれらの近代兵器で会津藩を守ってくれると誰もが思っていた。

「寄らば大樹」であった。

会津の人々だけではない。幕府がつぶれると考えた幕臣は皆無だった。

勝海舟も福沢諭吉も、夢想だにしなかった。

幕府が危ないと思ったら、会津藩も元込銃を購入していたはずだった。

その幕府がいとも簡単に瓦解した。なおかつ幕府は会津を見捨てた。

会津に、官軍に刃向った賊軍、朝敵のレッテルが貼られると、すべての人は官軍の旗になびき、我も我もと会津攻撃に参戦した。

こうしたなかで始まった会津戦争は、会津藩にとって、最悪の戦いであった。

近代戦争を熟知した戦略家、参謀の育成もままならず、武器弾薬、食糧の備蓄も少なかった。

会津戦争は結局、孤立無援の籠城戦となった。会津武士の意地を見せんと、侍たちは死を決して突撃し、戦場の華と散った。

籠城した婦女子の活躍も、わが国の戦争史に残るものだった。

食糧の備蓄もないなかで、一か月も耐えたのは工夫をこらした女性の力が大きかった。

籠城一か月、ついに会津は落城した。

人間はどうしてこうも非情で残酷なのか。日本人の軽薄さを感じさせる戦争でもあった。

これは、悲しみの戦争であり、怨念が残る戦争でもあった。

戊辰百三十年の平成十年から会津と長州の和解が話題になった。

会津人は、明治新政府幹部の戦後処理を特に問題視している。

会津藩士とその家族に賊軍、会津降人の汚名を着せ、北海道や下北半島に追いやったことは、あまりにも狭量であった。

今日、会津人が長州人との和解を拒む最大の理由はここにある。

同じ日本人ではないか。

なぜ敗者に手を差し伸べることをしなかったのか。

こうしたことが、日中、日韓問題につながっていったと私は考えている。

そして、再来年は明治維新百五十年である。会津、長州の間に明るい風が吹くことを期待したい。

星亮一

平成二十八年七月

参考文献

『王城の守護職』星亮一（角川文庫）
『幕末の会津藩』星亮一（中央公論新社）
『奥羽越列藩同盟』星亮一（中央公論新社）
『会津落城』星亮一（中央公論新社）
『敗者の維新史』星亮一（中央公論新社）
『大鳥圭介』星亮一（中央公論新社）
『仙台戊辰戦史』星亮一（三修社）
『よみなおし戊辰戦争』星亮一（筑摩書房）
『偽りの明治維新』星亮一（大和書房）
『平太の戊辰戦争』星亮一（KKベストセラーズ）
『幕末日本のクーデター』星亮一（批評社）
『会津藩流罪』星亮一（批評社）
『会津維新銘々伝』星亮一（河出書房新社）
『会津籠城戦の三十日』星亮一（河出書房新社）
『若松市史』会津若松市
『松平容保公伝』相田泰三（会津郷土資料研究所）
『逸事史補』松平慶永、北原雅長（人物往来社）
『昔夢会筆記』渋沢栄一編（東洋文庫）
『日本滞在記』ハリス（岩波書店）
『大英帝国衰亡史』中西輝政（PHP研究所）
『実録天皇記』大宅壮一（大和書房）
『日本遠征記』ペルリ（岩波書店）
『井伊直弼』徳富蘇峰（講談社）
『塵壺』河井継之助（東洋文庫）
『田中清玄自伝』田中清玄（文藝春秋）
『徳川慶喜公伝』渋沢栄一（東洋文庫）
『会津藩庁記録』日本史籍協会叢書（東大出版会）
『京都守護職始末』山川浩（東洋文庫）
『会津戊辰戦史』会津戊辰戦史編纂会（会津戊辰戦史編纂会）
『明治天皇』ドナルド・キーン（新潮社）
『幕末日本と対外戦争の危機』保谷徹（吉川弘文館）
『士魂の道』早乙女貢（新人物往来社）
『もう一つの「幕末史」』半藤一利（三笠書房）
『東行高杉晋作』（高杉東行先生百年祭奉賛会）
『一外交官の見た明治維新』アーネスト・サトウ（岩波文庫）
『幕末京都』明田鉄男（白川書院）
『旅立ち　遠い崖――アーネスト・サトウ日記抄1』萩原延壽（朝日新聞社）
『徳川慶喜』松浦玲（中央公論新社）
『七年史』北原雅長（東大出版会）
『久坂玄瑞』武田勘治（道統社）
『大宅壮一全集』大宅壮一（蒼洋社）
『中山忠能日記』中山忠能（東京大学出版会）
『天皇家の歴史』ねずまさし（三一書房）
『幕末乱世の群像』吉田常吉（吉川弘文館）
『文明崩壊』ジャレド・ダイアモンド（草思社）
『徳川慶喜』家近良樹（吉川弘文館）
『相楽総三とその同志』長谷川伸（講談社）
『明治維新の再発見』毛利敏彦（吉川弘文館）
『戊辰役戦史』大山柏（時事通信社）
『新撰組顛末記』永倉新八（新人物往来社）
『維新の群像』奈良本辰也（徳間書店）

著者略歴

一九三五年、宮城県仙台市に生まれる。一関第一高校、東北大学文学部卒業後、福島民報社記者となる。福島中央テレビ役員待遇報道制作局長を歴任。のち作家に転じ、日本大学大学院総合社会情報研究科博士課程前期修了。

著書には『伊達政宗』（さくら舎）、『偽りの明治維新』（だいわ文庫）、『新選組と会津藩』（平凡社新書）、『明治を支えた「賊軍」の男たち』（講談社+α新書）、『大河ドラマと日本人』『脱フクシマ論』（以上、イースト・プレス）、『長州の刺客』（批評社）などがある。

『奥羽越列藩同盟』（中公新書）で福島民報出版文化賞、『後藤新平伝』（平凡社）で日本交通医学会表彰、会津藩の研究でNHK東北ふるさと賞受賞、『国境の島・対馬のいま』（現代書館）で日本国際情報学会功労賞受賞。

星亮一オフィシャルサイト
http://www.mh-c.co.jp/

京都大戦争《きょうとだいせんそう》
——テロリストと明治《めいじ》維新《いしん》

二〇一六年七月九日　第一刷発行

著者　星《ほし》　亮一《りょういち》
発行者　古屋信吾
発行所　株式会社さくら舎　http://www.sakurasha.com
東京都千代田区富士見一-二-一一　〒一〇二-〇〇七一
電話　営業　〇三-五二一一-六五三三　FAX　〇三-五二一一-六四八一
編集　〇三-五二一一-六四八〇
振替　〇〇一九〇-八-四〇二〇六〇
装丁　石間　淳
装画　柏原晋平
印刷・製本　中央精版印刷株式会社

ISBN978-4-86581-059-2